SWC
FEB 0 8 2006

D1787919

SP FIC SILVA ROMERO
Silva Romero, Ricardo,
1975-
Parece que va a llover /

Parece que va a llover

Seix Barral Biblioteca Breve

Ricardo Silva Romero
Parece que va a llover

Diseño de colección: Josep Bagà Associats

Cubierta: Luis Carlos Cifuentes

Primera edición: enero de 2005
Segunda edición: junio de 2005

© 2005, Ricardo Silva Romero
© 2005, Editorial Planeta Colombiana S. A.
Calle 73 N° 7-60, Bogotá

Colombia: www.editorialplaneta.com.co
Venezuela: www.editorialplaneta.com.ve
Ecuador: www.editorialplaneta.com.ec

ISBN: 958-42-1125-0

Impreso por: Cargraphics S. A. - Red de Impresión Digital

Ninguna parte de esta publicación, incluido
el diseño de la cubierta, puede ser reproducida,
almacenada o transmitida en manera alguna
ni por ningún medio, ya sea eléctrico, químico,
mecánico, óptico, de grabación o de fotocopia,
sin permiso previo del editor.

Para María del Rosario

UNO

1

Parece que va a llover, pero no llueve. Son las siete de la mañana del lunes 11 de febrero y Juana Villegas no se atreve a cruzar la calle. Se ve borrosa, como si no fuera ella sino su fantasma. Se muere de frío entre las nubes del suelo. Su aliento helado lanza tristes señales de humo, y las cabezas del mundo, que han aceptado ya que es hora de poner en escena sus propias historias, son para ella extras que juzgan de reojo su tragedia, espectadores que parecen saber toda la verdad. En unos minutos estará a punto de abortar: eso es lo que pasa. Se ha levantado con esa idea en todo el cuerpo.

Es la esquina de la 92 con 15. Un anciano que parece dibujado al carboncillo se le acerca y le dice «ala, ¿tú no tendrás por ahí una monedita que puedas facilitarme?», convertido en un vestigio abatido, el último bogotano de los de antes, y ella le sonríe y busca su billetera entre la aparatosa cartera de siempre, que más bien parece un morral de cuero negro, y cuando la encuentra saca una de sus monedas de 500 y la deja caer sobre la palma de la mano del mendigo, que es una palma lisa, de tierra, sin ninguna línea del destino.

El viejo levanta un sombrero invisible de su cabeza, pica un ojo y se va detrás de una pareja de yuppies en sudadera que cuando lo ven aceleran el paso, alistan los teléfonos celulares y comienzan a pedirle ayuda al Dios que recuerdan del colegio. Juana piensa, mientras guarda la billetera en la cartera, que ser mendigo no es un mal negocio: 500 pesos cada diez minutos son 3.000 en una hora, 24.000 en un día, 120.000 en una semana, 480.000 en un mes. «Nada mal», se dice: «deberían abrir la carrera».

Los días siempre comienzan, en Bogotá, en el horizonte de un invierno que no llega, pero Juana, aun cuando cumplió veintinueve años el pasado 2 de febrero y ha vivido toda la vida en la ciudad, todavía no logra acostumbrarse. Se abraza a su cartera, tamborilea con los diez dedos de las manos, lleva el ritmo del frío con sus zapatos de niño. Se toca las orejas y cae en cuenta de que (otra vez: tiene la cabeza en otro mundo) no se ha puesto aretes. Mete la mano en el bolsillo de su chaqueta de jean, saca los mismos aretes del fin de semana, los de forma de lunitas de plata, y se los pone sin quitar la mirada de una de las penosas grietas de la calle. Le molesta, descubre, uno de sus lentes de contacto. Cierra ese ojo, sólo ese, para que no se le pierdan todas las fachadas.

Sólo vienen dos carros en la distancia, una camioneta familiar y una buseta oxidada, pero prefiere esperar a que el semáforo esté en rojo para cruzar la carrera. Hoy tiene miedo. Siempre tiene miedo. Sufre porque ese es el semáforo en verde más largo que ha visto en su vida, y alcanza a oír, en la acera de enfrente, la discusión que una mamá sostiene con su hijo de tres años («¿de qué te ríes?», dice la señora, «no, no te rías: no tiene nada de chistoso») y la angustia de un tipo calvo, con una corbata inmensa alrededor del cuello de una camisa sin apuntar, que ha dejado algo esencial en su apartamento («puta, no puedo creer», se dice) y va a llegar tarde de nuevo.

Juana mira el reloj: quedan quince minutos para la cita. Un lotero le ofrece, a unos pasos, el número 5125 de la serie 8 de la Lotería de Bogotá, que juega esta noche, y ella, que le da dinero a todo el mundo a cambio de su tranquilidad y ve señales secretas por todas partes, abre de nuevo su cartera. Lleva 600 mil pesos en la billetera: están ahí, al lado de los resultados de la prueba de embarazo y el cheque que le entregará a su tía Emma a las cuatro de la tarde, y deben durarle hasta que el día termine: es el dinero de la operación, el dinero de los taxis y, si se puede, el dinero del bucito que vio en la vitrina del California Inn del Centro Andino.

El lotero le dice «monita, ¿no quiere de una vez la de Boyacá?» y ella le responde que no porque «¿para qué si me voy a ganar ésta?». Y por un momento, mientras el vendedor le da las vueltas en monedas de 200 y 50, ella se gana la lotería en su imaginación y se ve viajando por Europa con Rodrigo Sánchez, el hombre que perdió, el gran amor que en un principio no fue el amor de su vida, que en este sueño improvisado ha quedado viudo muy joven, pobrecito, y, recuperado del dolor, la salva de todo, la hace reír como una loca risueña y la ayuda a olvidar su propio nombre.

Su nombre, Juana Villegas, que es el de muchas, muchas personas más, y cada vez significa menos para ella: hace una media hora, antes de salir a la calle, lo descubrió en los obituarios de *El Tiempo*: «Juana Villegas descansó en la paz del Señor», decía. Al principio soportó un simulacro de ataque de nervios. Después miró para todos los lados como si alguien le hubiera botado una piedra de papel sobre el periódico abierto. «No puedo ir», le dijo Samuel, su hermano menor, cuando vio el aviso que ella señalaba con el dedo, «pero usted sabe que si no fuera perdiendo trigonometría sería el primero en pasar a saludarla».

¿En qué momento se convirtió el niñito ese, su hermano, en un ser ingenioso, arrogante, oscuro, que a los dieciséis años cita a Dostoievski, a Conrad y a Tarkovski, come sólo carne asada con papas y huele a húmedo todo el tiempo a fuerza de ponerse la misma sudadera, todos los días, una media hora antes de que termine de secarse? ¿En qué momento se convirtió Samuel en un personaje que busca primeras ediciones de clásicos de culto, trata de conquistar universitarias en cineclubes perdidos en barrios perdidos y domina y colecciona y oye todo el tiempo la obra completa de Frank Zappa?

Eso la deprime. Todos son alguien, todos saben qué quieren, todos entienden hacia dónde se dirigen. Y no, ella no. Ahora, en este momento, ante ese semáforo, tiene una chaqueta, un reloj extraplano, unos jeans viejos, un saco lila de hilo cuello de tortuga, el pelo negro cogido atrás con una bamba de cuadros azules, unas medias grises con líneas y ositos rojos, un brasier deportivo blanco talla 32, una camiseta común y corriente y unos calzones de algodón para evitar irritaciones secretas, pero ¿no son iguales todas sus amigas del colegio?, ¿no hay gente por ahí, en la calle, que ha comprado el mismo saco lila y el mismo reloj?, ¿no la confunden todo el tiempo con la protagonista de *María Cristina me quiere gobernar*, la telenovela de moda?

Abrir los ojos se ha vuelto un martirio para ella. Porque no, ella no es nadie. O bueno, sí, es una mujer que no quiere ser madre. Una mujer que así, de un solo golpe, busca ser nadie.

Una que, por nada del mundo, se va a ganar la lotería. Su papá lleva cientos de años y de canas y de pelos comprándola y hasta ese día, a esa hora, no se la ha ganado. Dos o tres veces ha sacado los cuatro números y ha podido jugar de nuevo gratis, pero nunca, jamás, ha sacado la serie. Juana lo sabe: su destino es convertirse en su papá, entregarse a la decepción, volverse sorda: oirá música colombiana hasta el fin de los días, hablará todo el día de ella misma y se hará la víctima, otra mártir de algún otro calvario, y conversará, entusiasmada, sobre las ofertas de febrero en Carrefour.

El lotero tiene su boleto, el 5125 de la serie 8, en la boca, y cuando termina de darle las vueltas, se lo entrega y le desea «que mi Dios le dé toda la suerte del mundo, reina», sin perder su sonrisa de profesional. Ella se lo guarda en el bolsillo de la chaqueta y le responde, en la mente, que se conforma con que, si Dios todavía existe, la deje dormir esta noche. Con eso le basta. Anoche durmió, máximo, unas tres horas. Y para no sentirse fuera del mundo, a punto de rendirse y desear su propia muerte, tiene que dormir, mínimo, unas nueve. O diez. No quiere hacer nada en la vida. Quiere dormir, estar en piyama y ya. Quiere comer papitas a la francesa, frente a todas las películas románticas, en una cama que no se enfríe nunca.

Lleva días sin dormir en paz. No, no ha sido fácil. De un momento para otro, las vitrinas, los comerciales de televisión y las aceras de enfrente han estado repletas de imágenes maternales, cremas y cachuchitas para bebés, padres de la mano de sus niños. María Cristina, la de la telenovela, ha quedado embarazada de Manuel, el galán, y a pesar de las críticas de los televidentes ha contemplado la posibilidad de no tenerlo. Juana la defiende ante sus conocidos, claro, pero por las noches, cuando termina de llorar, imagina que, si naciera, si la mirara con sus ojos pegajosos del primer minuto, su bebé se llamaría Ana. No va a pensarlo más. Sabe que no puede, sabe que no debe hacerlo.

Eso pensaba anoche. Eso dejó de pensar. Durmió una media hora y despertó sin aire —fueron sus pulmones, cree, los que la despertaron— por culpa de un sueño terrible. Contó ovejas, intentó anestesiar uno por uno cada dedo de su cuerpo, le pidió a su Dios que le concediera el sueño («Dios mío: concédeme el sueño», dijo), pero, claro, no consiguió quedarse dormida. Los números cuadrados y rojos del reloj despertador le recordaban su fracaso. Por eso se levantó. Se sentó en la cama. Se cubrió con su cobija escocesa de todos los días, se puso las medias de lana, cogió una caja de kleenex y fue al estudio a ver televisión. Puso el canal de cocina y lamentó no ser capaz de hacer una carne flameada con salsa de queso azul. Eran las dos de la mañana.

Y a esa hora vio, en una película de la vida real, la historia de una profesora de treinta y ocho años, con esposo responsable e hijos agradecidos, que se enamora, sostiene un romance escandaloso y queda embarazada de uno de sus alumnos de catorce. Aunque los diálogos eran malos, las cámaras torpes y los personajes secundarios vergonzosamente secundarios, no pudo dejar de verla ni un solo minuto: estaba atrapada. El drama terminó a las cuatro y media de la mañana y la dejó totalmente convencida de su decisión: era un error, el peor error de todos los errores posibles, tener un hijo en este mundo.

Quince minutos después, volvió a dudar.

A las cinco de la mañana se bañó, y pensó, cuando el agua comenzaba a enfriarse, que quizás no era justo que Bernardo, su futuro esposo, no supiera que la había dejado embarazada. Bernardo, el bondadoso Bernardo, el indefenso Bernardo, que aunque jamás la oye, la adora y, aunque nunca la recuerda, siempre la exhibe con orgullo; que se lava los dientes tres o cuatro veces al día y no quiere enterarse de anticonceptivos ni de menstruaciones pero le hace los tés que quiera, le presta el mensajero y le alquila las películas necesarias, seguro sería feliz con un hijo, y quién sabe, por qué no, tal vez sería un buen padre. Ojalá ese fuera el punto. Ojalá quisiera contribuir a esa causa.

Hace más de una hora, a las seis de la mañana, Juana se encontró en la cocina con su papá, Patricio, mientras se hacía el café de todos los días, y para disimular la angustia le preguntó qué hacía levantado tan temprano. «Así somos los viejos, mi amor», le dijo él, «nos la pasamos despiertos». Ella sonrió, no respondió nada. Había aprendido, con el paso de los últimos años, gracias a la separación de sus papás, la muerte de su mamá, los tres infartos y la dramática vejez de su papá, que lo mejor era decir que sí a todo, sonreír y no responder ni una palabra. Los viejos, se sabe, son los autores, los actores y el único público de sus propios monólogos.

Su papá le dio un beso en la frente, y mientras ella leía los titulares del periódico («Nueve torres eléctricas dinamitadas», «Encuentran bomba en cabina telefónica», «La pobreza aumenta en un dos por ciento») y padecía los obituarios de todos los desconocidos, se sentó a hacer figuras de origami a la mesa del comedor.

Hace años, desde que la familia comenzó a agrietarse, nadie se sienta a comer en ese lugar. Los libros, los papeles, las tijeras tienen, pues, la vía libre, pero no deja de ser difícil ver a su papá, su ídolo de la infancia, reducido a quemar el tiempo que antes no le alcanzaba para nada. Se le aguan los ojos si lo piensa. Daría cualquier cosa por volver a ese tiempo cuando se sentaba con su mamá a esperarlo —siempre lo esperaban— con la frente contra la ventana de la sala. Querría que los meses se acabaran para siempre.

Porque no es justo. La facultad de filosofía de la Universidad de Bogotá, donde trabajó desde los treinta años, le pidió a su papá, después de los infartos, los arranques de rabia y el deprimente año sabático que desembocó en la dura separación del matrimonio, que descansara un tiempo de sus célebres cursos sobre Heidegger, Hegel y el romanticismo alemán, y él, disfrazado de niño rechazado por todos en un partido de fútbol que se juega con su balón, decidió retirarse del mundo por completo, convertirse, mes por mes, a otras culturas, y dedicarle el resto de su tiempo libre a presidir la quejumbrosa junta de administración del edificio.

Cuando Juana fue al apartahotel en donde dormía y le pidió que, «ahora que mi mamá ya no está», volviera al apartamento a vivir con ella y con su hermano menor, lo encontró rodeado de guías turísticas, novelas eróticas y manuales para aprender otros idiomas, pero empeñado en no volver a salir nunca más de Bogotá. Tomaba clases de tiple con un pensionado del Banco de la República, había adoptado un calendario mesoamericano y cumplía años cada 14 meses, tejía incómodos sacos de hilo, aprendía a hablar japonés y a cocinar platos indios y podía ubicarse en Praga sin haberla pisado ni una sola vez en la vida. Se había encerrado en otro mundo. Como los papás de todas sus amigas.

Sí, su papá no está loco, pero parece. ¿Qué pensaría de ella si supiera que está ahí, paralizada, frente a un semáforo en verde?, ¿qué diría si le contara que las pastillas que le aconsejó Emilia, la ginecóloga, la mareaban, le disparaban la hipoglicemia y la hacían vomitar durante los primeros días del ciclo?, ¿le volvería a hablar si se enterara de que en una hora va a abortar en el elegante consultorio de un doctor de cuyo nombre ahora no puede acordarse si no saca la tarjeta de su billetera?, ¿le hablaría del budismo zen y de cómo en aquella religión tener un hijo es un acto común y corriente, como cualquier otro, como un río?

«No es un sitio sórdido», le dice a su papá en un encuentro imaginario. Parece un consultorio odontológico: tiene revistas viejas, se oye la música ambiental de Melodía Estéreo, la enfermera mira por encima de las gafas y unos paisajes enmarcados adquieren terribles sentidos cada vez que uno vuelve a mirarlos. No hay fetos en frascos, ni sondas en canecas de plástico, ni huellas de sangre sin limpiar, ni pacientes muriéndose de fiebre en camillas de al lado, ni señoras quejándose de infecciones con otros siete hijos tomados de las dos manos, ni gritos ni lágrimas ni maldiciones.

Huele a Ajax con amoníaco. Que sea un escenario para la fatalidad, una sala de espera del Infierno o la primera imagen de una pesadilla, depende de uno mismo. Ella podría verlo como ir al dentista, como sacarse una muela y ya, pero en su cabeza todo trasciende, todo son causas y efectos y voces que reclaman: la de Clara de Molano, su futura suegra, le grita «asesina»; la de Nicolás Vergara, el escalofriante mejor amigo de Bernardo, le susurra «yo sabía»; la de Jimena Soto, su gran amiga desde el colegio, le dice «acuérdese de que yo soy el desastre».

Son las siete y cinco minutos del 11 de febrero de este año. Tiene que llegar al consultorio en diez minutos. Un niño de unos siete años, de corbata y de gafas, la empuja y la devuelve al presente. ¿Qué estaba pensando?, ¿estaba hablándose de su papá?, ¿pudo soñar de pie sobre la 15? Increíble: acaba de pensarlo y no puede acordarse, no puede acordarse de qué estaba pensando. Debe concentrarse. Debe entender lo que le está pasando. La camioneta familiar, con papás, niños y perros rumbo al colegio, y la buseta oxidada, con empleados pegados contra las ventanas como judíos camino al campo de concentración, se detienen en el semáforo en rojo. El semáforo, por fin, está en rojo.

    El niño, peinado para atrás y vestido con el uniforme británico de su colegio, mira el reloj y se dice «tengo afán, voy muy tarde, tengo afán» y atraviesa la calle por la cebra, y Juana Villegas, que se mueve así porque sí, y no entiende el afán pues hace meses no trabaja, siente que todo eso va a acabar muy mal («nada tiene solución», piensa, «nada termina») y sospecha que ese lunes va a llover tarde o temprano, se prepara para seguir sus pequeños pasos. «Ojalá hubiera nacido muerta», dice en voz baja. Después cruza la calle.

2

Juana no quiere ser mamá. Simplemente, no quiere. No soportaría cuidar a una sola persona más durante el día. No descarta la posibilidad, no es eso, pero este momento, ahora que no tiene trabajo, ahora que no entiende bien qué vino a hacer en el mundo, no es el momento preciso para tener un hijo. Sí, Bernardo es un buen tipo, tan bueno como puede llegar a ser un hombre común y corriente educado por una señora bogotana de las de siempre, una de esas pobres viejecitas de sesenta y pico de años que se quejan porque lo tienen todo, pero, viéndolo con mucho cuidado, analizándolo con la lupa de la razón, ¿podría decirse que es el papá de sus hijas?

El niño de gafas acelera el paso y llega hasta la esquina de la 93 con 15. Juana no lo sigue, no, pero todo parece indicar que se dirigen al mismo sitio. No debería ir solo por ahí, ese niño. Podrían matarlo, hacerle zancadilla, secuestrarlo, humillarlo, convertirlo al satanismo: «los niños sirven para tantas cosas hoy en día», piensa. Pobres: tenerlos, traerlos a este suplicio, es un horrible acto de egoísmo. Para qué tener un hijo: ¿para que le traiga a uno las pantuflas?, ¿para que lo haga a uno feliz? Podría ser una fuente de ingresos, es cierto, pero sólo cuando haya cumplido los tres años. Así que no, no vale la pena. Los hijos son inversiones a largo plazo.

¿Qué estaba pensando antes? Que va a casarse con él, con Bernardo, el 13 de diciembre de este año, en la misma fecha en que se casaron los papás de él, y que la conmueve verlo despelucado, fingiendo que entiende su preocupación por no encontrar empleo, listo a decir lo que quiere decir apenas ella termine su frase interminable, pero hoy, si le preguntan, no sabría por qué se va a casar con él. Hace unos meses se habría entregado a cualquier causa por él, al neoliberalismo, al hinduismo o a Greenpeace, pero después del cumpleaños de Nicolás, cuando le pidió que no le llevara la contraria enfrente de la gente, y de aquel incidente en Tower Records, cuando por poco la denuncia por un robo que jamás cometería, la admiración que sentía por él se ha ido convirtiendo en una decepción tan honda que aún es una extraña compasión que le ha impedido cancelar el matrimonio.

Juana lo sabe: nadie tiene la menor pista de cómo funciona su cabeza. Nadie se imaginaría ninguno de sus pensamientos. Debe ser porque sonríe todo el tiempo y, cuando le preguntan por su vida, siempre responde que está bien. Sólo Rodrigo Sánchez, cuando estuvieron juntos, llegó a conocerla. Daría lo que fuera por volver a ese día, en el salón de clase, cuando les dio ataque de risa bajo la mirada del profesor. Ahora, cree, no perdería la oportunidad de ser su novia. Y ya sabe, de paso, por qué piensa en Rodrigo: el niño de gafas, afanoso y angustiado, es una versión a escala de él. Ahí va, con un pesado maletín de cuero, repitiendo la letanía «tengo afán, voy muy tarde, tengo afán».

El niño pasa frente al Centro 93, se sorprende porque quitaron el McDonald's de la esquina, cambia el maletín de mano porque la manija comienza a tallarle. Así era Juana cuando chiquita: para su primer día en Mis Primeros Borrones, su jardín infantil, llevó una maleta llena de los libros más gordos de Patricio, su padre, que por esos días escribía columnas en *El Tiempo* y publicaba artículos en *Mind* y otras revistas de filosofía, y la profesora, Beatriz, se vio en la penosa tarea de aclararle que no era necesario. «Vamos a empezar por las vocales», le dijo, «*La fenomenología del espíritu de Hegel* viene más tarde». Por eso, en nombre de ese recuerdo, se le acerca al niño y le dice:

—¿Para dónde vas?, ¿quieres que te ayude?

—No, gracias, tengo mucho afán —dice él sin detenerse ni disminuir, al menos un poco, la velocidad—, ya voy muy tarde.

—¿Vas para el colegio? —le pregunta Juana.

—El bus me dejó —dice y acelera el paso— y mi mamá me dijo que si me dejaba el bus otra vez le iba a regalar mis muñecos y mis libros y todas mis cosas de Harry Potter a los niños pobres porque a ellos nunca los deja el bus y sí se levantan temprano y trabajan y le llevan el café a la mamá por la mañana y yo no le llevo el café por la mañana y ella no me va a volver a hablar porque yo sólo la quiero cuando ella trata bien a mi papá y siempre que ellos pelean me pongo bravo con ella.

El niño respira hondo, se muerde el labio, está a punto de llorar. No, no se detiene, Juana lo sigue. Mira hacia atrás en busca de una mamá o un papá que responda por él. Son las siete y diez de la mañana. Faltan cinco minutos para su cita. El consultorio de aquel doctor en la sombra queda sólo a unas tres cuadras de ese lugar, y la verdad es que puede ayudar al niño a llegar al colegio, o volver a su casa, pero no quiere meterse en un problema ajeno (su mamá siempre se lo dijo: «Cada quien vive en su mundo») y se niega a perder su tiempo en eso. Simplemente, se niega.

—Voy ya para la oficina de mi papá —dice el niño con las cejas molestas y los dientes salidos— porque yo creo que él puede llevarme y nunca le dice nada a mi mamá y la oficina queda aquí no más y él se sale de cualquier junta importante y me abraza y coge las llaves del carro de mi mamá a escondidas y me lleva y yo casi siempre alcanzo a llegar a matemáticas.

—Yo voy para una cita médica —dice Juana—, creo que vamos para el mismo lado, de pronto para el mismo edificio.

—No puedo hablar más contigo, tengo mucho afán —le dice el niño: resopla y mira su reloj de Lego y se detiene unos segundos para cambiar la maleta a la otra mano—, pero gracias por tu visita y por preocuparte por mí.

Juana no dice ni una sola palabra. Sigue su camino al lado del niño. No entiende, nunca ha podido entender por qué se empeña tanto en caerle bien a todo el mundo. ¿Qué importa que el mendigo la odie, el lotero le guarde resentimiento y ese niño piense que ella es una acosadora sexual? Siempre ha sido así: Juana ve conspiraciones por todas partes, oye frases inexistentes en su contra y siente susurros detrás de las paredes. A veces, cuando el sol entra por la ventana de la cocina y los muebles del apartamento dan un paso al frente, piensa que es feliz, que estar viva no es necesariamente una desgracia, que no debe tomarse tan en serio. Sólo a veces.

Nunca se ha atrevido a negarse cuando alguien la llama por teléfono. Anoche, cuando habló con Bernardo y sintió que su novio era un ser predecible, entusiasta, sin enredos en la mente, cambió de voz y se dedicó a tratarlo con indiferencia. Y cuando colgaron, porque ella aseguró tener un dolor de cabeza insoportable, se sintió culpable y lo llamó a pedirle perdón y a decirle que estaba profundamente enamorada de él. Bernardo, por supuesto, le pidió que no pensara demasiado y le confesó que no se había dado cuenta de su indiferencia. «Todos tenemos malos días», le dijo.

Son las siete y doce de la mañana, y Juana y el niño, sin mirarse ni dirigirse la palabra, porque ahora cada uno es un mundo ensimismado, cruzan la calle 93 y avanzan por la carrera 14, frente a Cinemanía, las cuatro salas de cine, y ahí, en esa solitaria bahía de cemento, sienten una voz que les habla detrás de la pared del frío. El niño mira por encima del hombro y ella, Juana, se vuelve consciente de sus pies, de las hojas, las cajetillas de cigarrillo estrujadas, las colillas que pisa, y le pregunta «¿dijiste algo?» acosada por todas sus voces. El niño la mira como si no fuera ella sino su fantasma.

Llegan a la calle 94 y el niño pasa a la otra orilla sin mirar para ambos lados. Juana cierra los ojos y se dice, en voz baja, que para ser madre hay que abstraer el mundo y olvidarse de la fragilidad de la vida, y rezar, aun cuando Dios no exista esa mañana, para no enterarse, para no darse cuenta de que los hijos jamás nos hacen caso. «*Les* hacen caso», dice de inmediato, «jamás *les* hacen caso»: no puede caer más en errores de esos, no puede ser, ni siquiera en la mente debe caer en ellos. Cruza la calle sin mirar para ambos lados y un jeep descapotado debe frenar en seco para no llevársela por delante.

El conductor apoya la frente sobre el timón y dice «gracias Dios mío, dos en una semana no lo habría soportado», y levanta la mirada y quiere bajarse del carro a preguntarle a Juana cómo está o a intimidarla por haberle hecho pasar semejante susto, y una voz y una cara, perdidas en los espacios vacíos de su cuerpo, le aconsejan quedarse quieto, desautorizar a esa mujer con la cabeza, convertir lo sucedido en una pequeña anécdota para salir de silencios incómodos en el nuevo trabajo. Juana cruza la calle y, cuando vuelve en sí, descubre que el niño ha llegado a la cabina telefónica londinense frente al Lloyd's Pub («un bar cerrado», piensa, «es una cámara de fantasmas») y va a ser difícil alcanzarlo. Ya no sabe si tiembla de frío o de miedo. Sus pulmones le cierran el paso a su corazón.

No vienen carros a doscientos metros de distancia. Son las siete y catorce de la mañana, las siete y catorce, y el doctor y la enfermera deben estar esperándola. Los tres, juntos, van a cometer un delito. Uno inevitable, urgente, indispensable. Cruza la calle, pasa por el restaurante londinense, ve las suelas de los zapatos del niño dar vuelta a una esquina y, aunque cree oírle una frase obscena a un portero de uniforme café, botas de cuero negro y placa dorada en el pecho, sigue su camino y da pasos más grandes para alcanzarlo.

Da la vuelta a la esquina y por poco choca (sólo se cruza) con un tipo largo, una serpiente de pies con la corbata dentro de un bolsillo del blazer, que habla por un gigantesco teléfono celular y jura por Dios que está «aquí, a dos cuadras, ya voy a llegar». Los carros comienzan a parquearse en las aceras. El viento helado se le queda, sin escándalos ni transformaciones, en los pómulos, las orejas, los párpados. Ya va a llegar. El niño de nuevo cambia el maletín a la otra mano y, a punto de llorar, mira atrás a su persecutora.

Juana apuesta a que van para el mismo edificio. Se le pasa por la cabeza, por un momento, la posibilidad de que el doctor en la sombra —saca la tarjeta de la billetera: se llama Antonio Uricoechea— sea el papá del niño de gafas y entonces trota unos pasos porque ahora no le van a salir con que va a tocar aplazar la operación («pero si llevamos semanas planeándola», se imagina diciéndole, indignada, a la enfermera) y está a punto de alcanzar al niño, ahí, en la carrera 13 con calle 94, y da los últimos pasos antes de llegar a la puerta de entrada del edificio, y justo cuando va a detenerlo se tropieza con un escalón invisible y de su cartera abierta caen todos sus pequeños tesoros.

Rodrigo siempre se burlaba de su motricidad. Ahora estaría comparándola con Mister Bean, criticándola por cargar tantas cositas, ayudándola a recogerlas una por una. Le sonreiría, le diría «esa cartera parece una pera de boxeo» y haría, con una mano en su hombro, un inventario en chiste: gas para dejar ciego a todo el mundo, billetera vieja pero con plata, celular ni muy pequeño ni muy grande, cuentas eternamente por pagar, dispensador PEZ con la cabeza de la pequeña Lulú y sin dulces, caja de Calmidol sin calmidoles, Binaca y chicles y Chapstick de cereza para prepararle el terreno a quien puede darle besos, carterita con indispensables elementos de higiene, esfero para los autógrafos, bolsita de kleenex para combatir la rinitis, libreta de notas comprada en un bus ejecutivo, pepitas de eucalipto, llaves de la casa amarradas al llavero de una pintura de Miró y vergonzoso e inolvidable paraguas fucsia.

Todo vuelve adentro. El niño desaparece detrás de la puerta de vidrio oscuro. Son las siete y quince de la mañana: ya es hora de entrar. Verifica la dirección del lugar: carrera 13 # 94-46, oficina 414, y se acerca a la puerta. Le hace un gesto al portero. Oye el sonido de un timbre, lee «hale» al lado de la chapa y sigue las instrucciones al pie de la letra. Ahí está, adentro. Se siente minúscula, como si hubiera llegado a un lugar sin gravedad, como si no tuviera voluntad para librarse del suelo. Sí, ha llegado a otro mundo y es otra persona. Una que ni siquiera ella conoce.

Es la primera vez, en los últimos diez años, que toma una decisión sin consultársela a nadie. Antes, cuando estaba en el colegio, era una especie de líder. Escribía poemas, organizaba obras de teatro, campamentos, fiestas en la casa de su mejor amiga, Jimena, y aunque no era experta en nada, todas querían estar con ella, reírse de sus chistes y jugar con su hermanito. Antes hacía lo que quería, sí. Pero después, en la universidad, quizás por la llegada y la despedida de los primeros novios en serio, se volvió insegura e insomne. Dios ha desaparecido de sus noches.

Consulta mil veces cada uno de sus pasos. Pero éste, este paso al frente, lo ha dado a espaldas de todos. Ella buscó en las páginas amarillas, ella hizo la primera llamada y la última, ella habló con el doctor Uricoechea, puso la cita, se gastó la plata de los servicios y le pidió un millón de pesos a Bernardo «para pagar la cuenta del teléfono mientras le sale la pensión a mi papá». Ella se metió, sin ayuda de nadie, en ese callejón sin salida. Y saldrá de él, cree, en unas dos horas. Está sola: durante estas semanas todos se han ido del mundo.

—Voy para donde el doctor Antonio Uricoechea —le dice al portero, que es un hombre, sí, pero parece tallado en madera y tiene los ojos blancos, casi sin párpados, detrás de un par de gafas verdes y gruesas que en verdad son fondos de botellas. No tiene ni un solo pelo en la cabeza.

—¿El doctor Antonio? —pregunta el portero—, ¿a esta hora?

—Tengo cita con él a las siete y cuarto —dice Juana al tiempo que estira el brazo para que el reloj extraplano subraye su afirmación—: ¿no ha llegado?

—Ustedes siempre de afán, ¿no? —dice el celador mientras aprieta los ojos para ver mejor a Juana—, les toca bien berraco, ¿cierto?

Juana se pone roja y, como siempre que está nerviosa, se rasca la nariz con el dorso de la mano. No puede creer lo que acaba de oír: el portero lo sabe.

—Pues sí —acepta ella sin aire y sin latidos—, no es nada fácil.

—¿Verdad que no alcanzan a dormir es nada?

—Yo no sé, señor —dice un poco molesta: ¿tiene que darle explicaciones a un celador ciego?—, pero yo por lo menos pasé derecho anoche.

—Si yo viera mejor, mejor dicho si viera, no me perdería es ni un solo capítulo —confiesa el hombre—: mis hijos no se pierden ni uno. Y ahí me cuentan y todo y yo estoy lo más de enterado. Y tengo una teoría y nadie me cree: que usted no está esperando el hijo de Manuel sino el de Esteban, el otro, el abogado.

Un momento. Es eso. Por supuesto que es eso. Era imposible que el celador le hablara así a una mujer a punto de abortar. O, como dice el doctor, a punto de «interrumpir el embarazo». El portero ciego la está confundiendo con la vieja de la telenovela *María Cristina me quiere gobernar*. No es el primero que lo hace. ¿No se llama Manuel el protagonista? Sí, Manuel, qué alivio. Uno se llama Manuel, el otro se llama Esteban. Su espalda vuelve a la tierra. Estira las dos manos y las ve temblar para darse cuenta de lo lejos que se han ido sus nervios.

El portero levanta las cejas como si se tratara de un signo de interrogación y Juana tuviera el deber moral de darle una respuesta. ¿Cuál era la pregunta?, ¿si el papá del bebé de María Cristina es Esteban o Manuel?, ¿quién es Esteban?, ¿el de ojos azules?, ¿el mismo de *El malnacido*?,

¿el que salió el lunes en *Semejante a la vida*? No, no tiene ni idea. Le da lo mismo cómo se llamen los personajes de todas las telenovelas del mundo. ¿No son todos iguales? ¿No han conseguido las telenovelas que esperemos lo mismo de lo mismo? Por ahora sonríe.

—Es una buena teoría —le concede—, lástima que no pueda decirle nada.

—¿Les hacen firmar es un contrato para quedarse callados, no es cierto?

—Si no, sus hijos no vuelven a verla y usted no se entera de nada.

No tiene por qué sentir miedo. Nadie lo sabe. La enfermera, con su cara llena de dobleces, igual que una sábana a las seis de la mañana, tiene voz de monja, arrastra ciertas eses, sin hache y con ese, «ashí», y le dice «mijita» como si hubiera vivido todo eso antes. El doctor es un hombre progresista, rosado, gordo, con un bigote dorado de presidente de hace cien años, y no le ha dicho ni una sola palabra equivocada: se sentó una tarde con ella y llegaron juntos a la conclusión de que, en el fondo de su alma, no quería ser madre. «Olvídate de todo lo que has aprendido», le dijo: «la naturaleza no es sabia en estos casos».

No se parece a su mamá, eso es todo. No se imagina a sí misma, frente a cualquier auditorio impresionable, declarando, como lo hizo su mamá hasta la muerte, que la razón de ser de su vida son sus hijos. Sólo sus hijos. Porque su vida, para ser sinceros, no tiene una razón de ser. Ella respira, se levanta y quiere conseguir algún trabajo. Trata de estar con sus amigas, con Bernardo, con su papá, con su hermano. Y eso le parece suficiente.

—¿Y ya habrá llegado la enfermera?

—Acabó de entrar —dice el portero—, pero el doctor hoy no viene, hágame caso, yo sé por qué se lo digo: con el cuento ese de las torres que volaron en Antioquia y todo eso debe es andar guardado en la casa. Créame: eso lo mejor es que vuelva mañana.

Pero es un portero casi ciego y con gafas verdes quien lo dice. Y Juana nunca ha podido dejar nada para mañana. No, no va a volver mañana, mañana es su nueva vida. Lleva casi dos meses viviendo el mismo día, sin cerrar los ojos del todo, y le ha apostado toda su esperanza a la cita de las siete y cuarto de la mañana de ese lunes 11 de febrero. Ese largo, largo día, que comenzó con la primera prueba de embarazo, debe acabarse en menos de dos horas. Incluso las peores pesadillas se terminan.

—Voy a esperarlo arriba un rato —le cuenta al portero—, por si acaso.

—Bueno, no me crea —dice apretando los labios y encogiendo un hombro—: eso sí es lo que usted quiera. Pero le advierto que eso aquí los lunes no pasa es nada. Y mucho menos hoy. Yo de usted me iba a aprenderme los libretos.

Juana sonríe, se despide con un leve movimiento de la mano y se dirige al ascensor. Ahí está la puerta. Arriba, los números anaranjados que se prenden y se apagan como una fila de hormigas en el aire. No le gustan los lunes. Un lente de contacto le molesta. Cierto calor le sube, como los pasos de una uña, por el cuello. El portero le dice algo, algo más, en voz baja, pero ella no alcanza a oírlo. Sólo alcanza a sentir, en la garganta, el eco de su aliento.

3

Está sola en el ascensor. Se mira al espejo y no puede creer que esa, arrugada, ojerosa e invadida por las pecas, sea ella. Esconde detrás de las orejas las espirales de pelo que comienzan a caerle por la frente, se arregla el cuello y la capucha de la chaqueta de jean y le dice, a su propio reflejo, «ya vamos a salir de esto: dentro de dos horas vamos a estar en el apartamento». Se da la bendición. Y no puede creerlo: es la primera vez, en los últimos siete años, que resulta ser una mujer católica. «Por lo de la bendición», se aclara.

El motor de la máquina se detiene. Las luces se van y el ascensor, esa pequeña cabina colgada de un par de poleas, se convierte en un desmedido espacio vacío. El espejo borra las paredes y ya no hay arriba ni abajo ni manos porque, aparte de su cara y su cartera, no queda ningún objeto del mundo para tocar y sentirse a salvo. Juana respira, trata de respirar, respira. Ahora tiene una segunda oportunidad para hacer las paces con su inconsciente: ahí, en esa oscuridad sin altos ni anchos ni largos, cree sentir otra respiración. Oye unos tambores en el fondo de esa nada y una voz que dice una palabra sin vocales ni consonantes.

¿Quién está ahí?, ¿quién quiere hablarle? ¿El portero le dice desde el primer piso que él trató de advertírselo? Son las siete y dieciocho de la mañana y no se encuentra por ninguna parte. Bernardo, su futuro esposo, la abrazaría y le daría una explicación perfectamente racional al problema; Rodrigo, su amor inconcluso, haría un par de chistes, diría «igual nada valía la pena» y después le pediría que lo abrazara; su papá se sentaría en el suelo a esperar, le explicaría por qué todo va a salir bien y le contaría, por enésima vez, una historia de su infancia.

Es cierto. Se entiende mejor con los hombres que con las mujeres. Los hombres son mejores amigos. No entienden la mitad de las cosas, y tarde o temprano se quedan mirándole los ojos y la boca, pero siempre se ha divertido más con ellos. No se puede tener una relación profunda con ninguno, es cierto, entrar en ellos es hundirse en la piscina de los niños, pero son torpes y conmovedores y nunca saben bien por qué camino perderse. Tarde o temprano se quedan sin argumentos, exclaman cualquier cosa y aceptan la derrota.

Tratar a una mujer es para ella, en cambio, entrar en un océano que casi conoce de memoria, compartir la oscuridad de este momento, y esa es una experiencia que le asusta. No cree que se sienta tan cerca de otro ser humano como cuando está con Jimena Soto, su mejor amiga del colegio, y por eso trata de verla poco, de no estar sola con ella y de llamarla por teléfono sólo dos veces por semana. Verla a los ojos podría derribar su mundo. Son los únicos ojos sinceros que conoce.

Todas las mujeres lo saben: lo mejor, para sobrevivir, es quedarse en la superficie, desvanecerse, mimetizarse. Hay que levantarse, ponerse metas inmediatas y volver a la cama. Leer revistas de moda, hacer pequeños floreros, escribir una carta llena de secretos: cualquier solución está permitida. De no ser así, de no perder el tiempo en proyectos minúsculos, el dolor, el insomnio y la sinrazón podrían apoderarse de ellas. Juana, en este momento, está a punto de perderse en ese paréntesis de sombras. Así han sido estas últimas semanas. Las revistas son fotos, los floreros tijeras, las cartas gramática y ortografía.

Su cabeza es un radio y no puede sintonizar ninguna de las voces. Necesita ayuda. Y el portero, a una pared de distancia, la saca de su mente.

—¿Doctora? No se preocupe que ya vamos a prender la planta del edificio para que todo vuelva a funcionar.

Juana no responde. Quizás trata de castigar al portero por un crimen que no cometió. Está cansada. Quisiera quedarse dormida y levantarse en unos años, cuando todo esté bien y sus nietos le pregunten sobre los momentos más difíciles de su vida y sólo le queden un par de años por vivir.

El último fin de semana, detrás de Bernardo y su papá, fue realmente insoportable: el sábado, en un almuerzo que de un momento para otro se ha vuelto tradición, Clara, la mamá de su novio, que unas veces parece su mejor amiga y otras le produce escalofrío, le dijo una de sus frases, «mi amor, tú que no tienes nada que hacer, ¿por qué no me ayudas a organizar las onces de pasado mañana?», y cuando ella se negó, porque se imaginó deprimida por la operación secreta —«no puedo», quiso decir, «voy a impedir tu descendencia»—, Bernardo se puso histérico porque él sí tenía que ir a los almuerzos donde la tía nosequién (era la tía Emma, claro) y aguantarse los cumpleaños de sus insoportables compañeras de colegio.

Ese es el talón de Aquiles de Bernardo: no ha dejado de hacerle caso a su mamá, suda frío si la señora se pone brava con él, se enfrenta con Juana porque ella no quiere ser la hija de falda y té a las cinco de la tarde que aquella pobre viejecita nunca tuvo. El talón de Aquiles de Juana es que la enerva aquella mujer, hecha y derecha, que sabe someter a su hijo. Y que al tiempo, así, porque sí, siente que la admira. Jamás, desde que tiene memoria de hombres y de salidas los viernes, había tenido una relación con la mamá de su novio. La que tiene con Clara de Molano es la primera.

—Ya en un minuto arranca el ascensor, doctora —le grita el portero—, no se me vaya a poner nerviosita.

—Tranquilo, tranquilo —le responde Juana para que no crea que se ha vuelto loca y ha comenzado a atrapar moscas invisibles o a darse cabezazos contra las paredes—: no voy a irme a ninguna parte.

—Esa doctora —dice la risa babosa del portero—: ya un momentico.

¿En qué estaba pensando?, ¿en el fin de semana?, ¿en el sábado? Sí, en que Bernardo pasó casi media hora sin hablarle, y después, antes de entrar al apartamento de Nicolás Vergara, su mejor amigo, le preguntó a ella, a la inocente Juana, por qué estaba tan brava con él. «El que está bravo eres tú», le dijo ella: «yo sólo tengo mil cosas que hacer el lunes y no puedo ayudarle a tu mamá a organizar esas onces». Bernardo negó que estuviera bravo por semejante tontería, le dio un abrazo y le dijo que era la mujer más linda que había visto en toda su vida. Ella se sintió halagada y se sonrojó. No supo qué decir, no, nunca ha sabido responder a los piropos.

Entraron, el sábado en la noche, al apartamento de Nicolás. La idea era conocer a la novia de turno. Que, después del nerviosismo, después de las frases para comprobar que ninguno de los cuatro era un idiota y todos tenían un sentido del humor incomparable, resultó ser una niña simpática, quizás demasiado universitaria —todavía se sentía dueña del problema del lenguaje, había descubierto que las élites y la iglesia católica habían acabado con Colombia, despreciaba a los hombres grises y a las mujeres sometidas—, dispuesta a enamorar a un tipo que le lleva unos diez años.

Juana quiso salvarla. Quiso decirle «Nicolás es un imbécil: les dice *blow me* a las desplazadas que le piden monedas en los semáforos», pero recordó a tiempo la norma de oro de su mamá, «sólo lo mío es problema mío», y se dedicó a sonreír, a contar anécdotas y a llevarle la contraria a Bernardo. Lo estaba odiando, es cierto. Se lo imaginaba, en unos años, riéndose en los cocteles sin haber entendido los chistes, presentándole sus hijos a todo el mundo sin conocer el nombre de los mejores amigos de los niños, y quería pararse y lanzar la puerta de salida. Quería decir «no puedo más con esta gente que nunca pudo salir del colegio».

No tuvo que hacerlo. La conversación se puso interesante. La noviecita de Nicolás les preguntó, a ella y a Bernardo, que estaban sentados en cada extremo del mismo sofá, cómo se habían conocido y si no tenían mucho susto de casarse en diciembre. «No, porque hasta ahora estamos en febrero», respondió Nicolás por ellos, y los futuros esposos, sin voltear a mirarse, se murieron de la risa. Juana, llena de culpa, le tomó la mano a su novio y contó, escena por escena, la historia de su romance: desde aquel concierto de Miguel Bosé, hace unos meses, en el que ella no le había oído su torpe propuesta de matrimonio, hasta aquel sábado frente a la mamá de Bernardo en el que había tenido que decirle que sí. Cuando terminó el relato, se sintió vieja.

Bernardo era el séptimo novio oficial en su hoja de vida. Los dos primeros, el arquero del equipo de fútbol del Colegio San Esteban y un estudiante de filosofía de los de su papá, no habían pasado a mayores y le habían enseñado a hacer sufrir a los hombres enamorados, a decirles mentiras a sus papás y a gastar en vano el eslogan «te amo»; los dos siguientes, un compañero de curso de la carrera de comunicación social y un profesor de semiología que las enloquecía a todas con los símbolos fálicos que encontraba por el mundo, le demostraron, con creces, que aquel ejercicio de los viejos tiempos no podía llamarse «sexo», la enteraron de las marcas de condones y la convirtieron en una mujer insegura y temerosa; los dos últimos, antes de Bernardo, fueron un desastre: mientras el quinto, un tipo más bien tonto que parecía la personalidad secreta de un superhéroe y al tercer mes de noviazgo le confesó no ser un gran hombre sino miembro activo de la asociación Célibes hasta el Matrimonio (la invitó, incluso, a una especie de conferencia que la Virgen María iba a dar en las afueras de Bogotá), el sexto se la pasó de viaje y tratando, durante seis largos e infructuosos meses, de deshacerse de la exnovia con la que finalmente se casó. Cuando conoció a Bernardo, hace ya casi tres años, llevaba nueve meses sin recibir un beso decente y sin salir con un tipo que no pareciera un asesino en serie en potencia.

—Hágale, hágale mano —dice el portero en la distancia—, ¿cómo qué? Pues prender la planta, ¿no ve que la doctora, la actriz, está ahí atrapada? ¿Y qué puedo hacer yo?, ¿no ve que a mí no me pagan para eso? Para preservar el orden de este inmueble, para eso. Y déjeme decirle que soy muy bueno en lo mío. Sí, eso. Vaya pues. Vaya pues y no moleste. Y cuidadito con lo que decimos, ¿no?, que aquí lo que hay es autoridad. Corriendito pues.

Sí, esos eran sus siete novios oficiales. De esos se burlaba con sus amigos. No, nunca hablaba de su romance con Rodrigo Sánchez, y no, a nadie se le ocurría preguntarle: era su otro secreto. Pero la verdad era esa: que entre el novio número cuatro y el novio número cinco, en el camino de la inseguridad a la decepción, ella y Rodrigo, ese ser asexuado que había sido una amiga más durante los diez semestres de universidad, se habían enamorado. Una noche, cuando él la consolaba por el último desplante del profesor de semiología («sólo soy un significante para ti», le dijo él), terminaron dándose un beso cuando las familias y los amigos de los dos estaban completamente dormidos.

En un par de días llegaron a la conclusión de que siempre, desde el primer semestre, cuando ella le había preguntado si no sentía que estudiar una carrera era una pérdida de tiempo y él había respondido «sí, claro, pero quedan sesenta años por quemar», habían estado enamorados. Eran tan amigos que les dio vergüenza contarles a los demás la verdadera naturaleza de sus sentimientos y, con el paso de las semanas, se dieron cuenta de que eran novios en secreto.

Descubrieron que temblaban cada vez que se tocaban y les daban las tres de la mañana a fuerza de recordar cómo se habían conocido, pensar en los hijos por venir («yo sé que a la primera le vamos a poner Ana», decía él), discutir la trama de la exitosa novela que él iba a escribir y diseñar el apartamento en el edificio de balcones de sus sueños. Juana nunca se había sentido en paz sin ropa, pero la invisible presencia de Rodrigo le hacía innecesario vestirse. Era, sin duda, el amor principal de su vida: todo el tiempo tenía ganas de reírse, no soportaba la idea de separarse de él por la noche, admiraba su sentido del humor, su inocencia y su fragilidad. Había llegado, al fin, al mundo.

Aún no sabe por qué le pidió que se dejaran de ver por un tiempo, por qué cometió el peor de los errores de su vida y comenzó a salir con todos los tipos que le presentaban, pero siempre que trata de entender esa mañana, cuando le dijo a Rodrigo por teléfono las fatídicas palabras «nosotros somos muy amigos: tenemos que cerrar este paréntesis», le parece que la culpa la tuvo un sermón que Jimena, su mejor amiga, la única persona que lo supo todo, le lanzó en el baño de un restaurante. «Lo que nos faltaba», le dijo mirándola al espejo: «incesto».

Rodrigo, a punto de quedarse ciego, sordo y mudo porque había perdido a la mujer de su vida y a la única amiga que le quedaba, le pidió, le rogó, le imploró que se vieran una última vez. Y fueron a cine, a la Avenida Chile, a un festival de películas francesas, y él, concentrado en sus manos y en su nuca, le pidió, en medio de una secuencia interminable (la película, si la memoria no le falla, se llamaba *Todas las mañanas del mundo*: «Los intelectuales se tapaban la cara para roncar en paz», recuerda), que se convirtiera en su novia.

Juana se levantó de la silla y salió del teatro. Rodrigo la siguió y la encontró, justo antes de imaginar lo peor, frente a unas escaleras eléctricas, sin ánimo de dar un paso, ante la imagen de un aguacero que iluminaba la cúpula de vidrio del centro comercial. Le pidió que lo acompañara a San Andresito, al local en donde siempre compraba los videos piratas de las películas de cartelera, pero ella le dijo, lista a llorar, que no quería decir ni una palabra, y lo acusó de ser incapaz de mantener, como cualquier hombre del montón, una relación de amistad con una mujer. «Deme unas semanas para desenamorarme», pidió él, «yo soy muy lento para todo».

Bajaron por las escaleras eléctricas (Juana les tenía pánico: siempre pisaba dos escalones al tiempo), y cuando llegaron a la puerta principal, ella sacó diez mil pesos de su billetera y compró, a una matrioska con acento costeño disfrazada de ecuatoriana, un pequeño paraguas de color fucsia. «Esperemos a que escampe», le dijo Rodrigo, y ella, que parecía una paranoica de afán, botó el plástico al suelo, abrió la sombrilla y se lanzó a la calle en plena tormenta. «Tome las vueltas, madre», gritó la matrioska, y Rodrigo, atrapado en el drama, con la miopía de los enamorados, se fue detrás de ella, bajo la lluvia, con los zapatos desamarrados y los cordones de cuero arrastrándose por todos los charcos.

—Tengo cita, tenía cita a las «y cuarto» —grita Juana: sabe que es imposible ver el tablero de su reloj en ese ascensor a oscuras, y sin embargo lo intenta.

—No se preocupe, doctora —dice el portero—, el doctor no ha llegado.

—Pero ¿por qué se demoran tanto?, ¿no iban a prender una planta?

—Le voy a decir la verdad, a mí me gusta la verdad —confiesa el portero—, es que el muchacho tiene un retraso.

Rodrigo la alcanzó y se metió debajo del paraguas. «¿No había de otro color?», le preguntó. Y, cuando vio que le sonreía, puso su mano helada sobre la de ella en el mango de la sombrilla. No se dijeron nada (las palabras no conseguían volverse frases) mientras Juana trataba de volver a la casa. Él le dio la mano para saltar los charcos y ella lo abrazó sin mirarlo mientras buscaba su propia imagen en la acuarela del pavimento. El segundo diluvio universal había llegado, las aceras desaparecían, la cabezas y las manos se asomaban desde los marcos de las puertas y la basura se iba sobre el río de la lluvia. Era el fin.

Cuando llegaron a la 92, a dos cuadras y tres pisos de este ascensor, con las medias encharcadas y los pulmones sin membranas, se separaron. Ella se fue debajo del horrible paraguas fucsia que comenzaba a romperse por el viento, y él se quedó ahí, empapándose a propósito, para sentir que era el verdadero final de la película, con las monedas de las vueltas entre un bolsillo. «Juana, las vueltas del paraguas», le dijo, pero ella no quiso entenderle. Para hacer más dramática la escena, las dejó caer sobre un charco y esperó mucho, mucho tiempo (veinte, treinta segundos) a que ella diera la vuelta y le dijera adiós con la mano. No, nunca lo hizo.

Y no se volvieron a ver. Juana le dio la espalda y, para justificar su ausencia, les dijo a todos los amigos mutuos, reunidos a lo largo de los últimos cinco años, «el pobre anda hasta aquí de trabajo», y él, después de una depresión y una gripa de posguerra que duró unos tres años, conoció a una mujer («pero ¿ese muchacho no era homosexual?», le preguntó su papá), se enamoró de ella y un año después estaba en la iglesia de Santa Bibiana diciéndole que sería su esposo —así lo dijo en la capilla— «en la adversidad y en lo demás».

Jimena se lo encontró unos meses más tarde, un viernes, en la cola del horario extendido de Credimensión, le preguntó cómo estaba y cómo iba la vida de casado y, cuando le recuperó la confianza, se atrevió a decirle «pero ¿no dizque Juana y usted eran el amor de la vida y todo eso?», y él, molesto por lo que consideró una intromisión en su vida privada, le respondió «sí, pero algún día había que salir de la universidad, ¿no le parece?». Al siguiente fin de semana, Juana conoció a Bernardo Molano.

—¿Ya? —le pregunta al portero o, bueno, ¿no hay nadie que pueda ayudarme?

Sus ojos no se acostumbran a la oscuridad, ¿y si está muerta?, ¿y si ha pasado a otra dimensión?, ¿y si cuando por fin abran la puerta descubre que ha llegado al Infierno o que han pasado cinco siglos y todos estos que la atormentan han muerto sin saber nada de ella?, ¿y si no está despierta o ha entrado en un estado de abandono de sí misma y se ha quedado sin nombre y sin órganos vitales?, ¿y si esa es la paz que todo el mundo persigue en la puerta siguiente?

Ahora, sobre la línea del silencio, siente las vueltas de un ventilador. El motor de la máquina vuelve a funcionar y la luz regresa a su lugar y abre todos sus ojos. «La luz es un monstruo», se dice. El ascensor toma un aterrador impulso y llega, en un par de segundos, al cuarto piso. Son las siete y veintiséis de la mañana. Las puertas se abren y ella aparece en el pasillo de ladrillo. Da la vuelta a la esquina de siempre, frente a la matera blanca con un borde dorado y una copia de un cuadro de Escher lleno de escaleras, y ve el número 414 sobre la puerta abierta.

—Que disculpe la molestia, doctora —grita el portero por las escaleras—, que siquiera volvió la luz.

—No se preocupe, gracias —dice ella—, ya voy para el consultorio.

Quiere entrar de una vez. Quiere poner su mente en blanco. Que la culpa no le quepa por ninguna parte. «Porque», piensa, «la vida ya fracasó: aborto, eutanasia, suicidio, es hora de ponerle fin a este círculo vicioso». Ese hijo jamás sufrirá. No tendrá esos abuelos, esos padres, esos momentos en blanco. No tendrá que ser alguien en la vida, ni memorizar cédulas de ciudadanía, ni responder por cuentas y huellas digitales. Será un fantasma sin resentimientos.

Entra al consultorio. Melodía Estéreo, la emisora de música ambiental, lanza una ágil versión de «Bongosero que se va». No, no hay nadie. Las gafas de la enfermera están sobre el escritorio. Las páginas de *El Tiempo*, abiertas en la sección de condolencias junto a los crucigramas, el horóscopo y las tiras cómicas, ocupan la mesa y le recuerdan que una Juana Villegas, otra, «descansó en la paz del Señor». Las luces están prendidas porque parece que fueran las cinco de la tarde. Las ventanas no sirven para nada. Quizás llueva.

4

Primero se debe quedar embarazada. Para llegar a esta sala de espera, frente a esos paisajes difusos, hay que pasar por alto varias señales y ceder una noche, por compasión, a los besos de un novio que está cumpliendo años. Se deben ignorar los brotes y los mareos que producen las nuevas pastillas anticonceptivas, los cuatro días que ha olvidado tomarlas, la taquicardia y los sudores que acompañan el insomnio. Se debe ahogar la intuición, la sensación de un error por venir, en los pequeños oficios de todos los días.

Son las siete y cuarenta de la mañana. Sólo falta que el doctor Uricoechea aparezca. La enfermera le ha enviado un mensaje al beeper y le ha dicho, hace unos minutos, «no se preocupe, mijita, el doctor llega porque llega». Y ella, aparte de buscarles sentido a los paisajes de la pared de enfrente y de jugar con los bordes del sofá de cuero habano, se ha dedicado a preguntarse, como todos los días de las últimas semanas, cómo ella, una mujer inteligente, irónica, bien educada, ha llegado, sola, hasta ese momento. «Soy una bestia», se dice.

Todo comenzó, cree, el 10 de noviembre del año pasado. Un sábado. Clara, la mamá de Bernardo, les hizo caer en cuenta de que estaban cumpliendo tres años de novios y él, en un arrebato premeditado, le propuso matrimonio. Juana nunca lo reconocerá, pero le dijo que sí, que aceptaba, acorralada por la escena: Clara dio un aplauso seco y se quedó así, con los ojos abiertos y las manos a punto de rezar, y él, el torpe Bernardo, siempre orgulloso y seguro de sí mismo, improvisó un anillo con una esquina de su servilleta.

Y ella le dijo «bueno, acepto» porque había aprendido a estar enamorada de él. Hacía tres años la había convencido, con argumentos de fondo, de que no eran sólo buenos amigos: ¿por qué, si no estaba enamorada, quería pasar todo el tiempo con él?, ¿por qué, si no se moría por él, se preocupaba por los dolores de espalda de su mamá?, ¿por qué se sabía de memoria los problemas de su oficina y las clases de macroeconomía que en ese entonces él dictaba en la Universidad de los Andes? Juana se resistió todo lo que pudo. Pero, después de dos o tres semanas de insistencia, se quedó sin palabras. Sí, bueno, estaba enamorada.

Cuando lo conoció, Bernardo tenía treinta y dos años, acababa de terminar un MBA en la Escuela Superior de Comercio de París y les contaba a todas las personas que se encontraba por la calle, después de vivir cuatro años en Francia, la misma historia sobre cómo se iba a estudiar, en los momentos de mayor soledad, frente al hermoso mausoleo de Abelardo y Eloísa en Père-Lachaise. Parecía, sin embargo, un hombre sensible. No era Rodrigo, no, pero, quizás porque acababa de llegar de Europa, era frágil e indefenso. En la calle siempre estaba a punto de ser atropellado.

Se quejaba de las amebas del trópico y después de comer cualquier tipo de ensalada padecía, en el mejor de los casos, fuertes dolores de estómago. Contaba el mismo cuento mil veces y se quejaba de los jóvenes de hoy y de su rinitis de las seis de la mañana como si fuera un anciano. Le encantaban las tijeritas para cortar las uñas, estaba obsesionado con las fosas y los pelos de su nariz, y en las fiestas, cuando se tomaba medio trago, se dedicaba a la verdadera pasión de su vida: lanzar datos curiosos.

Aún lo hace. Los dice y se cruza de brazos, satisfecho, a esperar las reacciones: «Kodak» es la única palabra que se pronuncia igual en todos los idiomas del mundo, sólo el elefante tiene cuatro rodillas, la letra jota es la única que no aparece en la tabla periódica, «Kokoriko» significa «pollo» en esperanto, en los discos compactos se pueden grabar hasta 72 minutos porque eso dura la *Novena Sinfonía* de Beethoven, la hija de Shakespeare era analfabeta, los gringos gastan más dinero en comida para perro que en comida para bebé, el 15% de las mujeres estadounidenses se envían flores a sí mismas en el día de San Valentín.

Bernardo es un buen hombre. Que quepa sólo una pequeña duda. Ser su novia no es, del todo, un sacrificio. La primera vez que tuvieron relaciones sexuales (Juana se niega a decir la deplorable frase «la primera vez que hicimos el amor», no quiere decir «tiramos» ni «tuvimos sexo» porque no quiere hablar como habla todo el mundo) la miró a los ojos, le sonrió, la trató como a una hija. Nunca, después de ese primer encuentro, la presionó ni le respiró acezante en el cuello ni creó un ambiente seudoerótico, de velos y bombillos rojos, para lanzársele encima. Siempre esperó.

Si ese día, el domingo 11 de noviembre del año pasado, en medio de su paranoia ante los detectores de robo del Tower Records del Centro Comercial Andino, no hubiera sacado a flote la esquina mezquina de su personalidad, Juana aún se sentiría en paz a su lado. Pero esa escena había atado los cabos, había sido toda una revelación: Juana salió del almacén y, en la puerta, cuando atravesaba el detector, se disparó la alarma antirrobos: llevaba un disco sin pagar en su bolsa de compras. Un vendedor a punto de terminar su turno de diez horas la detuvo y, ante la mirada de todos, sin oír razones, llamó a los agentes de seguridad del centro comercial. Bernardo, en vez de reírse o apoyarla, dio un paso atrás y se convirtió en un desconocido, un testigo más en su contra. Su futura esposa, pensaba, había manchado su nombre. Un día después de haberse comprometido.

Cuando el malentendido se aclaró, y Bernardo le dijo a uno de los vendedores «yo siempre supe que mi novia era incapaz de hacer algo así», Juana se dio cuenta de la farsa: Bernardo la quería para adornar la sala de su apartamento: detrás de su inseguridad y su cobardía (que tres días después le perdonaría a fuerza de oírle «no sé qué me pasó: soy una güeva») estaban los genes de Clara de Molano, la mamá, una mujer de miradas de reojo en misa y cenas de caridad en clubes de lujo, una pobre viejecita que nunca tuvo en qué sentarse sino sillas y sofás con banquitos y cojines y resorte al espaldar.

Bernardo cumplió treinta y cinco años el viernes 16 de noviembre del año pasado, y en medio de la celebración, después de un par de tragos, preguntó al auditorio borroso y sonriente si sabían que los ojos de un hámster podían caerse si lo colgaban con la cabeza para abajo y, justo cuando alguien declaraba «ahí está pintado Bernardo», confesó que se casaría con Juana el próximo año, en la misma fecha en que se casaron sus padres. «Ojalá mi papá estuviera vivo», les dijo. «Ojalá pudiera vernos».

Por la noche, cuando todos se fueron y Juana vació los ceniceros, lavó los platos y sacó la pesada atmósfera de la fiesta por las ventanas de la sala, Bernardo la abrazó por la espalda y le dijo, como si la acabara de conocer, «usted me gusta mucho». Entonces la llevó a su habitación, al lado de la de su madre, y ella, igual que las últimas veces, se dejó quitar la ropa, se imaginó que todo eso ocurría en una playa desierta y se dedicó a observar la desesperación, el afán, los espasmos de su pobre novio, y lo recibió, en ella, como si quisiera protegerlo del mundo y comprendiera sus necesidades pero no las compartiera del todo.

El sexo no es su fuerte, eso es. No le gusta la ropa pegada al cuerpo, nunca se ha puesto una minifalda para subir un sueldo o una calificación, jamás se ha descubierto enloquecida por una fantasía. Siente placer y no se avergüenza de sus instintos. Pero puede pasar largas temporadas sin acostarse con nadie y, aunque suene a «interesante problema psicológico», cuando lo hace, lo hace por él, por su soledad, y se desdobla y lo ve todo desde arriba, y la descontrola más la locura de Bernardo que la velocidad en el fondo de su cuerpo. Con Rodrigo, sólo con Rodrigo, perdía la conciencia de sí misma.

Esa noche, cree, quedó embarazada. A las diez y media de la mañana del día siguiente, sábado 17 de noviembre, cuando salió de la ducha, se dio cuenta de que los últimos cuatro días había olvidado tomarse las pastillas anticonceptivas. Ahí, con el espejo empañado, sin poder consolar su propia cara de angustia, revisó con los dedos el paso de su última menstruación («5, 6, 7, 8, 9 de noviembre», se confesó), el viernes en que comenzó a tomar las píldoras del mes y el martes en que dejó de tomarlas. Buscó la cajita lila de las pastillas, Harmonet, en el mueble del lavamanos, y cuando la encontró, y aceptó que sólo se había tomado las tres primeras tabletas, leyó las seis caras de cartón con la esperanza de que en alguna, en las advertencias y las precauciones en letra diminuta, por ejemplo, encontraría la solución a su imperdonable olvido. Tenía las manos muertas. No había pulso, sangre, nervios.

Buscó, entonces, la hoja de instrucciones de uso. Decía que la caja traía 21 comprimidos y cada uno contenía 20 miligramos de lactosa, 20 de etinil estradiol y 75 de gestodeno. Y se advertía, en letra negra y subrayada, «use un método anticonceptivo adicional si olvida tomar tres o más grageas seguidas» y «si no le llega el período, consulte a su médico y no tome Harmonet hasta tanto él no le indique comenzar de nuevo». Se habría desmayado, claro, si Samuel, su hermano, no le hubiera gritado que necesitaba bañarse.

Ahora son las siete y cincuenta de la mañana en la sala de espera del consultorio. No quiere ser mamá. Simplemente, no quiere. Ese tipo que acaba de pasar por el pasillo así, a toda vela, tampoco es el doctor Uricoechea, y la enfermera, acorralada por su mirada impaciente, pone un nuevo mensaje en el beeper del médico. Mientras lo hace, para tranquilizar a la paciente, levanta el pulgar y le enseña una foto de Brad Pitt que ha puesto en el portarretratos de su escritorio. Juana le dice que sí con la cabeza.

Piensa que todo debe terminar. Necesita que termine. No puede seguir levantándose en la oscuridad del apartamento. Mañana tiene que ser otro día, otra vida. La imagen de la primera prueba de embarazo, en el baño de esa cafetería, debe quedar atrás. Los días no pueden ser una bola de nieve. Tienen que ser agua, correr, seguir de largo.

—Anoche desperté a mi marido con un grito —dice la enfermera, con sus cachetes de gallina, para explicar por qué acaba de reírse sola—. Estaba profunda y me dio por soñar que estaba en un teatro y no me shalía la voz y entonces hice esfuerzo para hablar y terminé pegando un grito que ni le cuento.

—Yo ahora me sueño todas las noches con una tortuga patas arriba en la mitad de un caminito de piedra —confiesa Juana para no ser descortés— y anoche no pude dormir más porque soñé con unos pollitos muertos.

—No me diga —dice la enfermera—. Una niña que vino el viernes me contó el mismo sueño.

Juana abre los ojos: así que su inconsciente tampoco es original, así que todas, cuando llega el siguiente mes, cuando pasa la quinta semana y la regla no aparece por ninguna parte, se hacen, como ella, una prueba de embarazo comprada en cualquier supermercado, y después otra prueba, y una más, y cuando están a punto de perder la razón se hacen un examen de sangre y todo queda confirmado y piensan, primero, que no les puede estar pasando lo que tanto han criticado y no pueden haber caído en semejante lugar común. Ella es todas. Así se llame Juana.

Lo que significa que no es nadie. Que ni siquiera es una madre. Como cualquiera, como cualquier paciente de este consultorio, cuando aceptó su embarazo le confesó a su mejor amiga el porqué de su angustia («marica: no me llega», le dijo a Jimena) y unos días después, cuando los exámenes confirmaron las sospechas, se descubrió, primero, inventándose una mentira que le dejara el campo libre para un aborto («no, Jime, por fin me llegó: me iba muriendo del susto», inventó) y, segundo, quedándose sin voz, sin palabras, sin espacio cada vez que iba a lanzarle a su novio la frase «¿no podemos casarnos en enero?».

La noche del 20 de diciembre del año pasado, encerrada en su cuarto, tomó la decisión. Antes, cuando estaba en la universidad, pensaba que quedar embarazada iba a ser uno de los momentos, una de las noticias más felices de su vida, pero ante aquella desolación inesperada, frente a ese horizonte vacío y la confirmación de una soledad que desde siempre había tratado de ignorar, esa noche abrió las páginas amarillas en la sección de ginecología y eligió al doctor cuyo consultorio le quedaba más cerca de su casa. Era navidad. Su papá y su hermano estaban en la sala. Ella se negaba a hacer el pesebre.

Era tarde, pero el contestador automático del consultorio daba, para casos de emergencias, el número de un beeper. Juana lo marcó y le pidió a la operadora que le enviara a Antonio Uricoechea el mensaje «necesito hablar con usted sobre mi embarazo: favor llamarme al 6104082». El doctor la llamó de inmediato. Eran las once de la noche cuando sonó el timbre del teléfono y su papá, con su firme vocación al infarto, preguntó quién se atrevía a llamar a esa hora. «Es Bernardo, papito, Bernardo», respondió ella, «le pedí que cuando llegara a la casa me echara una llamada».

El doctor Uricoechea entendió la situación de inmediato: le pidió que durmiera bien, le explicó que Dios sólo espera de nosotros nuestra muerte, le confesó en voz baja su solución a la tragedia, le sugirió que fuera al otro día a su consultorio («te voy a dar la dirección, mamor», dijo al final, «¿tienes con qué anotar?») y al otro día, cuando la vio acabada, semejante a una actriz de cine fotografiada por un paparazzi, le dijo, asumiendo el papel de ángel de la guarda, la verdadera voz de su conciencia, «vamos a hablar tú y yo, solitos, hasta que sepamos qué queremos hacer: la naturaleza no es sabia en estos casos».

Son las ocho de la mañana. Sólo falta que él, el doctor Uricoechea, entre por esa puerta. Entonces, cuando entre, la ayudará a pararse del sofá, le dirá «estás haciéndote un bien: esto es lo humano» y la conducirá hasta la camilla del consultorio. La enfermera le pedirá que se quite la ropa y se ponga la bata. Ella lo hará y, como una niña obediente, asumirá su lugar en la camilla, recibirá en calma un sedante intravenoso, abrirá las piernas con los ojos cerrados. Estará pálida. Sentirá ganas de vomitar. Su corazón dará otro paso al frente.

El doctor, con la bondad de su primer encuentro, le lavará la vagina con un antiséptico, le inyectará anestesia local cerca del cuello del útero y lo ensanchará, poco a poco, con dilatadores del tamaño de un esfero. Quizás, para evitar los calambres, haya que aplicar una droga llamada Misoprostol. Él, como cualquier ángel, le acariciará la cabeza. Y unos minutos después, no muchos, cuando la abertura se haya dilatado, le introducirá en el útero un tubo conectado a una máquina de succión.

El útero será, pronto, otro espacio vacío en su cuerpo. No quedarán las ruinas de esas catorce semanas ni crecerá, como decían las niñas en el colegio, un fantasma dentro de su cuello. El doctor desconectará la máquina y con un pequeñísimo gancho metálico, una cucharita de plata, raspará adentro y se cerciorará del resultado. Eso pasará, así pasará. Lo sabe de memoria. Serán sólo diez minutos de su vida. Estará en la calle, por tarde, a las nueve y media de la mañana. Volverá a su cama a las diez. Su papá le preguntará si se siente bien y ella le dirá que tiene sueño.

Todo eso, por supuesto, si el doctor Antonio Uricoechea aparece en el consultorio. Si aparece, si se lleva a cabo este plan trazado por los dos hace casi ocho semanas («necesitamos que esté un poquito más grande, mamor», le explicó el médico: «veámonos, si te parece, el lunes 11 de febrero»), Juana se sentirá miserable y llorará, sin aire, en nombre de un ser que no conoció nunca. Por unos días se llamará Ana (significa, dijo Rodrigo alguna vez, «la que protege») y, porque será la viva imagen de su abuela paterna, le reclamará la vida perdida. Después, como un mal día, como una mala noche de cualquier semana, desaparecerá por completo de la mente.

—Parece que va a llover —dice la enfermera.

—Ojalá el doctor llegue antes del aguacero —dice Juana—, ¿le habrá pasado algo raro?, ¿habrá algún trancón?, ¿él de dónde viene?

—Me imagino que de la casa —responde la enfermera—, pero quién sabe a quién está salvando ahora.

—Cómo es de buen tipo, ¿cierto?

—Es divino: a todas las quiere, a todas las cuida, a todas les dice «mamor». No «mi amor»: «mamor». Divino mi doctor Antonio. Yo sí le digo, porque eso sí yo soy la única que lo para, «mi doctor Antonio: usted tiene que aprender a decir que no, sus únicos defectos son su bondad y esa tomadera de trago que lo tienen fregado». Y él, pobrecito, me dice «sí, Carmencita, yo sé: sígame regañando a ver si se me pasa». Es que no tiene malicia.

—Pero no toma mucho trago, ¿no?, yo no le he notado nada.

—No, él es un caballero, un profesional: a veces se le olvidan cositas y se equivoca en pendejadas, pero si viera, Juanita, es un papá muy dedicado y es muy buen esposo. Con decirle que ellos están separados y él sigue cuidándola. No, y si él no va a venir, o está enredado con algo, llama y dice «Carmencita, páseme a la paciente y yo le explico todo». Es un *gentleman*.

Juana lo sabe. El doctor no está en el negocio de los abortos. Lo hace, de vez en cuando, como si se tratara de un compromiso secreto que ha hecho con el mundo. Con el mundo y con la memoria de su padre, el catalán Tomás Uricoechea, que fundó en el país la primera clínica para la mujer, introdujo el concepto de «control de la natalidad» e insistió en el de la eutanasia hasta el día de su muerte. No, el doctor Antonio no es un comerciante de órganos. Sólo cobra quinientos mil pesos por la operación (500.000 pesos cada dos semanas es 1.000.000 al mes y 12.000.000 al año: «con eso y un par de eutanasias queda al otro lado», se dice Juana) y ella los tiene ahí, en la billetera, en billetes de veinte mil, junto al cheque que debe entregarle a su tía Emma, la oveja negra de la familia, a las cuatro en punto de la tarde. Se los entregará, uno por uno, cuando todo termine. Todo eso, claro, si el médico llega. Son las ocho y seis de la mañana. Lleva casi una hora de retraso.

Suena el timbre del teléfono. Las dos saben quién es. La enfermera dice «eso es él», se peina y levanta el auricular. Y sí, es él. Y las noticias, al parecer, no son muy buenas. Carmencita se reduce a un par de «ajá», «sí señor», «primero lo primero» y con la palma de la mano izquierda le pide a Juana un poco de paciencia. Ella no puede más: se levanta del sofá de cuero habano y, para disimular el estado de sus nervios, se acerca a los paisajes borrosos de la pared de enfrente. Descubre, sin esperarlo, que no son paisajes sino filas de personas detrás de una niebla de colores.

—Quiere hablar contigo —dice la enfermera con el teléfono en la mano—: tuvo que irse para el colegio de Felipe.

Juana no puede creerlo. Es como si hubiera llegado a la ciudad equivocada y todavía le faltaran diez horas de viaje. Es como si tuviera que hacer escala, a la fuerza, en un país en donde hablan un idioma imposible. Siente ganas de vomitar. Del comienzo de su pelo viene una pequeña ola de sudor frío. Se esfuerza por sonreír. Pasa al teléfono y trata de mostrarse ecuánime, amable, comprensiva. El doctor Uricoechea le pide disculpas apenas oye su voz, le cuenta que por amenazas han tenido que evacuar el colegio donde estudia Felipe, su único hijo, y le pide que no se desespere.

—¿Puedes volver a las seis y media de la tarde al consultorio? —le pregunta—. Estoy en la ciento setenta y pico con séptima y me toca llevar a Pipe a donde la mamá, dar una conferencia en la Javeriana a las diez de la mañana y almorzar con unos cirujanos españoles que vinieron a un congreso de ginecología (mejor dicho: estoy hasta acá), pero por ningún motivo podemos dejar pasar el día sin hacer la operación, ¿puede ser a las seis y media?

—Usted sabe que yo no puedo pensar en nada más, doctor —dice Juana y la enfermera aprueba su frase con la cabeza—. Usted dirá.

—Entonces a las seis y media nos vemos en el consultorio, mamor —dice el doctor—. Perdóname, yo sé cómo te debes estar sintiendo. Trata de no pensar mucho. Date una vuelta por ahí, métete a cine, no comas nada pesado. No tomes nada por la tarde. Sabes que cuentas conmigo, ¿no? Yo estoy pendiente de ti, Juanita. No sabes la angustia que me da dejarte plantada. No te vayas a sentir sola. Sabes que estoy a tus órdenes, ¿verdad?

Sí, lo sabe. Ese no es el punto. La cuestión es ¿en dónde va a meterse hasta las seis y media de la tarde?, ¿qué pensamientos va a pensar en esas diez horas?, ¿en qué tipo de persona va a convertirse? Su papá estará en el apartamento y le hablará de mil cosas sin sentido (le contará, una vez más, un documental que ha visto en la televisión) y ella no querrá oírlo, Bernardo tratará de convencerla de ayudar a su mamá a preparar las onces y las horas serán días enteros. Por eso se rinde, sí. Porque no puede sola con su propia vida. Que alguien se ponga ahora en su lugar. Que alguien rece por ella.

Una melodiosa versión de «Valencia», interpretada por un sintetizador bajo una percusión programada, se oye por los parlantes de las esquinas. Juana se despide, cuelga el teléfono e intenta sonreír. Se ha quedado sin piso. Ahora todo parece más lejos. El mundo es un asfixiante horizonte circular. Se encoge de hombros y, mordiéndose el labio inferior de la boca, le dice a Carmencita, la enfermera, «Dios mío: yo tenía todo pensado para esta hora». La señora le responde que toda va a estar bien, le da unas palmaditas en la mano, le pide que se siente un minuto y se tome una agüita aromática.

Juana respira hondo y, por alguna razón, siente que quedarse quieta puede ser una buena idea. «Ningún plan resulta», piensa. «Ningún plan funciona a la hora de la verdad». Porque si se tratara de planes, si la vida saliera como una la imagina, ahora estaría viviendo, lejos de Bogotá, con una especie de príncipe azul colombiano en una casa de ladrillo y madera con un jardín, dos pisos y un pastor ovejero. Su mamá estaría viva y felizmente casada con su papá, y se darían besos y se cogerían de la mano frente a ella. Quizás tendría dos hijas.

La enfermera le entrega la taza de agua aromática, decorada con pequeños tréboles morados, y le dice «cuidado mijita que está caliente». Juana sopla el agua hirviendo y se concentra en la imagen de la hierba verde, que tiñe poco a poco el fondo de la taza de cerámica. «He debido contárselo a Bernardo», se dice. Siente una ligera punzada en el estómago. Mira los paisajes de la pared de enfrente. Parece que va a llorar, pero no llora.

5

Se despide por tercera vez de la enfermera. Le dice «bueno, Carmencita, entonces nos veremos a las seis y media» y le da la espalda a la sala de espera. Son las ocho y veinte de la mañana en el reloj del consultorio. Camina hacia el ascensor pero, antes de dar la vuelta a la esquina, prefiere bajar por las escaleras de ladrillo. La luz nebulosa, de cielo cargado de agua, entra por las ventanas de los descansos, a través de los gigantescos helechos, y Juana se dice, escalón por escalón, «no puedo creer esto: no contaba con este problema». Hace dos o tres minutos que no respira por la nariz. No pasa saliva.

Llega al primer piso del edificio. Está mareada, tiembla, siente náuseas. El portero de las gafas verdes no aparece por ninguna parte. Ve, debajo de la puerta del pequeño baño de emergencia, las olas amarillas de un bombillo colgante. Cuando oye el huracán del inodoro, apura el paso, llega hasta la puerta de vidrio y sigue las instrucciones y la empuja para salir a la calle de nuevo. Las nubes casi tocan las antenas de los edificios, pero la luz obliga a Juana a apretar los ojos, como si acabara de salir de la feliz oscuridad de una sala de cine. No hay cielo. Es un pesado telón de fondo.

Se aleja de la entrada del edificio y, para evitar a una indigente tusada que escarba una caneca colgada de un poste, gira en la primera esquina que encuentra y baja, con un afán incomprensible, por la calle 95. Mientras camina, trata de verse a sí misma en las vitrinas. No puede hacerlo, no, ve sólo un mapa de América hecho de su reflejo, porque un veloz oficinista barrigón le lanza el piropo «mami, ¿su papi no tenía pipí sino pincel?» y ella, un poco asqueada, decide continuar su camino hacia la carrera 15. No entra a Miniaturas, su almacén favorito, pero frente al local vecino, cuyo letrero no encuentra por ninguna parte, por poco tropieza con una mujer con unos quince meses de embarazo. Siente que la ha visto, con otro cuerpo, en alguna parte.

Le pide perdón. Da dos, tres, cuatro pasos. Y, de la nada, como si se le hubiera encendido una parte perdida del cerebro, se le ocurre que la cita incumplida por el doctor, sumada a la imagen de aquella mujer embarazada, ha sido una señal del cielo. No debe abortar: eso es. Ana, la hija por venir, puede ser el sentido de su vida. Quizás nunca ha sido nadie porque debe ser mamá. Tal vez ha sido mamá desde el principio. Tal vez es sólo una madre. Sus relaciones con los hombres, su tendencia a preservar la salud mental de los demás en detrimento de la suya propia, la han estado preparando para entregarse, como una monja enamorada de Dios, a los ojos de su Ana.

Llega hasta la carrera 15. Siente que el aire está lleno de cenizas, porque los buses ejecutivos se desgastan todo el tiempo, y se tapa la boca con el cuello del saco. No, no puede tener un hijo, no es el momento. Debe quitarle, de una vez por todas, el sexo, la sonrisa, el nombre. ¿De dónde vienen esas oleadas de culpa?, ¿por qué aparecen esas voces y esos pasos dentro de ella?, ¿en dónde nace ese instinto intermitente? No, no puede creer en señales secretas que el destino le envía desde el centro del mundo. No hay nada más allá. Todo está acá. Todo se puede ver, se puede oír, se puede oler.

 Faltan más o menos diez horas para la operación. Dios mío, no puede creerlo. Suena el timbre de su diminuto teléfono celular, que es una animada canción tropical, y entonces mira su reloj, deja caer la cartera a su antebrazo, abre la aparatosa cremallera y comienza a buscar, con la mano izquierda, el aparato. En el identificador de llamadas, en la pantallita, dice «casa». Y se imagina a su papá, de inmediato, diciéndole «mi niñita, se me olvidó decirte que compraras unas naranjas para el desayuno de mañana» y prefiere no contestarle. La insistencia del timbre es su culpa. Hasta que lo apaga.

 Odia estar viva, eso es lo que piensa. Camina hacia el norte, por el amplio andén de la carrera 15, en busca de un lugar donde pueda sentarse. Detesta el sabor del café, cualquier café, pero ahora mismo quisiera tomarse un capuchino. Siente escalofrío y se abraza, una vez más, a su cartera. Una pareja sin futuro —el hombre lleva un bisoñé y un palillo entre los dientes, la mujer tiene uñas postizas y lleva un perrito pínscher en la cuna de sus brazos— pasa, en el peor momento de su historia de pareja, junto a ella. «Roberto, yo te vi», dice la mujer, y el hombre, con su triste peluquín, trata de alcanzarla. «Apostemos lo que quieras», responde él. «Siempre hay alguien peor que uno», se dice Juana.

 Es muy temprano para encontrar un café abierto, pero se niega a volver así, temblorosa y sin ganas de vivir, hasta su casa. Cierra la cremallera de la cartera y mira para todos los lados para comprobar que nadie haya visto su desprotección. Aún lleva el celular en la mano. Se siente mal por haber ignorado la llamada de su papá. No podría soportar que nadie, en todo el mundo, se sintiera mal por su culpa: esa es su desgracia. Se sienta en un muro de ladrillos, frente a un restaurante cerrado, por un momento. El mareo no quiere terminar. Y lo mejor, cuando uno no sabe hacia dónde se dirige, es quedarse quieto. O devolverse. Y Juana, ahora que imagina a su papá odiándola por no haberle contestado, decide marcar, desde su celular de juguete, el número de teléfono de su apartamento.

—Soy yo —dice cuando oye la voz de su papá—, ¿tú me llamaste ahorita?

—Sí, te llamé para preguntarte cómo te fue —confiesa Patricio.

—¿Cómo me fue en qué? —pregunta ella como si lo hubiera elegido, de entre todos los mortales, para desquitarse del mundo.

—¿Pudiste pagar la cuenta?

—Estoy metida en la mitad de la fila —improvisa ella—: yo creo que aquí me va a tocar esperar un rato.

—Tener paciencia —dice él—: no podemos dejar que se nos pase.

—¿Y tú cómo estás? —dice ella: sabe que ha sido una niña antipática al comienzo de la conversación e intenta enmendar su error transformándose en una hija preocupada por la suerte de su padre—, ¿te vas a quedar en la casa toda la mañana?

—De pronto salgo a comprar unas naranjas, mi niñita —le dice él—, tengo ganas de darme una vueltica. Tú también deberías caminar un poquito: esta mañana estabas toda paliducha. Más bien, si puedes, nos vemos acá y pedimos algo bien rico de almuerzo.

—Yo no sé si llegue a almorzar —responde Juana, y entonces, de la nada, empieza a inventar toda una historia—: quedé que de pronto ayudaba a Jimena a organizar yo no sé qué cosas de una exposición. A escribirle un catálogo para un amigo artista que tiene. De pronto almuerzo con ella. Mejor dicho, no sé. Más bien, si quieres, te llamo ahorita más tarde.

No es capaz de decirle «no» a nadie. Ni siquiera a su papá. Se le ocurren los peores insultos y los mejores sarcasmos, pero nunca se atreve a pronunciarlos. No dice nada en contra de los planes de nadie. Y se le van los días de pronto, sin ella misma, como si pusiera en escena los libretos de los demás. Sí, todo el tiempo está trabajando para alguien. Y no es un egoísmo enmascarado («ahora sí voy a comenzar a pensar en mí mismo», dice su papá cada dos o tres meses, y siempre, desde que Juana tiene uso de razón, sólo ha pensado en él mismo), es una forma de pedirles a los demás, arrodillada, que no la dejen sola.

—Como quieras, mi niñita, por mí no hay ningún problema —dice Patricio—. Yo aquí estoy lleno de oficio porque cómo te parece que no han hecho sino llamarme los Ramírez, los yuppies de la junta del edificio, porque quieren echar a Lucía, la pobre administradora, porque dizque les parece «bruta, ordinaria e incompetente» y quieren que yo, a estas alturas de la vida, hable con ella y le diga todo. Conclusión: la repetición de la repetidera. Siempre terminan pidiéndome que les resuelva el problema. Y yo con este maldito dolor de espalda: no, es que ya casi no puedo ni tejer. Yo no sé, mi amor, mi problema es que me estoy volviendo viejo. Ahora todo el tiempo me siento descontrolado. ¿Qué te puedo decir? Me siento descontrolado. No entiendo nada, nada de lo que me dicen. Como si me hablaran en otro idioma. «Bruta» e «incompetente», ¿ah? Es que la gente se vuelve brillante y de mejor familia cuando llega por la noche al edificio. Mejor dicho...

—«La indiferencia es la salvación» —completa Juana—. Papito, tengo que colgar, me está llegando carísimo el celular.

—Pero, mi niñita, es que tienes que ponerle más cuidado a la búsqueda del trabajo. Sin puesto no hay celular que aguante.

—Espérate que salga de este día —dice ella con los ojos en blanco de tanto oírle esa misma frase—: anoche me dijo Bernardo que un amigo de él, Nosequién Meléndez, está montando una empresa de importaciones y de pronto necesita a alguien en comunicaciones.

—No es por presionarte, no es eso: es que una mujer como tú, con esa inteligencia y ese encanto (porque mi amor, todo el mundo te adora), debería estar dirigiendo una revista, organizando eventos, escribiendo poemas, como cuando estabas en la universidad. No es por la plata, Juanita, con lo que a mí me dan es suficiente: es porque te estás desperdiciando. Y todo ¿por qué?

—Porque no creo en mí, papito —dice ella: se sabe aquel parlamento de memoria—. Papito, tengo que colgar, nos vemos más tarde en la casa, yo te llamo en un rato desde donde Jimena.

—Bueno, pero no te demores, ¿no? Lo de los atentados está horrible.

—No te preocupes —dice Juana—: ahora más tarde hablamos.

Patricio Villegas se queda con el teléfono de la sala en la mano. «Adiós, que estés muy bien», le dice, molesto, al tono de la línea. No lo dejó decir ni una sola palabra. Es increíble. Antes, cuando estaba en el colegio, se le sentaba en las piernas y le pedía cuentos, respuestas, gestos graciosos. Está muy viejo, eso es: deberían subirlo a un ático y bajarlo cuando lleguen las visitas, como a cualquier perro disecado. Ya no les sirve a sus hijos, ya no le sirve a nadie. Para decir verdad, el mundo estaría mejor si él se muriera.

Deja las agujas de tejer sobre el asiento, trata de que el teléfono quede en el centro de la mesita y el cenicero de plata y la cajita de madera estén a la misma distancia del aparato. «A esa niña le está pasando algo muy raro», se dice en voz alta. «Ella no es así». Y Samuel, el hijo menor, que huele a húmedo desde que la mamá murió (odia que sólo use esa sudadera recién lavada) y hoy se ha negado a ir al colegio para evitar «la maldita previa de trigonometría», y porque a estas alturas las clases ya no le dicen nada nuevo y «deberían pagarme para que fuera», aparece a tiempo en escena y le responde, con sarcasmo, «es que ser mujer no es nada fácil».

Patricio siempre quiere regañar a su hijo. Su voz de adolescente le despierta un nervio secreto. Debería gritarle «Samuel, haz algo productivo, deja esa arrogancia: no desprecies la inteligencia de tus profesores, no le escribas tanto a esa muchachita, el mundo no es sólo libros de Flaubert y películas de Bergman», pero no cree en la productividad, sabe de la mediocridad y la mezquindad de los profesores, entiende que escribirle a una mujer es respirar y está convencido de que el mundo es sólo libros de Flaubert y películas de Bergman.

«Deberías estar en el colegio», le dice. «Tienes que comenzar a entender a las mujeres». Y sí, Samuel las entiende: por eso, en realidad, es que no quiere ir al colegio. El sábado, en una fiesta, conoció a una, a la mejor de todas, y hablaron toda la noche (porque no, él no baila: «Mira cómo se ven de ridículos», les dice a sus conquistas fallidas, «quítales la música y piensa en lo que queda»), y todo iba bien hasta que apareció Mazuera, el novio, y le dijo «cuídese, cuídese: el lunes nos vemos en el colegio». Por eso no quiere ir: Patricio lo sabe, como sabe que Juana está rara desde diciembre.

Suena el citófono. Son las ocho y media de la mañana. Samuel se sienta en el suelo de la sala —es, ahora, un indiferente niño indio— y se pone a leer el periódico como lo ha hecho desde cuando cumplió los cinco años, y él, Patricio, preocupado por aquella familia que hace tiempo se le ha salido de las manos, contesta el aparato y le dice al portero «ya bajo: no me demoro».

Los quince minutos siguientes son los más rápidos del día: le dice a Samuel «todo me toca a mí: ya vuelvo»; baja a la recepción del edificio y recibe las quejas de los Ramírez y las lágrimas de la administradora; lee la nueva manzana de la discordia, un aviso redactado y colgado en la cartelera de la recepción por la señora («se ruega a los inquilinos abstenerse de llevar a sus mascotas a la zona verde de la propiedad», dice, «porque, de lo contrario, los niños continuarán embadurnándosen de caca»), y les pide que no tomen las cosas tan en serio; le cuentan que hay una gotera en el noveno piso y la dueña del lugar, doña Rebeca, a quien todos los inquilinos le huyen para no oírle por enésima vez lo dura que es su vida, se niega a abrir la puerta; todo acaba en gritos: los Ramírez se van a trabajar, la administradora sube al noveno piso, él regresa hasta su apartamento.

Faltan quince minutos para las nueve. Samuel, su hijo, ya ha prendido el computador y se escribe por Internet «con la niña del sábado». Le entrega el aviso de la cartelera, para que vea «lo ridícula que es esta gente», y el niño de dieciséis años le responde «al menos le puso tilde a embadurnándosen». Patricio se ríe, va a su habitación, se pone su chaqueta llena de bolsillos cosidos («porque, mi niñita, me estaba quedando sin en dónde guardar mis cosas»), se sienta al lado del teléfono, por si Juana vuelve a llamar, y se dedica a tejerle a su hija el saco de invierno que le prometió. Ve, en la mesa del comedor, los hombrecitos de origami que aún no ha terminado.

Pone la mente en blanco. Tejer es, para él, dejarse ir, desvanecerse, vaciarse. Es un acto zen. Sus manos lo ayudan a olvidarse de sí mismo, a ser ese ser en donde somos, ese ser que todos somos. Si aún estuviera dando clases les habría dicho a sus alumnos «ya sé de dónde lo plagió todo Heidegger: de la filosofía zen» y les habría dado una razón más a sus detractores, en la facultad, para insistir en su retiro. «Ah, que llames a Clara de Molano», le dice Samuel, «Clara de Mol Ano: que quiere invitarte a unas onces».

Patricio conoce a Clara de Molano desde hace cuarenta y cinco años. Nunca ha confiado en ella. El primer día que la vio señalaba a una serie de transeúntes desde un ventanal y pontificaba sobre «lo bestias que son estos indios». Cuando Bernardo, el hijo, resultó novio de Juana, estuvo a punto de creer en los hilos secretos y los títeres humanos, pero pronto entendió, gracias a la inteligente bondad de su hija, que era ella, no él, la protagonista de esa historia. Se guardó sus palabras. Las dejó por ahí, a la mano.

—Clara, ¿cómo estás?, ¿cómo sigues de tu gripa?
—Pues digamos que bien para no preocuparte, Patricio. ¿Cómo están todos por allá?, ¿cómo va mi Juanita? La vi medio enferma este sábado. La pobre trasbocó todo, todo el almuercito que le hice. Con Bernardo el otro día, ¿ayer fue?, estábamos preocupadísimos por ella: pobrecita la chinita, sin trabajo ni nada. Y no es por la plata, porque con el sueldo de Bernardito les basta y les sobra, sino por ella, mijo, porque sí, es mujer, pero ¿acaso una mujer

no tiene ojos, no tiene manos ni órganos ni alma, ni sentidos ni pasiones?

—Eso le digo yo —responde Patricio, y es conmovedor porque, al emprender aquella batalla que ha sido ganada, los dos creen que han llegado a la cumbre de la tolerancia—, ¿no come ella lo mismo, no se hiere igual, no le dan las mismas enfermedades y no toma las mismas medicinas, no siente calor al mediodía y frío en la madrugada, como cualquier hombre?

Samuel pone los ojos en blanco y se pone unos audífonos para seguir su conversación privada por Internet. Es un gesto de familia. Patricio se acomoda en el asiento. Clara y él son los presidentes de Estados Unidos y de la Unión Soviética en medio de la Guerra Fría, y pronuncian, siempre, las palabras exactas. Lamentan ser viudos, se quejan del horrible estado del país y de «esa pobre gente en el Chocó: los borraron del mapa». Él se excusa de ir a las onces «porque Samuel anda un poco enfermo y me da culpa dejarlo solo», y ella, para terminar, le sugiere aconsejarle a Juana que vaya a donde Enrique Pedraza porque es grosero, sí, pero «sigue siendo el mejor gastroenterólogo del país».

Se despiden. Clara de Molano, molesta por la educada negativa de Patricio, le dice a Cecilia, su empleada del servicio, «éste está tratando de hacer como papá todo lo que no hizo como esposo: cómo sufrió la pobre Clemencia». Son las ocho y cuarenta y cinco en su reloj. Debe estar atrasado. Los tipos del Internet, cuatro técnicos de Credicable, llevan desde las siete de la mañana instalando el módem, la tarjeta, la conexión al servidor y no sabe qué más cosas y, Dios la perdone, el estudio comienza a oler tan feo como sus overoles, sus guantes, sus cachuchas. «Qué pereza estas cosas», dice, «eso me pasa por hacerle caso a Bernardo». Clara es metódica, terca y disciplinada, pero pierde la cabeza y hace lo que sea por su hijo. Es, cree, su mejor amiga. Lo ha salvado de mujeres, accidentes y trabajos.

No le gusta lo que está pasando con Juana. El espectáculo del sábado sólo lo da una mujer embarazada. «Ceci, no me gusta nada esa niñita», le dice a la empleada del servicio, «es buena, decente e inteligente, sí, yo no lo niego, y es verdad que uno no se debe meter en las vidas de los hijos, pero es mentirosa, Ceci, dice mentiritas chiquitas todo el tiempo y el bobo del Bernardo babea por ella». La empleada no dice ni una palabra. Es sabia. Acompaña a su señora hasta la cocina y todo el tiempo dice «sí» con la cabeza. «Antes es mucha gracia, mi Ceci», concluye Clara ante la puerta de la nevera: «qué se puede esperar de una niña con semejantes genes».

No hay nada en esta casa. No hay nada en la despensa. No queda nada en la nevera. Sólo carnes, frutas, dulces, tortas, huevos, pan y pez. Bueno, algo de caldo, chocolate, leche, vino, té y café. «Ya terminamos, mi señora», dice el líder de los técnicos de Credicable. «Ya iba siendo hora, ¿no mijito?», le responde Clara de Molano. «Sí señora: estuvo berraco el chicharrón», responde el tipo con las defensas abajo, «pero si puede venir al estudio le enseñamos en un minuto cómo le quedó funcionando».

Y es eso, exactamente, lo que ocurre: Clara de Molano va al estudio, se sienta frente al computador, hace mil y una preguntas («¿dónde se escriben los e-mails?», «¿ustedes quieren alguito de tomar?» y «mijo, ¿por qué esta dirección no tiene arroba?») y para terminar la escena y concederles el permiso a los técnicos para desaparecer de su vida, le envía a su hijo, Bernardo, un triste mensaje de prueba que escribe, con los diez dedos de la mano, bajo las miradas hastiadas de aquellos señores de overol.

Querido hijo mío: este es un mensaje de prueba para saber cómo te ha ido hoy en el trabajo y si has hablado con Juanita. Dime, ¿ella está bien? Acabo de charlar con Patricio y me dejó medio preocupada. También la ha visto muy pálida. ¿No será mejor que Enrique Pedraza le haga una endoscopia? Mira que las niñas hoy tienen enfermedades de ancianitas de sesenta como yo. Acuérdate de lo de la hija de Beatriz de Manrique: pensaban que eran agrieras hasta que la cremaron. Te quiero mucho, mi lindo. Respóndeme si este mensaje te llega. Salúdame a Nicolás y recibe un gran abrazo. Atentamente, tu mamá.

No es una botella al mar. El mensaje viaja en tres segundos desde el computador de Clara de Molano, en el estudio del apartamento 502, en un pequeño edificio ubicado en la carrera 5 # 72-27, hasta la oficina de su único hijo, Bernardo Molano, en el fondo del quinto piso de aquella torre en la esquina del Parque de la 93. Cuando ve el mensaje en la pantalla de su computador portátil, Bernardo le dice a Nicolás Vergara, su socio, su mejor amigo de la universidad y del colegio, «es de mi mamá: por fin terminaron de instalarle esa vaina». Leen juntos el e-mail, se ríen un poco de la seriedad de la escritura y, después de enviar una respuesta, un protocolario «me llegó tu mensaje: voy a llamarla cuando termine una reunión», se quedan pensando si en verdad Juana estaba rara el fin de semana pasado.

Nicolás piensa que sí: estaba pálida, evasiva, ausente. «No es por meterle cuentos en la cabeza, marica, pero no la veo muy entusiasmada con lo del matrimonio», dice en voz baja mientras juega a arrancarse los pelos de la barba. «El sábado se dedicó a decir todas esas cosas sobre cómo los hombres no serían capaces de sacarse el brasier por la manga, y todo, y yo no sé, marica, yo me sentí medio aludido». Bernardo, pensativo, oye a su amigo y juega a echar la silla hacia atrás inclinándose en el espaldar y apoyándola en las dos patas posteriores: su inconsciente se venga, así, de todas las veces que su mamá le ha dicho, histérica, «Bernardo: o dañas la silla o te caes».

Sí, aunque ese tipo impregnado de colonia, ese ser clasista que compra casetes vírgenes y les graba encima las escenas de sexo de todas las películas que dan por televisión siempre ha sido su mejor amigo, a veces le dan ganas de gritarle que se calle. No le gusta que le hable mal de Juana. No le gusta nada. Y no ha parado de hacerlo en los últimos días. «La vieron en tal sitio», «el papá se cree japonés», «el hermanito huele a mierda, a pecueca y a chucha»: no más, no quiere oír ni una frase más en contra de la mujer de su vida. Lo aburre profundamente defenderla.

Faltan cinco minutos para las nueve. «*Look out, dickhead*», dice Nicolás, «se va a caer por güevón». Bernardo pone la silla sobre el tapete de la oficina y dice «hombre, no, yo estoy seguro de que a Juana no le pasa nada raro». Nicolás levanta las dos manos como diciendo que él no tiene la culpa, dice «la frase del día es: el matrimonio es para seres inferiores», contesta una llamada equivocada y, cuando una despistada ancianita al otro lado de la línea le pregunta por don Ricardo Silva Romero, responde «no señora, no puede pasar: ahora mismo está cagando», y entonces se muere, él solo, de la risa. Así es Nicolás. Es un yuppie de ocho años. Las fosas nasales se le dilatan cuando hace alguna broma.

Se ponen a trabajar. Irma, la secretaria, tiene pólipos en el intestino grueso y no ha podido ir a la oficina. La luz se ha ido ya dos veces. A las cuatro de la tarde tienen que entregarle a Natalia Torres, la exnovia de Bernardo que trabaja en Credimensión, una propuesta de asesoría de imagen, y hasta ahora han comenzado a escribir el documento. El teléfono, como todos los días, no deja de sonar: ese es el problema. Nicolás contesta, mira a Bernardo, le dice que no con el dedo índice cuando se da cuenta de que pensaba que era Juana, y dice «sí, ajá, sí», como si le estuvieran contando una mala noticia.

Cuando cuelga, respira hondo y da la noticia: «Era mi prima Esther, la embarazada», dice, «que se acaba de encontrar con Juana en la calle —pálida, rarísima, nerviosísima— y que ni siquiera fue capaz de saludarla». Bernardo no quiere oír más. Qué puede hacer. ¿Acaso es el guardián de su novia? Quiere terminar ese trabajo, ganarse a ese cliente y volver a su apartamento a discutir todas sus dudas con su mamá. Finge que no ha oído las últimas palabras de Nicolás y se dedica a buscar por todos lados, en medio de esas ruinas de papeles, el aviso que diseñaron el jueves de la semana pasada. No lo encuentra.

«Eso lo tiene ese güevón», dice Nicolás. Se refiere, sin lugar a dudas, a Óscar Quinche, el mensajero de la oficina, a quien llama, en ese preciso momento, con el «oye, *motherfucker*» de siempre. Óscar, que estudia inglés los sábados pero aún no ha aprendido las groserías, llega sonriente hasta el marco de la puerta. «Oscarete: ¿qué hizo sumercé el aviso de Credimensión que le entregué el jueves?», le pregunta Nicolás. Quinche responde «doctor, usted no me dio ningún aviso». Y Nicolás dice «sí se lo di, seguro, debió dejarlo en alguna de las agencias que visitó la semana pasada». No está en el escritorio y si no aparece antes de las cuatro de la tarde esta vez sí lo echa como a un perro. «*Hey asshole*: si Bernardo se queda sin exnovia, usted se queda sin trabajo, ¿listo?».

No, nada de «listo». Óscar no puede perder el trabajo. Y, ahora que lo miran con cuidado, tiene un ojo morado, un brazo en cabestrillo y los pies un poco torcidos. «Quinche, ¿a usted le pasó algo?», le preguntan. Y sí, sí le pasó: anoche se encontró con Hitler Calderón y Moncho Peláez, los dos hampones de San Mateo, su barrio, en la única esquina oscura de la calle, y de nuevo le pegaron y lo atracaron y, porque el tal Hitler sólo tiene una pierna, la izquierda, se le llevaron por segunda vez el zapato izquierdo.

Eso es: Quinche lleva puestos dos zapatos derechos. «Creen que soy otro Óscar», dice; «que dizque el man les debe ahí una plata y yo les digo que ni siquiera lo conozco, a ese Óscar, Óscar Rendón se llama, y no quieren creerme». Eso es. Por eso ha estado callado, por eso ese lunes no se las sabe todas, por eso no se puede parar bien. Lo persiguen por un crimen que no cometió, tiene un brazo partido y se ha puesto dos zapatos diseñados para el pie derecho. «Antes de 1800 el zapato izquierdo y el derecho eran iguales», le informa Bernardo. «¿De verdad?», pregunta Nicolás. «Anótese un punto, doctor», dice un Óscar algo parecido al astuto, pícaro y arrogante Óscar de todos los días.

Ya no le duelen tanto los pies. Su tía Carmenza, la enfermera, le ha hecho unos masajes que le han ayudado mucho. Piensa en voz alta «en dónde puede estar el bendito aviso», deja su chaqueta de cuero negra sobre una silla y se la recomienda a sus jefes porque «ahí tengo las llaves de mi casa», pide «un permisito» y sale a buscarlo a la agencia que queda allí no más. No, no se sabe bien el nombre.

Ya no tiene miedo. Ya le pegaron. Ya qué. No quiere perder el puesto, eso sí. Don Bernardo y don Nicolás son creídos, sí, pero lo dejan dar ideas y ven los partidos de fútbol con él y le hacen regalos. No quiere terminar, como sus dos primos, en la cárcel. Sí, claro, él también podría robar motos o asaltar cajeros automáticos, pero no quiere pagarle así a su mamá («tan linda la cuchita», se dice, «que mi Dios la tenga en su gloria») después de todo lo que hizo por él. Cuando estaba chiquito lo dejaba encerrado para que no saliera por ahí a coger vicios. Siempre le insistió en ser honrado y no caer en lo mismo que los hijos de Lilia, sus primos, y le pidió que no se la pasara en patota por el barrio. No, no quiere decepcionarla. No quiere que le jale las patas por la noche.

 Son las nueve de la mañana. Camina hasta la carrera 15 y va hacia el norte. Cuando llega a la 95, a unos metros del edificio ese, el de la agencia, cree ver a la señorita Juana sentada en un pequeño muro de ladrillos. La ve muy pálida, desalentada, triste. Se le acerca. Y ella lo saluda, siempre es así, como si fueran amigos de verdad. Le gustaría que los guaches del barrio, Hitler y Moncho, lo vieran con ella. «Ahí sí quedarían es lindos, ¿oye?», se dice en la mente. Ella se despediría de beso y les demostraría, para siempre, que no se llama Óscar Rendón sino Óscar Quinche.

—¿Qué hace tan solita por acá? —le pregunta—, ¿va para la oficina?

—Estaba pagando unas cuentas por ahí —improvisa Juana.

—Me hubiera dicho y yo se las pagaba —se queja Quinche—, ¿luego para qué están los amigos?

—Sí, Osquitar, yo sé: lo que pasa es que mi papá me tenía loca con eso.

—¿Y Juana luego va para la oficina?

—¿Para donde Bernardo? —pregunta Juana—: no, no creo.

—Yo sí voy para allá —dice Quinche—, ¿no ve que no encuentran un aviso y están convencidos de que yo lo perdí? Y yo qué voy a perder nada, Juanita, pero ¿quién los convence a los jefes?, ¿no ve que andan con el chiste de que van a echarme? Y es que sí necesito la plata porque, como el otro día me atracaron llegando al barrio, ni siquiera tengo para sacar otra vez los papeles. Pero no creo que me echen, ¿cierto? Yo sí quiero ver en dónde consiguen a un profesional de este calibre. Esa Juanita…

Juana no le entiende nada. Y, a partir de este momento, no le oye una palabra más. Para decir verdad, no le interesa. Son las nueve y diez de la mañana en su reloj y aún se resiste a creer que el doctor Antonio Uricoechea no haya llegado a la cita médica más importante de su vida, al punto final de su aborto, y, menos aún, que lo haya dejado todo —la angustia, la incertidumbre, la culpa— para diez horas después. El mensajero se despide y, aunque no tiene la culpa de sonreír tanto y tan a destiempo, es un alivio verlo de nuevo en la distancia. Que se vaya. Que la deje en paz. Es el peor día de su vida. El peor hasta el momento.

Se siente mareada. Ve a una niñera negra empujando el coche de un bebé millonario, a un hombre escupiendo fuego en un semáforo y a una mujer vendiendo incienso por el camino. Oye, a sus espaldas, «¿pagaste la cuenta?», «a ver, comemos con la boca cerrada, abuelito» y «¿vio al imbécil ese en sociales de *Semana*?» y siente que se va a ir contra el pavimento. No siente las manos. El suelo del mundo está fuera de foco. Le molesta un lente de contacto. La mandíbula ha muerto. Se le ha dormido un lado de la cara.

Si por lo menos lloviera. Si alguien llegara ahí, en ese momento, y le revelara todo su futuro. No quiere ser mamá, simplemente no quiere, pero, ¿y si no abortara?, ¿alguien podría ponerse en su lugar y decirle cómo sería su vida en los próximos meses?, ¿pasarán diez meses, llegará el nuevo diciembre y se encontrará, con Bernardo a su lado y toda la familia a sus espaldas, en la iglesia de su colegio?, ¿y si encontrara a Rodrigo y le dijera que no se ha desenamorado de él?, ¿si lo convenciera de dejar a su esposa y de educar a ese bebé juntos?, ¿si lo hiciera reír, como el primer día, y pudieran comenzar la vida que entró en estado de coma durante aquel aguacero?

Sí, eso es, ha debido pensarlo ayer, antes de ayer, el viernes: va a buscar a Rodrigo Sánchez: él siempre ha sido el único hombre de su vida. Va a ir a donde Jimena, le va a pedir el teléfono que él le dio esa vez, en la fila del banco, y va a encontrarlo y a confesarle que lo quiere. Él la va a rescatar y la va a abrazar y van a ser felices para siempre. Se ganarán la lotería, con el número 5125 de la serie 8 de la Lotería de Bogotá, y se irán a vivir a Florencia. Les dará el mal de Schelling ante tanta belleza. Cerrarán los ojos frente al *David* de Miguel Ángel. Vivirán borrachos sin tomarse un solo trago.

Puede respirar. Ahora puede respirar. Rodrigo Sánchez se pondrá en su lugar y le dirá, paso por paso, cómo debe vivir. Sí, así será, lo conoce de memoria: no hay un hombre, en todo el mundo, como él. ¿Cómo no lo había pensado antes? ¿Por qué llegó a la solución al final como si hubiera encontrado una llave en el último cajón de la búsqueda? Ya se siente un poco mejor. Ha recuperado la silueta de sus manos. Se levanta del muro, se acomoda la cartera y da uno, dos, tres pasos. Siente una máscara de minúsculas gotas de frío. Cierra los ojos y recupera el aliento.

A las seis y media de la tarde abortará: eso es lo que pasa. Le quedan diez horas y media para encontrar la forma de su vida. Ahora tiene toda Bogotá por delante y la ciudad es una suma de teléfonos, canecas y ascensores.

El día ha comenzado para siempre, las nubes se niegan a moverse y a esta hora, con este horizonte de cenizas, todo parece más lejos. Juana siente que todo va a estallar y que debe avanzar para que al menos estalle, pero decide ignorar su destino por un rato y pensar en el abrazo de Rodrigo.

Eso es. Siente que ahora le queda una esperanza. Es por eso, cree, por lo que aún no llueve.

DOS

6

Cuando hace frío, Juana está completamente sola. Nadie siente tanto frío como ella. Y nadie puede ayudarla cuando sus manos tiritan, cuando olvida su nombre y su cara y se dedica a estar a salvo dentro de su cuerpo, como si ella fuera su propio hijo por venir. Ahora, en este mismo momento, sonríe hacia nada. Siente un escalofrío fuerte, una ola por los huesos, a pesar de que no se detiene en su camino. Son las nueve y media de la mañana y cree que ha llegado a un increíble hallazgo filosófico: uno no tiene nombre cuando está solo. No se dice «Juana: éste es el peor día de su vida». Sí, así es. Increíble, pero cierto.

Se llama Juana Villegas, sí, pero sólo hasta ahora, cuando está a punto de entrar a El Pico del Buitre, el restaurante de Jimena, su mejor amiga, ha recordado su nombre. Fue un cuerpo, sólo un cuerpo, durante veinte minutos. No sabe cómo hizo para llegar hasta acá sin ser consciente de sí misma. Tomó un taxi en la carrera 15 con calle 95, el conductor le preguntó a dónde se dirigía, ella le respondió «lléveme a la te en la 82» (sí, disfrutó la ironía) y desde ahí, como si su identidad se hubiera desmayado, se dedicó a pensar en su garganta, en la tensión en su cuello, en la resequedad de sus orejas.

Y llegó. De un momento para otro, estaba a unos metros del restaurante de Jimena. Le preguntó al taxista «señor, ¿cuánto lo debo?» y él le respondió «la mínima: dos mil doscientos» con una voz que parecía significar su incomodidad ante la pregunta. Se bajó del carro, se enfrentó a las fachadas de los pequeños restaurantes y entró en el suelo de ladrillo de la calle en forma de letra «te». El viento helado, súbito, que chocaba contra las paredes, le devolvió el nombre y las señas particulares. Unas voces dijeron algo, sílabas lanzadas al azar, y ella quiso decir «¿quién está ahí?» pero prefirió seguir adelante. Sólo eran voces.

Las luces del restaurante de Jimena, en la calle 82 # 12-36, están apagadas. Juana se asoma por la ventana y protege su mirada, que busca el fondo del lugar, con las dos manos. La cartera quiere rodarse por su antebrazo. Y ella, con el mundo a sus espaldas, vuelve a sentir que nadie, salvo Rodrigo Sánchez, sería capaz de imaginar lo que está pensando en este momento.

«Creen que sé quién soy, qué quiero y dónde voy a pasar los últimos años de mi vida», le dice a una audiencia imaginaria, y la verdad es que, aunque no logra creer del todo en ellos, desde que cumplió los veinticinco consulta videntes baratos, sacerdotes del nuevo milenio, sicólogos prepagados, guías astrales, confusos lectores del tarot y horóscopos occidentales y orientales de diarios y revistas porque no tiene ni idea de nada. Eso es. Esa es la verdad. Si alguien le dijera quién es y cómo debe actuar, Juana se lo agradecería infinitamente: nadie, en todo el mundo, lo imaginaría. Sólo Rodrigo.

Su mamá siempre se lo dijo: lo mejor, para no perderse en uno mismo, es concentrarse en cada paso del día. Cruzar la calle, seguir al niño, llegar al edificio, subir al ascensor, esperar el regreso de la luz, entrar al consultorio del doctor Uricoechea, hablar con la enfermera, cuadrar otra cita para las seis y media de la tarde, bajar por las escaleras de ladrillo, abrir la puerta de salida, caminar hacia la 15, hablar con su papá, sentarse en el murito, inventarles mentiras a todos, huirle a Bernardo al menos unas horas, viajar al restaurante de Jimena para pedirle el teléfono de Rodrigo, timbrar en la puerta, esperar, con la frente apoyada en la ventana, a que alguien venga a abrirle.

Su mamá prefería la rutina a las grandes emociones. Un día sí, un día no, le hace mucha falta. Parecía una mujer chapada a la antigua porque ponía carpetas blancas debajo de las materas de barro, no aspiraba a cargos importantes y evitaba las discusiones inútiles, pero era, en el fondo, una mujer inconforme: cuando Juana llegaba del colegio, con las tareas de religión e historia en la cabeza, hacía lo posible para ensuciar su cerebro recién lavado. «Dios sólo existe si tú quieres», «Santander fue el primer corrupto de Colombia», «a veces es imposible sentir compasión», le decía con los cuadernos en la mano.

Si su mamá no le hubiera enseñado a no sentir vergüenza por todo y a reírse de las feministas, los tolerantes y los progresistas —Patricio entre ellos— porque «pelean unas batallas que ganamos todos desde el día en que nacimos y les dan vida a conflictos con los que nadie cuenta en un principio», si no la hubiera convencido de trabajar todo el tiempo y de ir despacio, muy despacio, por las cosas de todos los días, hoy, en este momento, cuando le quedan nueve horas y media para interrumpir su primer embarazo, Juana estaría a punto de entrar a un hospital siquiátrico.

Sí, le hace mucha falta su mamá. Ya no recuerda las palabras exactas de sus frases. Sospecha que su memoria las ha modificado y les ha cambiado el sentido con el tiempo. Las ha corregido a su favor, claro, para no sentir que ha defraudado a la única persona que jamás la defraudó. «A veces es imposible sentir compasión», le decía la señora. «Si uno se pusiera en el lugar de un hijo, jamás lo tendría». Recuerda sus carcajadas, su amor incondicional por las comedias románticas, sus ideas de izquierda combinadas con vajillas francesas y cucharitas de plata, sus elaborados platos de cocina y esa divertida manía de convertir lo vivido en inverosímiles escenas cinematográficas: la pérdida de una billetera podía convertirse, con el paso de los años, en un sangriento robo a mano armada.

Sí, así era su mamá. Se inventaba la vida. Patricio Villegas era un pésimo esposo, seco, insensible, sarcástico («¿no se puede servir la sopa un poquito más fría?», preguntaba), pero ella les contaba a sus amigas que era una buena compañía, una buena persona, un buen papá, y les decía que nunca lo dejaría porque se había convertido, con el paso de los años, en «el hijo que nunca tuve». Samuel, su hijo menor, le botaba las puertas en la nariz y no le hablaba de nada «porque para qué si no vas a entenderme», pero ella miraba a Patricio, amargado siempre por el estado del mundo, y entonces les decía a todos que tener a sus dos hijos le había dado el verdadero sentido a su vida. No quería perder tiempo en peleas.

Y así, sin más, sin cambiar ni un gramo de su personalidad, murió de un día para otro. Un lunes se resbaló en el hall del edificio, un martes perdió la memoria, un jueves creyó que Juana era una amiga imaginaria de la infancia y un domingo, a oscuras, dijo «¿podrían apagar la luz?» antes de tragarse su último aliento. El entierro fue el lunes siguiente: su papá y su hermanito se pusieron al frente del ataúd, sus parientes lejanos lo convirtieron todo en un coctel y las amigas de su mamá repitieron «está mucho mejor que nosotros» mientras le daban palmadas en la espalda. Fue horrible. Como ser protagonista de una película que jamás se proyectaría. Por eso detesta los lunes.

Son las nueve y treinta y cinco. Se ha ido la luz: no puede oírse el timbre de la entrada del restaurante. Golpea varias veces la puerta de madera y, unos segundos después, justo cuando se dice «espero sólo hasta las nueve y cuarenta», se da cuenta de que ahí, un poco confundida, viene su mejor amiga. Sí, esa es Jimena. Ahora anda de pantalones anchos, pesados collares comprados en el mercado de las pulgas y camisetas negras sin mangas. El pelo crespo le cae sobre los hombros y la hace parecer, en la sombra de la puerta, una mujer segura de sí misma. Otra Jimena.

—Pensé que era Catalina —dice mientras la abraza—. ¡Qué rico verla!

—¿Cuál Catalina? —pregunta Juana—, ¿Catalina Velasco?

—Sí, qué mamera, ¿no? Ahorita vienen ella y un man que, óigame esto, le pide a uno que le diga D. J. Ciro: diyei.

—¿Y a qué? Qué cosa tan rara —dice Juana.

—Porque me van a mostrar cómo van la música y el diseño de los afiches de la instalación de Leopoldo. Tienen una empresa de eventos o yo no sé qué. Les va súper bien. D. J. Ciro: «es que discjockey es muy largo», dice el idiota.

—Ah, claro, la cosa es este miércoles, ¿no? —dice Juana. Cierra la puerta, entra, sigue a su amiga hasta la oficina, como la ha seguido desde ese día en el colegio cuando, en la mitad de la clase de religión, fueron las únicas capaces de decir que no les interesaba confirmarse. Se confirmaron, claro, pero a partir de ese día se sintieron la una para la otra—, este miércoles es el lanzamiento.

—Está quedando espectacular, si viera —dice Jimena mientras se esconde detrás de su inmenso escritorio—. Deberíamos ir esta tarde a verla, ¿puede? En el video que le conté, la versión esa rarísima de *Romeo y Julieta* que hizo Leopoldo el año pasado, ahora van pasando frases abajo, así, igual que en CNN, y uno las lee y queda como «huy, marica, ¿qué pasó acá?». Venga se las leo. Son dos o tres. Por aquí deben estar.

Juana mira a su Jimena. Sí, la quiere mucho. Es un amor real, que viene de los pulmones, una necesidad de tenerla ahí, en la misma habitación vacía. Hubo un tiempo, hace algunos años, cuando pensó que podrían estar enamoradas. Más tarde entendió que no se trataba de confusiones sexuales ni de soledades extremas: sólo buscaba a alguien que, como su amiga, supiera estar en silencio con ella. Un hombre que fuera, en verdad, una mujer. Porque el hombre, se sabe, es la mujer cuando nadie está mirando. Y algunos, unos pocos, consiguen abstraer las miradas.

Ahí está su Jimena. Tiene treinta años y no ha querido aceptarlo: se casó con un ingeniero civil, tuvo una hija con él, lo dejó porque «siempre estaba en obra»; probó la coca, la marihuana, el éxtasis, se alejó de ellas porque «la piel se me estaba volviendo mierda»; le hizo striptease a un antropólogo de barba con la camisa por fuera; se dejó disfrazar de la mujer maravilla para satisfacer a un médico que no podía pronunciar la erre («gápido güedan los cagos cagados de azúcag al fegocaguil», decía); amaneció en la cama de una lesbiana con hipo. Su hijita, María, recibirá la versión oficial en unos años: «Cuando yo tenía tu edad», le dirá, «me la pasaba de rumba en rumba». Sí, se le aguarán los ojos.

Porque cuando volvió a vivir en la casa de sus papás, con sus maletas y su hija, después de semejante excursión por lo que en los colegios privados llaman «el lado oscuro de la realidad», Jimena estaba realmente destrozada. Juana, la mujer que todos siempre le han puesto de ejemplo, la preferida de todos, su bastón, era la única amiga que le quedaba. Se sentaban juntas, en la madrugada, a ver televisión. Le lloraba por el tiempo perdido. Todos se habían mudado, con sus fiestas, sus muletillas, su desesperanza, a otras vidas mejores. No hablaban ya la misma lengua.

Si El Pico del Buitre, su restaurante de comida oriental, su último cartucho, no hubiera resultado un éxito, Jimena habría madurado. No sería esa adolescente mandona, irreverente y sensiblera: no sería esa Jimena. Sería, cree, la fierecilla domada. Habría descubierto que la vida en el límite, el ejercicio de sus instintos y la destrucción de sus sentidos no la han convertido en una gran artista sino en un buen personaje. Anclaría en la realidad, bajaría los brazos y se haría vieja en tan sólo un par de años.

Fue en el restaurante en donde conoció a Leopoldo Saldarriaga. El tipo llegó, en medio de un aguacero, en busca «del mejor sushi de Bogotá» y mientras a Juana, que la acompañaba aquella vez, le pareció un gordo más bien ordinario (olía, según recuerda, a armario viejo), un tipo obsesionado con «el rito del sexo, mis hemorroides y el líquido que me falta en el cerebro, ¿les conté?», a ella, a Jimena, la convenció con su irreverencia, sus camisetas pegadas al cuerpo y su sospechosa historia de cómo llevó a cabo, en carne propia, «la vuelta al mundo en ochenta días». «Debe ser amor», se dice Juana, «si el amor es cierta clase de ceguera».

Jimena habla de él, del gordo Saldarriaga, como si en el fondo supiera quién no es, pero ni la famosa versión de

Romeo y Julieta en donde los Capuleto son homosexuales y las Montesco lesbianas, ni la hoja de vida sexual que le ha inventado («fue a ninfómanos anónimos», «marica, me lame la axila», «es verdad: sabe tirar en varios idiomas»), han conseguido, hasta el momento, impresionar a nadie. Mírenlo, ese es, está en el portarretratos del escritorio. Parece un perro ovejero. Nadie se había descachado tanto, en cuestiones de amor, desde que John Lennon se enamoró de Yoko Ono.

—Puta, necesito que vuelva ya la luz —dice Jimena—, a este paso, con estos atentados, voy a tener que comprar una planta eléctrica. Mire, aquí están las frases, aquí están. Oiga esto.

Juana abre los ojos. No le pone cuidado a Jimena (porque no, no va a ponerse a pensar por culpa de unas oraciones de ese farsante) pero sabe que con eso, con un par de ojos abiertos, puede engañar a su amiga: «Impresionante», le dice cuando termina, «uno se queda sin palabras». Quiere pedirle ya, de inmediato, el teléfono de Rodrigo, pero aún no se atreve a hacerlo. Simplemente, no puede. Son las nueve y cuarenta y tres de la mañana. Mientras más avance el tiempo, menos fácil será encontrarlo: ella lo sabe.

Jimena deja la hoja sobre el escritorio y le pregunta cómo está su papá. Ella le responde que por lo menos está bien de salud. «Por qué, ¿cuántos años tiene?», le dice su amiga, y ella, lista a aceptar lo extraña que suena la verdad, le explica que hasta ahora va a cumplir cincuenta y seis porque desde hace dos años «le ha dado por asumir el calendario sumerio o chiita o etrusco, no sé, y le celebramos el cumpleaños cada catorce meses». Sí, es extraño. Es, desde afuera, un poco triste. Ningún hombre de bien está preparado para la vejez de los demás.

—Oiga, tonta, ¿leyó las «condolencias» de *El Tiempo*? —pregunta Jimena como si se hubiera acordado de que dejó prendida la plancha—: se murió una Juana Villegas. Yo lo subrayé y todo.

—Sí, marica —dice Juana—, qué cosa tan impresionante, ¿no?

—Sí, horrible, deberíamos ir al entierro —saca el periódico de debajo de los papeles—: hoy siguen en la velación.

—Casi me muero del susto esta mañana —dice Juana para no enfrentar semejante propuesta.

—Oiga, ¿y usted de dónde viene tan temprano? —pregunta Jimena—. ¿Todo está bien?, ¿está tranquila?

—Sí, bien, bien: tenía que pagarle una cuenta a mi papá, y ahorita, cuando me llamó al celular, me dio un poquito de jartera volver y le dije que iba a ayudarla a usted en cualquier cosa de la instalación —confiesa—, y entonces me tocó venir para no estar diciendo mentiras. Bueno, y porque me acordé de que usted tiene el teléfono de Rodrigo Sánchez. Quiero verlo.

Son las nueve y cuarenta y cinco. Se ha atrevido a decirle «quiero verlo». Porque suena el balido del timbre, las dos amigas descubren que ha vuelto la luz al restaurante. Jimena no sabe si gritar «¿otra vez Rodrigo Sánchez?» o ir a abrir la puerta. La regaña con las cejas. Sus ojos verdes se dilatan. Entiende, como si le hubieran copiado un nuevo archivo en su disco duro, que Juana está deprimida, derrotada, muerta del frío. Se levanta, le pide con una mano que no se mueva de ahí, y le dice, con la voz de su afán, «ahorita hablamos». Sus pasos se pierden bajo un «ya voy» que por poco se le queda en la garganta.

Juana se ha puesto nerviosa. Se concentra, primero, en un cuadro que su amiga ha colgado en la oficina (es un tríptico: tullidos, monstruos y mendigos son testigos de los bailes, las copas de vino, los trajes de plumas de la alta sociedad) y, más tarde, cuando oye cómo crecen las voces, se fija en el lomo de un libro, *La sabiduría del eneagrama*, que Jimena tiene sobre el escritorio. Quiere buscar la libreta de teléfonos, copiar el número de Rodrigo y salir de ahí a llamarlo. Lleva el ritmo de su ansiedad con sus zapatos de niño. Es un lunes.

7

Se han sentado alrededor de una mesa del restaurante. Una mesa para cuatro. Le han pedido a una mesera, la única que ha llegado, cuatro capuchinos. Catalina Velasco, con sus problemas inventados y sus zapatos de tela, ya les ha contado la mitad de su vida y ha dicho unas tres veces «no puedo creer: Juana Villegas». D. J. Ciro («diyei», lo ha pronunciado), con su chaleco de jean lleno de pines de *Star Wars*, ha cabeceado todo el tiempo y sólo ha interrumpido el monólogo de Catalina para reírse, con babas, de algún recuerdo muy personal. Son las diez de la mañana.

Juana y Jimena están sentadas, juntas, de un lado de la mesa. Se pisan los pies, se pellizcan, pegan las rodillas cuando Catalina Velasco, desinhibida y pasada de kilos, dice o hace alguna tontería. La miran de arriba abajo sin que se dé cuenta. Usa pantalones de pana y camisas de hombre. Parece embarazada. Es una desconocida pero en el fondo nunca ha cambiado: aún completa las frases de los demás, todavía intenta demostrar que los otros no saben tanto como creen («bueno, pero ¿qué entiende usted por belleza? Porque ahí sí depende de qué entendamos por cultura»), insiste en aplaudir cuando se ríe de los chistes. Es Catalina Velasco.

El corazón de Juana va despacio. Piensa en la cita de las seis y media de la tarde, en las señales del destino, en la conversación pendiente con Jimena, en la cara sorprendida de Rodrigo, en cómo reaccionarían los de esa mesa si dijera, de un momento para otro, «esta tarde voy a hacerme un aborto». La mesera les trae los capuchinos. Juana se dice «1.000 pesos por propina son 10.000 por diez propinas al día, 50.000 por semana y 200.000 al mes, y eso sin contar el sueldo y las picadas de ojo». Levanta su taza con cuidado, sopla con calma, toma un poco.

Todo queda atrás, por un rato, cuando Jimena pone el tema del colegio. Revisan, una por una, las vidas de las compañeras de su curso. Se saben la lista de memoria: Agudelo Cárdenas Patricia trabajó un rato en Judiciales de *El Espectador* y se enamoró de alias «El Aspirina», un destacado atracador, una vez que lo entrevistó en la cárcel; Bernal Espinosa Paula es asistente de producción de *María Cristina me quiere gobernar*, pero quiere irse a Filipinas de misionera porque necesita sentirse útil para alguien aparte de su novio; Bonilla Vélez Alejandra es editora en EntrePalabras editores; Botero Vergara Esther está esperando un bebé del tamaño de una vaca; del Castillo Monsalve Laura salió en las escenas equis de las memorias de Pablo Uribe, el secuestrado, y acaba de tener un hijo con el primer marido; Gamboa Caro Lina es medio virgen; Harker de la Pava María Clara le quitó la denuncia por violación al novio de toda la vida; Largacha Montenegro Cristina «se volvió una zorra inmunda, marica, ¿no sabía?, se la come todo el mundo»; Sotomayor Solano Mónica es profesora de eneagrama y, si no están mal, hoy es el cumpleaños.

—Deberíamos ir —dice Jimena—: nos deprimimos un poco, bailamos Flans, las vemos a todas.

—Sí, por mí no hay ningún problema —dice Juana: no, no es capaz de decir «no» a nada—, pero sería bueno saber qué es el tal eneagrama, ¿no? Necesitamos preparar temas...

—Temas de conversación —completa Catalina.

—Llevo un mes hablándole de eso —le reclama Jimena—. Es un método de conocimiento personal. Es árabe. Parte de que hay nueve tipos de personas. Usted, le he dicho mil veces, es una persona «seis»: necesita estar segura.

—¿Ah, esto es lo mismo?

—Sí, lo mismo, el eneagrama —confirma Jimena—: yo soy «cuatro». «Cuatro» sana: usted puede convertirse en otra si está estresada o si le pasa una cosa terrible. Eso es lo bueno del sistema. Que uno no está clasificado. Cada personalidad tiene nueve estados: se puede tener un yo central y otros dos o tres relegados, a un lado, ¿como dos conjuntos en intersección?, ¿como en la clase de María Isabel? Bien, hay una personalidad en el centro y dos a los lados que la modifican. Es impresionante. O sea, sí sale. Queda claro que uno no es nadie. Que uno es como le vaya en el día.

—¿Qué será de María Isabel? —pregunta Juana—. «Con María Isabel...»

—«Con María Isabel nadie se queda» —interrumpe Catalina—, qué vieja tan loca. Uno le aprendía un jurgo, ¿cierto?

—Hablaba en tercera persona —recuerda Juana—: «María Isabel es una profesora estricta pero amable», eso era lo primero que decía.

—Lo primero que decía —aplaude Catalina. Se ríe como un perro hipócrita. Huele, hasta acá, a su finísimo perfume comprado en el aeropuerto. Su capuchino se enfría. Desde los parlantes de El Pico del Buitre se oyen los compases del coro de una canción de moda, un inesperado «*I wanna be somebody else*», y ella, la Catalina Velasco que odian todas, convierte su puño derecho en un micrófono para hacerle a Pink, la cantante, una segunda voz imperdonable. «Me encanta», dice.

Jimena pisa a Juana. Y, para no perder el hilo, para divertir a D. J. Ciro, recuerda en voz alta las mejores historias de los años de colegio: la de Marta, la profesora del jardín infantil, que se suicidó cuando estaban en quinto de primaria; la de Édgar, el profesor de geografía, que se casó porque la novia estaba embarazada pero años después, cuando ellas estaban a punto de graduarse, supo que el hijo era de otro: «Ahora trabaja con los paramilitares», informa Catalina; la de Chucho, el profesor de química, que, molesto por la tardanza de todas, escondidas en el bosquecito del colegio, dio toda una clase solo: cerró la puerta sin nadie dentro del salón, llamó a lista, hizo preguntas y, como nadie le contestó, se dedicó a llenar el tablero de ejercicios y a poner fallas y «unos» mientras las niñas de otros cursos lo miraban aterradas.

—La sapa de la Lina Gamboa se asomaba por las ventanas y tomaba nota con un cuaderno prestado —recuerda Juana—. Cómo era de cula la Gamboa, ¿no?

—Le decían «la estoica» y no sabía por qué —dice Jimena—: bueno, nadie sabía por qué. Cuando se las daba, decía «como decía Sócrates, yo sólo sé que usted no sabe nada». Le iba muy bien en notas: era brutísima pero estudiaba como si entendiera. La odiaba a usted porque le iba bien sin leer ni un libro.

—Sí, sí, me odiaba —reconoce el ego de Juana—. Anotaba mis notas en la última página de su cuaderno de física.

—La hermanita está embarazada —dice Catalina.

—¿En serio?, ¿María Angélica?

—No, es que los chinos de ahora meten a los diez, se ponen aretes en la manzana de Adán y son papás solteros a los quince —concluye Catalina.

—Piden putas a domicilio —dice D. J. Ciro, imperturbable, como si fuera un muñeco electrónico, un papá Noel de pilas, y esa fuera la única frase para la que estuviera programado.

—Los amigos de mi hermanito, de Samuel, son tremendos —dice Juana—. A uno lo cogieron en el prom del Moderno camuflado y con una navaja escondida en las botas. Otro se volvió impotente el año pasado, a los dieciséis, y tuvieron que mandarlo a Suiza a desintoxicarlo.

—María Angélica iba a irse de mula —revela Catalina— para que nadie se diera cuenta de lo del bebé, pero los papás, afortunadamente, se dieron cuenta. Pero esto sí, en serio, que no salga de aquí: Lina me lo contó como el peor secreto del mundo. Están de muerte en esa casa.

—Impresionante —dice Jimena—. Nosotras no éramos así, ¿cierto?

—No, éstas se putearon —declara Catalina—. Nosotras creíamos que éramos perrísimas por dejarnos coger las tetas. Yo, salvo la vez que me tocó esconderme empelota en la ducha de Camilo, ¿se acuerdan de Camilo?, salvo esa vez, no he hecho nada raro. Y ya estaba en primer semestre de universidad.

—Cuando yo me casé, todo el mundo creía que estaba embarazada —dice Jimena. Se ha transformado en una niña decente: no quiere hablar, se nota, de en dónde, cómo, con quién ha amanecido en estos últimos diez años—. He debido mandarles una carta a todas cuando pasaron los primeros diez meses.

Juana se rasca la nariz con el dorso de la mano. No le gusta del todo el tema de conversación. No le gusta hablar de sexo. Tampoco quiere hablar de embarazos. De pronto, después de reírse tanto de tantos recuerdos, se siente estancada en el pasado. Es, piensa, como si esa hubiera sido la vida (el tiempo gira en el colegio sin futuros a la vista) y todos estos años, los años después, sólo fueran un mismo día interminable. No quiere oír ni una palabra más del pasado. Quiere hacer un futuro con Rodrigo. Quiere aplaudir en el lanzamiento de esa novela en la que él ha trabajado desde que se conocen. Quiere felicitarse, en secreto, cuando los críticos la consideren «un libro indispensable para entender nuestro mundo». Sí, eso quiere. Vivir en el edificio de balcones, el edificio de sus sueños. Y llegar, de nuevo, a la vida.

—No saben usar el condón —dice, con voz gangosa, D. J. Ciro: parece tener un radar que capta sólo los temas de sexo—. Nosotros los usábamos todo el día, hasta en el colegio. Teníamos un bolsillo especial y nos hacían ensayar en clases con una zanahoria. Es un problema de educación: si los enseñaran a usarlo desde chiquitos, a los manes de ahora no les darían esas enfermedades ni tendrían hijos indeseados. Como dice Yoda: «En ellos el lado oscuro fuerte es».

Juana pisa a Jimena. ¿A quiénes se refiere ese zombi cuando habla de «nosotros»?, ¿a una raza secreta?, ¿a los hombres de su generación?, ¿a los peligrosos fanáticos de *La guerra de las galaxias*?, ¿a los diyei del mundo? Juana, preocupada por ese ser que viene de detrás de los espejos, se concentra en los siete botones que lleva en el chaleco de jean y descubre, antes de oír la frase de Catalina Velasco, que algunos son adornos de Hello Kitty, Chococat y Pochacco. ¿Se refiere, acaso, a los homosexuales del planeta?

—D. J. Ciro es candy —dice Catalina—: se pone pulseras, usa balacas, llora en las películas porque no cree en el imperio de la adultez y se niega a cederles su infancia a las ideas judeocristianas.

—Es toda una filosofía... —trata de decir el D. J.

—Es toda una filosofía de vida —completa Catalina sobre la voz de su novio. Sí, es su novio: le coge la mano, lo admira con los ojos, le da un beso en la mejilla.

—La filosofía candy —agrega Ciro tapándose la risa con cuatro dedos de la mano derecha.

Jimena pisa a Juana. Es como si todas las piezas encajaran: Catalina Velasco sigue siendo la misma tonta de siempre, sí, y a pesar del novio que milita en la infancia y aboga por el uso del condón desde el kínder, aún la ven como a una hermana. Jamás se sale del colegio, eso es. Uno se pasa el resto de la vida revisando las escenas, descubriendo los secretos, respondiendo las preguntas de aquel primer acto sin sentido. De vez en cuando, en los sueños, una Catalina Velasco le abre paso a nuestro subconsciente.

—Entonces qué: ¿vamos al cumpleaños de la Sotomayor? —pregunta Jimena.

—¿El papá todavía tendrá ese carro blanco gigantesco con el águila dorada en el capó? —pregunta Juana—, ¿todavía darán salchichitas chiquitas...?

—¿Salchichitas chiquitas en el cumpleaños? Deli —aplaude Catalina—. Vamos, vamos: las vemos a todas y nos reímos un rato.

Jimena mira a Juana como si fuera su papá y le estuviera pidiendo permiso. Así ha sido siempre. Siempre le ha pedido consejos y permisos. Juana mira el reloj, pregunta «¿yo dejé mi cartera en su oficina?» y se levanta de la mesa. Van a ser las once de la mañana. Todos se dan cuenta de ello y D. J. Ciro y Catalina dicen al mismo tiempo «bueno, a lo que vinimos» y sacan un portafolio con diseños de afiches y un walkman, que cabe en la palma de la mano, con la música y los sonidos para la instalación de Leopoldo. Mientras eso, mientras Jimena dice «esto quedó espectacular», Juana va hasta la oficina, abre su cartera y ve, en la pantalla de su celular, un par de mensajes. No se atreve a oírlos.

Ve, de nuevo, el tríptico: jamás, ni siquiera dedicándole el resto de su vida, podría crear algo como eso. Es triste no ser un genio. Es deprimente no ser una actriz nominada a un premio Óscar. Es lamentable no ser Leonardo da Vinci ni Juliette Binoche. Y, peor aún, es una pesadilla cargar con la conciencia de ello. El mundo está lleno de mujeres y de hombres que no lo saben. Se levantan, se encogen de hombros ante el fracaso de sus planes, se dejan llevar por una conversación con sus amigas del colegio. No, ella no: a ella la asaltan las voces.

Suena el timbre del teléfono. La mesera contesta y dice «señorita Jimena: es don Leopoldo» y Juana se dedica, entonces, a buscar, en esa torre de papeles, la libreta de teléfonos de su mejor amiga. Es una escena de suspenso: oye la voz de Jimena, siente pasos a unos metros de la puerta y cada cinco segundos se voltea porque siente que ha entrado alguien en la habitación. El mareo ha vuelto. Está a punto de rendirse. ¿Por qué busca a Rodrigo?, ¿para qué?, ¿no debería pensar en la tontería que está haciendo?

—No lo llame —le dice Jimena. Está ahí, en la puerta, con los afiches de la instalación en la mano—, no se enrede en eso.

—Sólo tengo ganas de verlo —responde—, no se preocupe.

—Yo me la conozco de memoria, Juana —dice Jimena—, cuando a usted se le mete algo en la cabeza, no hay nadie que pueda sacárselo. ¿Cuánto lleva con ese cuento en la cabeza? ¿Por qué está tan triste?, ¿por qué está rara conmigo?, ¿por qué me dice mentiras?, ¿qué le pasa?

—Yo se le voy a contar todo, Jime, se lo juro, pero ahorita no sé cómo decírselo. No se preocupe, en serio: quiero descansar un día de Bernardo y esta mañana me acordé de Rodrigo. No es nada más. No me enloquecí, fresca. No voy a terminar escondida en la ducha ni voy a tener que confesarme. Sólo quiero reírme un rato. Quiero verlo. Sólo quiero verlo. De verdad. No se preocupe, no es nada grave.

—Es que a mí no me importa que se le vaya a dañar el matrimonio o que le vaya a poner los cachos a Bernardo, Juana: lo que no me gusta es que se ve muy triste —le dice Jimena mientras le pasa un dedo por una lágrima invisible.

—Mañana voy a estar mejor, yo sé —responde Juana—, pero, ¿sabe qué?, tiene razón. De pronto lo mejor es no llamar a Rodrigo, de pronto lo mejor es dejarlo en paz: lo mejor es dejar esa historia quietica.

—Bernardo es un buen tipo, Juana.

—Yo sé, yo sé: no se le pueden pedir peras al olmo.

Se miran a los ojos y se mueren de la risa. «Mucha guisa, marica, mucha loba», dicen las carcajadas de Jimena. «Yo sé», responden las de Juana, «estoy hablando igual que mi papá». Son las once de la mañana en punto, el sol no se asoma en la ventana y Catalina Velasco aparece, como un fantasma feliz, en la puerta de la oficina. Les pregunta, contagiada de la risa, si al fin van a ir al cumpleaños de Mónica Sotomayor.

—¿Se acuerdan de que la imbécil se torcía los dientes para parecerse a Natalia Torres? —pregunta—, ¿qué será de la vida de Natalia Torres?, ¿ya habrá dejado al güevón del Bernardo Molano?

—Sí, hace rato —le responde Juana—, Bernardo y yo vamos a casarnos en diciembre.

Jimena deja escapar una risita. Catalina Velasco, con su cara de pato, está a punto de pedir disculpas, pero no las pide. Juana se dice a sí misma «¿por qué me molesta que alguien diferente de mí le diga güevón a Bernardo?» y, en un nuevo arrebato, en un nuevo acto de soberbia, le dice a su mejor amiga «oiga, no, mejor deme el teléfono de este tipo». El mundo se detiene dos segundos. Todo está en pausa. El número, 6008166, pasa de una agenda de cuero gris a un papelito con el logo de El Pico del Buitre y de ahí, como si fuera un personaje de fábula, a un bolsillo de la chaqueta de Juana.

Ella respira hondo y reconoce, dentro de sí misma, que no entiende bien por qué actúa como actúa. «Podría ser peor», se dice. Por lo menos sólo faltan siete horas para las seis y media de la tarde. Sólo siete horas. Siete horas y media.

8

Se despide de su amiga, saca el paraguas fucsia de su cartera, sale a la calle de ladrillo a las once y diez de la mañana. El frío entra por las mangas de su chaqueta y sube, como una mano lisa, hasta sus hombros. Siente un par de miradas en su espalda. Hace un momento ha oído a Catalina Velasco diciéndole «yo quería que la tierra me tragara» a D. J. Ciro y a D. J. Ciro diciéndole «que la fuerza la acompañe» a Catalina Velasco. Ahora imagina a Jimena, en la puerta de su propio restaurante, mirándola como si aún no pudiera creer lo que ve. No, no se voltea a verla. No le dice adiós con la mano.

Las nubes se caen de su peso, los vendedores ambulantes ponen las manos abiertas sobre sus mercancías, los celadores de los edificios cruzan la línea y miran al cielo con los ojos entrecerrados. Está a punto de llover. Juana deja ir todo su aliento. Sus hombros se rinden. Hablar del pasado fue, en su momento, divertido. Pero ahora, como después de una fiesta inevitable, quiere sentarse en algún lugar para poner el cerebro en su sitio. Abre la sombrilla porque prevenir es mejor que lamentar, busca su teléfono celular entre los objetos escondidos en la cartera, que carga como un morral de estudiante, y revisa los mensajes que le dejaron en el buzón de voces.

Los dos son de Bernardo. En el primero dice, con un sospechoso sentido del humor, «hola, soy yo, tu futuro esposo: te quiero mucho y te llamaba para ver cómo estabas y para saber en dónde vas a almorzar». En el segundo reclama «Juanita, ¿dónde estás?» y, después de presentarlo con las palabras «el salvaje quiere dejarte una razón», le permite a Nicolás, su socio de siempre, decirle «oiga, *sister*, yo de usted me ponía esta noche el hilo dental: aquí este *chicken shit* está que se caga por la reunión con la exnovia. No, mentiras, ahí sigue enamorado. Bueno Juancha: un beso con lengua».

No son malas personas. No tienen mucha imaginación, eso es. Piensan, como todos, que su trabajo es el único posible, el único interesante, el único importante. Creen que definir un *target*, resolver un *focus group* y conseguir nuevas cuentas son verdaderos logros en la vida y que las exnovias se quedan atrás con una foto de ellos entre la billetera y un par de cartas en las mesas de noche. Por eso, porque no está de ánimo para chistes de colegio de hombres, por el momento no va a devolverles la llamada. Por eso, y porque la pila del teléfono celular ya casi no tiene energía. No quiere gastarse los pocos minutos que le quedan fingiendo risas, hablando idioteces, aplaudiendo noticias que no merecen aplauso. Ya lo ha hecho suficiente. Es hora de olvidar la adolescencia.

Que, para decir verdad, no ha terminado. Es nadie, sí, pero no consigue ser otra. Se siente idéntica a sí misma. Sigue siendo la misma cara en el espejo, la misteriosa novia del arquero del equipo de fútbol del Colegio San Esteban (no, no hay misterio, es sólo que se queda en blanco), la abnegada estudiante de comunicación social. Esa, esa misma, va a cruzar la carrera 12. Esa quiere usar alguno de los teléfonos públicos del Centro Comercial Andino. Le quedan dos monedas de 500, tres de 200, cinco de 50 en el monedero de su billetera.

¿En qué está pensando? En que le escribió desgarradoras cartas de amor a sus amigas («yo sé que ya no quieres ser mi mejor amiga», escribía, «pero tienes que saber que has dejado un granito de arena en mi playa»), se ganó fama de puta durante toda una semana por darse un beso con un desconocido, adoptó un hijo de felpa con su segundo novio y lo quemó cuando terminaron, se encariñó con los amigos de sus amigos y los perdió para siempre cada quince días, como todas las mujeres que conoce, pero no, no vivió una adolescencia suicida.

No vivió una adolescencia suicida (cortes breves en el antebrazo, escenas dramáticas en sitios públicos, miradas al espejo con el pelo sobre los ojos) porque, para decir verdad, no ha dejado de vivirla. No fueron dos años terribles, no. Han sido meses y meses de condena, meses de repetir las mismas relaciones y caer en los mismos errores. Sólo hasta ahora, con la decisión de abortar, parecen estar a punto de acabarse. Porque está a las puertas, por fin, de ser alguien (o, al menos, de no serlo) y esa realidad, la presión del mundo sobre nuestra identidad, la terrible vocación a ser alguien, es el origen del «dolor» que da forma a la palabra «adolescencia».

¿Por qué llegó a pensar en todo esto?, ¿se acordará en un par de horas de estas conclusiones?, ¿todo habrá venido de los dos mensajes en el buzón de su teléfono celular? Sí, eso es. Bernardo la hace sentir adolescente. Algunas noches, no todas, cuando se da cuenta de que ese hombre cada vez la ayuda menos y se deja atender un poco más, ha imaginado cómo sería la vida sin él. Es un futuro transitorio: o su novio se enamora de otra, o muere en un accidente de tránsito, o se traga una espina de pescado, o se deja llevar y le da un apasionado beso a Nicolás, o consigue un puesto en Alemania, y ella, con lágrimas en los ojos, comienza una nueva vida. Es sólo un ejercicio. El ejercicio de tener una vida nueva.

Cruza la calle, gira a su derecha, camina por el pequeño andén hasta las escaleras, las sube, supera la entrada tres del centro comercial, pasa al lado de un guardia acompañado por un reflexivo perro antibombas, da la vuelta por la pequeña Calle de la Cultura. Este es, sin duda, el primer mundo. En Londres siempre está a punto de llover.

No quiere perder ni un minuto más. Pase lo que pase, quiere hablar con Rodrigo. No se voltea a mirar la galería de la esquina. Trata de ver su reflejo sobre la vitrina del almacén de carteras. Piensa que ahí, a dos pasos, en California Inn, está el saco de rayas negras, grises y habanas que ha querido comprarse desde hace un par de semanas. Llega frente a la librería, la Caja de Herramientas, y ahí, sobre el muro de ladrillos de la escalera, ve sentado a un viejo sin aire. Tiene las piernas cruzadas. Como un turco.

Lo primero que piensa es que le parece conocido. Su ropa fue elegante hace unos tres meses, cuando se la puso por primera vez, y mucho más hace cinco años, cuando la compró: tiene unos pantalones de paño con huellas digitales de lodo y mermelada y un blazer con los parches de gamuza rasgándose segundo a segundo. Tiene las manos ocupadas por un frasco de aceitunas. Le dice «mamita: quiero ver tus zapaticos debajo de mi cama» a una mesera que pasa. Porque, claro, salir a la calle no es fácil para nadie.

Y mucho menos para Juana. Sus recuerdos de infancia, un álbum de fotos en la mente, están llenos de viejos verdes y miradas con la boca abierta: una mañana de hace unos quince años, cuando todavía la recogía el bus del colegio, un oficinista las siguió en un Renault 12 destartalado y, después de saludarlas y reírse un rato de carro a carro, comenzó a masturbarse. Todavía le da asco aquella escena. Se aferra a su cartera cuando lo piensa. Y el viejo, que sólo la mira, se da cuenta y le dice «yo no voy a robarte».

Lo bueno, cree Juana, es que el mundo se ha vuelto tolerante, un abuelo con la guardia abajo, y pronto, porque es justo y necesario, llegarán los exhibicionistas para hombres. No sabe por qué piensa todo eso frente a ese viejo verde, más viejo que verde, que la mira con sus lunares carnosos, su bigote de nicotina y sus ojos azules, como si ella también le pareciera conocida, y que le repite «no voy a robarte: estoy esperando a una persona» como si no resistiera el horror de ser una amenaza.

¿De dónde se conocen? ¿Quién es ese señor con las manchas del cráneo al aire y los dientes semejantes a restos de caramelos?

—Estoy esperando tu nombre y tu hoja de vida —dice el tipo—. Porque yo me llamo Gonzalo Lopera y soy igualito a mi nombre: el «Gonzalo» significa «genio de guerra» y el «Lopera», del latín *luparia*, «guarida de lobos», señala mis orígenes, mi tierra y mis costumbres. Soy, como puedes ver, un genio de guerra que viene de una caverna de lobos. Por eso, por equis o ye motivos, no me he dejado vencer de este alcoholismo tan bello que llevo en la sangre, camino torcido desde que nací y duermo en un apartamentico en el centro. No me dijiste tu nombre, ¿cierto?

—No, no se lo dije: me llamo Juana Villegas.

—¡Qué nombre tan estúpido! —dice—: no se parece a ti.

—¿Y es que tiene que parecerse? —lo reta Juana a punto de alejarse de ahí.

—Por supuesto. Si no, lo mejor es ir a una notaría y bautizarse otra vez. Si yo me hubiera dejado vencer, si tuviera un perro y una familia que usara jabón Johnson, me tendría que poner «Bernardo». Pero no, yo soy un Gonzalo: «El que mea claro y pea fuerte, que no le tenga miedo a la muerte», dicen en mi tierra. ¿Te dije que vengo de Lopera?

—¿Ah, sí?, ¿Lopera existe? —pregunta Juana.

—Latitud 37 grados, longitud menos 4 grados, provincia de Jaén, en Andalucía, España, limita con Marmorejo al norte, con Porcuna al sur, con Arjona al este y con Cañete de las Torres al oeste —dice el tipo, molesto—. Lo baña el Salado de Porcuna, tiene 3.996 habitantes (2.023 son mujeres hermosas, como tú, linda), 3 taxis, 1.047 líneas telefónicas, un restaurante, 6 oficinas bancarias y un desempleo del 5%. Claro que existe.

—Sí, eso veo —dice Juana un poco menos nerviosa. La gente pasa a su lado y la miran, extrañados, porque se ha puesto a hablar con ese hombre que se sienta ahí todos los días a esperar que alguna mujer le responda alguno de sus piropos o a que algún hombre muerda el anzuelo de sus preguntas y lo invite a tomarse un trago en la mitad de la mañana—. Si tiene desempleo es porque existe.

—De ahí vienen estas aceitunas y el aceite de oliva con que te cocinan en tu casa. Yo, por equis o ye motivos, ya no lo hago. El factor moneda. Pero tú, que lo puedes hacer, recuerda, cuando te comes tus ensaladitas dietéticas para tener ese cuerpecito, que Miguel Hernández escribió, sobre los hombres de Lopera, «cuántos siglos de aceituna / los pies y las manos presos, / sol a sol y luna a luna, / pesan sobre vuestros huesos». Háblame tú de las

Juanas y de los Villegas. Yo no soy un ladrón: no voy a robarte.

—Yo, yo no sé nada —reconoce Juana—, mi papá se llama Patricio Villegas.

—Un momento, ¿entonces tú no eres la actriz?, ¿la de la telenovela? —dice el señor Lopera—. Perdóname, mijita, te estaba confundiendo. Qué vergüenza, ala. Yo era muy amigo de Patricio, mija, pero por equis o ye motivos no volvimos a hablar, ¿ves? Conocí mucho a Clemencia, tu señora madre, sentí mucho su muerte, y los conocí a ustedes dos, a ti y a Samuel, y los quise mucho porque nos tocó usar babero al mismo tiempo.

—Yo sí decía que lo había visto en algún lado —dice Juana.

—En la universidad, mija, con tu papá, antes de darme este porretazo y perder a mi familia y vivir este bello alcoholismo que me ha seleccionado los amigos y me ha alejado de Anselmo de Canterbury para arrojarme en los brazos de la filosofía zen. Hace unos dos años le regalé a tu papá un librito de Suzuki, hombre, y quisiera que me lo prestara porque —saca de un bolsillo de su gabardina una cantidad de hojas dobladas en cuatro partes y se las ofrece a Juana— sólo me quedan estas pocas páginas. Mira: ¿sabes quién es Suzuki?

Juana niega con la cabeza, toma las hojas, lee lo subrayado: «En el zen», dice, «tener un hijo no es nada extraordinario: nada, salvo la iluminación, lo es». El señor Lopera abre los ojos, orgulloso de haber resaltado esa frase, y dice:

—Los hijos no valen la pena: no porque los míos sean unos malparidos y ni siquiera se volteen a mirarme y no me sirvan para nada y no sean capaces de darme la mano en la derrota, sino porque para que sean felices, en el mundo de ahorita, debes volverlos clasistas. ¿Tú ya tienes hijos? Tenerlos debe ser como no tenerlos porque, en el zen, no debemos simpatizar ni identificarnos con los otros. Somos, todos, en el vacío. Nuestra meta es morir. Ser con el mundo, ¿ves?

—Pero, ¿entonces no sería mejor perder el nombre? —pregunta Juana—. Digo, si uno no quiere ser nada, y es idéntico al nombre, ¿lo mejor no será no tener nombre ni apellido?

—Me duele la cabeza —acepta el señor Lopera—. Mira, por equis o ye motivos debemos ejercitarnos para desaparecer: yo, para ser coherente, estoy escribiendo una novela. Estoy trabajando en una revista de farándula (*Fama*, se llama), porque ahora todo el mundo quiere salir en la prensa, mija, y les saco almuerzos ¿a esos escritores jóvenes que quieren figurar?, a esos, pero la literatura es mi ejercicio. Porque, dice Suzuki ahí, en esas hojas, ¿no has oído hablar de Suzuki? (él era muy zen), «el horizonte de la novela nos recuerda que no somos originales: somos ninguno». Tú, por ejemplo, eres la doble de la actriz de telenovela, ¿ves?

Juana no le entiende nada. Desconfía, por lo general, de la gente que dice que está escribiendo una novela. Lo más probable, cree, es que no sepan aún de qué se trata. Lo más probable es que se avergüencen de su oficio verdadero. Mira su reloj. Son las once y veinticinco de la mañana y este señor, Gonzalo Lopera, no para de decir deplorables frases sueltas («Dios es mi perro», dice. «Entre más conozco a los hombres, más lo quiero») mientras en sus bolsillos busca cigarrillos y monedas que jamás va a encontrar.

—Juanita, ¿tú no tendrías por ahí unas moneditas de quinientos pesitos para comprar un cigarrillo? ¿Tú fumas?, ¿no? No lo hagas.

—Tome, sólo tengo estas dos —le dice Juana: ya sólo le quedan las de 200 y las de 50.

—Tan divina, mijita.

No quiere ver más a ese tipo. Le duele conversar con su locura. No quiere oírle hoy, preciso hoy, frases sobre los hijos y los padres. Le advierte que debe irse, porque «tenía que estar en un sitio a las once», y tiene que «salir ya a comprar un libro de filosofía zen», y el señor Lopera, claro, le sonríe como un padre ante la hija que nunca tuvo. Juana no ha perdido su toque: los miembros de esa generación, que se cree mejor por haber sido joven en los sesenta, le sonríen como si fuera parte de ellos. Los papás de sus amigas y sus exnovios la idolatran. «Es una buena influencia», dicen.

—Saludes a tu papá —dice Lopera—: dile que yo lo llamo en estos días y no le vayas a contar nada malo, ¿no?, somos amigos, ¿ves?

Juana se despide a diez metros de distancia, frente a la entrada del café Il Pomeriggio, se cruza con la presentadora de un noticiero de televisión y, cuando entra al Centro Andino, cree oír «mamita rica con sabor a pollo: le aseguro que mi barba no pica». No se voltea a confirmar sus sospechas. Busca la zona de teléfonos públicos por los pasillos del centro comercial. Pasa al lado de Hotline y cierra los ojos frente a California Inn porque ahí está el saco de sus sueños y sabe que es capaz de gastarse la plata de la operación comprándolo.

Llega, a través de un pasadizo de piedra, a la solitaria zona de teléfonos. Sólo le quedan tres monedas de 200. Todos los aparatos, menos uno, están fuera de servicio. Y una mujer de labios morados, máscara de base y tacones carmín ocupa el único que funciona. Grita, sin pudores, la mentira «mi amor, que no, que no puedo: pues porque estoy en los juzgados de la décima y aquí me van a tener toda la mañana». Juana la espera. Se acomoda la cartera. No quiere que le quiten el puesto en la fila.

La mujer cuelga el teléfono, espera un momento por si acaso le devuelve las monedas («una nunca sabe», le dice a Juana) y se acomoda, a los ojos del mundo, los calzones. Juana siente las huellas de su aliento en el auricular. Siente un poco de asco y trata de contener, con los dientes, el regreso del mareo. No tiene que sacar el papelito del bolsillo, se sabe el 6008166 de memoria y lo marca como si fuera un número de lotería y toda su vida dependiera de ello. El timbre suena una, dos, tres veces. Una voz de mujer, en el contestador automático, dice «este es el 6008166. En este momento no estamos. Por favor, deje su mensaje».

No, no va a dejar razón. ¿Qué puede decir? ¿«Rodrigo, soy yo, deje a su esposa y cásese conmigo»? No, no contaba con esa posibilidad. Se imaginaba que Rodrigo iba a estar ahí, sentado, esperando su llamada. Está a punto de colgar cuando una señora levanta el teléfono y dice «aló, ¿familia Sánchez?». Juana le pregunta si esa es la casa de Rodrigo y se entera de que «don Rodrigo no está pero dijo que venía a almorzar». No pide el número del celular: Rodrigo odia los celulares. Pide la dirección «para mandarles un regalo» y trata de no desesperarse cuando la señora responde «¿y si es para un secuestro?».

Tiene que echar otra moneda de 200. La echa. Le jura a la señora que jamás ha tratado de secuestrar a nadie. «Si secuestrara a una persona, tendría que meterla en el cuarto de mi hermanito», le dice. La señora se ríe, respira como si hubiera dicho una palabra importante, pregunta «perdón, ¿cómo es que era su nombre?», y Juana, mientras se le acaba el crédito en la pantalla del teléfono público (200, 100, 50), lo pronuncia unas dos veces.

Funciona. Se anota, en el dorso de la mano izquierda, que Rodrigo vive en la carrera 9ª # 95-60, en el apartamento 302, en el edificio de muy pocos pisos con un arco de madera lleno de flores. Sí, ese es: tiene balcones.

9

Cuelga el teléfono y se queda sin aire por unos segundos. Sólo son dos o tres segundos pero bastan para que el mundo entre, todo, en su cabeza. No se desmaya. Sospecha que necesita comer algo. Apoya las manos sobre la pared y, poco a poco, empuja el cuerpo hacia atrás. Tiene la cartera colgada en la muñeca. Se la pone en su lugar, recupera las fuerzas, se mira las manos: siente que han quedado sucias por culpa del pegajoso auricular. Decide lavárselas.

Aunque da un paso en el baño para hombres, alcanza a corregir a tiempo su camino. No hay nadie más en ese pasadizo, nadie más se ha dado cuenta de su error. Llega al lavamanos de mujeres, abre el agua y la deja caer sobre sus manos chiquitas llenas de rayitas del destino. Se echa algo de jabón líquido y repite la operación desde el comienzo. Se para frente a frente en el espejo: sus ojos son cafés pero a veces son negros; los lentes de contacto recogen la luz que les llega; uno, el lente del ojo izquierdo, le sigue molestando.

Mira, con cuidado, sus dos filas de dientes: le tiene pánico a encontrar algún pedazo de algo escondido por ahí. Nunca, en toda su vida, ha tenido una caries. Su mamá, en cambio, siempre se quejaba de los terribles dolores que iban y venían en todas sus muelas. Bueno, en realidad le reclamaba a Dios, en voz alta y en tono de broma, que, aparte de darles todas las enfermedades comunes a la humanidad, les hubiera concedido a las mujeres la menopausia, las tristezas repentinas, la menstruación, las rodillas frágiles y el cáncer de mama.

«Sí, nos ha dado el embarazo y el mejor de los dos cuerpos», decía, «pero debería aguantarse un día estos calores». Juana se moría de la ira cuando la oía lanzar esas sentencias. Aún hoy, a las once y media de la mañana del lunes 11 de febrero, detesta las quejas femeninas. La enfurece el humor sobre la diferencia entre los sexos. Desconfía profundamente de los hombres y de las mujeres que hablan del «segundo sexo». Se pone de mal genio cuando un hombre y una mujer afirman que no necesitan a nadie y se refieren al sexo opuesto como «un mal necesario». Cuando un cuerpo se lanza desde un décimo piso, se dice, es un pobre ser humano. Si los hombres quedaran embarazados, todo daría lo mismo.

Se seca las manos en la máquina de aire caliente. Bueno, piensa, quizás se esté contradiciendo. Sabe, en el fondo, que los hombres y las mujeres no son iguales. Y entonces llega a la conclusión de que, por lo menos, una mujer está en su propio cuerpo y el mundo viene y va dentro de ella. Porque los hombres, los pobres hombres, que siempre le han parecido frágiles, soldaditos de plomo a punto de caer, tienen el cuerpo volcado hacia fuera y el mundo en el que creen es el mundo que proyectan. Una invención, una mentira.

Las gotas de agua dan vueltas en sus dedos bajo el viento caliente del aparato de metal. Mira una vez más su reflejo. No resiste más aquel lente de contacto pero, como acaba de entrar una mujer amarilla, tensa y bigotuda, de la mano de una niña con el mismo futuro («mi amor: mira cómo te volviste», le dice), prefiere salir del baño y volver, a través del pasadizo de antes, hasta una plaza del centro comercial.

¿En qué estaba pensando frente al espejo?, ¿en que el hombre proyecta su propia sombra sobre las paredes del mundo? O, bueno, ¿cómo decir, exactamente, eso que piensa? Sabe, claro, que en diez minutos lo olvidará. Siempre le pasa. Jamás se acuerda de esas conclusiones. Son, simplemente, un ejercicio. Un tic que su papá le ha contagiado. Antes, para no olvidarlas, escribía pequeños poemas en un cuaderno de Winnie the Pooh. Ahora escribir le parece ridículo, una pérdida de tiempo, una tontería de los tiempos de universidad.

Sale por la entrada dos del Centro Andino y llega en unos segundos hasta la avenida 82. Quizás, imagina, todo lo suyo le pertenezca a otra persona. Se inventa pequeñas teorías —teorías geniales que se deshacen, en un par de segundos, como un arito de humo— porque eso mismo hacía su papá, y se tropieza a veces, en las escaleras de todas partes, porque su mamá, a pesar de sus propios consejos, no conseguía pensar en el presente. Si no hubiera conocido a nadie en toda su vida, pues, no tendría ni una sola idea: esa es la gran conclusión. Sería una mujer en paz. Sería una mujer en blanco.

Camina hacia la carrera 11. Se dirige a la avenida 82, hacia la izquierda, dispuesta a cruzarla en el semáforo de la siguiente esquina. No, no quiere tener las muelas de su mamá ni perderse en los laberintos de su papá. Y la única salida que se le ocurre, en este preciso momento, es no tener ese hijo, esa hija. Puede verse una noche contándole una historia con las sombras que sus manos, junto a la luz de una lámpara, puedan inventarse sobre la pared. «Es un pastor alemán muy miedoso», le decía su papá con la mano abierta y el pulgar en forma de oreja. Está segura de que, si tuviera una hija, diría las mismas palabras.

Pasa frente a un inmenso parqueadero. Y se dirige, concentrada en sus pisadas (su meta es ir por el andén de cuadro en cuadro sin poner el pie en las intersecciones), hacia la empedrada calle 85. Se le aguan los ojos cuando piensa en las sombras que su papá le hacía con las manos, en las historias que se inventaba en los muros blancos de su cuarto. Le recuerdan, sobre todo, el trasteo de esa vez, cuando sus papás se separaron y un camión se llevó, en cien cajas selladas con cinta pegante y tituladas con marcadores de agua, toda la historia de la familia. En las paredes vacías, llenas de cicatrices, plagadas de marcos de polvo, jamás aparecería otro pastor alemán.

Juana había nacido en aquel apartamento, el 1404 del edificio La Gran Vía, en la calle 100 # 7-45, y no había pasado más de veinte noches fuera de su habitación. Y esa mañana, cuando los tipos terminaron de cargar la última de las cajas de cartón y su papá gritó, en la acera del edificio, «se me quedó el esfero encimita de la ventana de la sala», supo algo más de los fantasmas. Podría escribir ese momento si tuviera una hoja de papel: el camión de la oficina de trasteos esperaba sobre la calle 100 y su mamá, desesperada por las mismas quejas que su papá había gritado en los últimos treinta años («¿alguien ha visto mis gafas?»), le pidió a ella, a Juana, que subiera al apartamento a buscar «el bendito esfero».

Juana saludó a don Luis, el portero, subió por el ascensor de los pisos impares hasta el piso trece. Subió las escaleras hacia el catorce. Y se asomó, por última vez, a los ventanales de la terraza. Ese horizonte, cortado por las antenas de enfrente, por las gotas de pintura en los vidrios, no volvería a ser el suyo. Esa puerta, la de la entrada, con su 1404 de metal, no volvería a abrirse. Las marcas de los muebles sobre el tapete desaparecerían bajo otros muebles. «Esta es usted», dijo para oír el eco de su propia voz. Aún hoy no sabe para qué sirve el eco de la propia voz cuando uno está solo, pero en ese momento sintió que alguien le respondía. «¿Quién está ahí?», preguntó. «¿Alguien más entró al apartamento?».

Nadie respondió. Y recobró poco a poco la nostalgia. Hizo el último tour por el apartamento: aquí se sentaba después del colegio; allá, en donde estaba el sofá de rayas azules, Rodrigo le dijo, después del último beso, «¿por qué no firma un contrato de exclusividad conmigo?»; Samuel se descalabró porque no vio a tiempo la esquina de esa pared; y su papá, Patricio, siempre se afeitaba en el baño del corredor con una afeitadora eléctrica (recordaba a la perfección el ruidito que hacía la máquina). Iba a llorar, pero no lo hizo. Podía verlos a todos, podía oír el radio, las voces, las puertas a punto de cerrarse de las seis y media de la mañana. Los próximos inquilinos vivirían con esos fantasmas. Estaba segura.

Son las once y cincuenta. Llega hasta el parque del Virrey, pasa frente a la iglesia de la Inmaculada Concepción, se acerca a la droguería de la esquina de la calle 90 con la carrera 11. Ya sabe por qué recuerda ese momento. Porque ese día, igual que ahora, quiso morirse. Y se dio cuenta a destiempo de que Rodrigo ya no estaba para consolarla. No quiere volver a deprimirse, no. Su reflejo se queda en la vitrina de la droguería, junto a las revistas, y mientras camina sobre el paso de cebra de la 90, se dice «esta es usted, usted va al edificio de balcones, usted todavía está a tiempo de confesarse con Rodrigo».

Se queda en blanco, de nuevo, durante varias cuadras. No sabe cómo lo ha hecho pero otra vez ha sido sólo un cuerpo, sin conciencia de sí misma, hasta cuando llega a la calle 96 y un hombre con la cachucha hacia atrás le grita, desde su bicicleta de carreras, «mañana nos vemos aquí mismo, bizcochito». Juana siente que ha estado soñando. Como cuando lee dos páginas de una novela mientras piensa en otra cosa y debe volverlas a leer para entender qué está pasando en la historia. Sí, es eso lo que siente.

No, no recuerda qué ha pensado en los últimos minutos. Sabe, eso sí, que ya van a ser las doce. ¿Se acordaba de Rodrigo? ¿Le reclamaba, en una escena imaginaria, por no haber estado con ella durante el trasteo, durante la separación de la familia, durante la extraña muerte de su mamá? ¿Le explicaba, en una escena imaginaria, que por eso, porque siente que le debe la misma lealtad que él le ha demostrado en esos últimos tres años, ha decidido casarse con Bernardo Molano?

«Usted no se imagina lo que sentí el día del trasteo cuando encontré el esfero de mi papá en la ventana y salí de ese apartamento», le dice al Rodrigo imaginario. Tendría que haber comenzado otra historia. Pero no, todo final se espera en vano. La nueva vida, buena o mala, jamás apareció. Se sentía, más bien, como una muerte. Como si esos cuatro personajes —sus papás, su hermano, ella— ya no tuvieran más líneas en una obra de teatro. Sí, eso era. Se habían mudado a la trasescena para siempre y no tendrían, nunca más, una conversación que no hubieran tenido antes.

Volverían, una y otra vez, sobre lo mismo: Patricio estaba enloquecido, se enamoraba de todas las mujeres que no fueran su esposa y vivir con él, llenos de deudas y en silencio, se había vuelto una tortura: vender el apartamento era, en ese momento, la única salida.

Son las doce en punto. Cruza la carrera 11 con un grupo de señoras y oficinistas que, por unos segundos, parecen sus mejores amigos. Han llegado, juntos, hasta la Olímpica de la 96. Ahí, en las ocupadas aceras del supermercado, un lotero le ofrece de nuevo la Lotería de Bogotá con las palabras «le tengo la suerte» y ella le responde «me la dieron por allá abajo». Una señora gorda, cubierta de laca, le vende «aguacates para hoy». Un niño le dice «monita, una monedita» y ella le responde, como si se tratara de un reflejo, «no, mono, no tengo».

Son obstáculos. Son abstracciones. Se pasean por ahí, frente a ella, como si fueran sus personalidades secretas, como si ella misma se los hubiera inventado, como si los necesitara para agradecerle a un dios ser ella misma. Son muchos, muchos más. Pero sólo dos son capaces de detenerla. Un hombre de unos cuarenta años, vestido de superhéroe desde la cintura hasta el cuello, que dice ser candidato a la presidencia de la república, y un viejo pálido, de chaleco y corbata, que cumple el subvalorado papel de asentir.

—Es mi doctor Monroy —dice el superhéroe—, mi futuro vicepresidente.

—Mucho gusto —dice Juana. Mira el reloj y empieza a sufrir por el tiempo. ¿Y si Rodrigo ya está en su casa?, ¿y si está a punto de irse?, ¿y si los candidatos la demoran y llega justo en la mitad del almuerzo? No, no puede ser, tiene que llegar antes. No quiere conocer a la esposa de Rodrigo. Por Dios, la esposa. No había pensado en ella. Quizás le ha dedicado la novela: «Para mi esposa, por haberme salvado del desprecio de Juana».

—No le quitamos mucho de su tiempo, señorita —dice el superhéroe y el doctor Monroy asiente—. Colombia es, como la Rusia de antes de la revolución, una masa alelada por el hambre, llena de profesores mal pagos y alumnos desertores, y nosotros, mi doctor Monroy y yo, docentes de la Universidad de Bogotá, horario nocturno, estamos listos a sacarla del ostracismo político y socioeconómico en que se encuentra sumida. Nuestras propuestas, diseñadas expresamente por mi doctor Monroy, que es un jurista litigante de primera línea, son unas propuestas muy lindas que queremos que usted conozca para que pueda darnos su firmita. Permítame, de paso, felicitarla por ese papel tan lindo en la telenovela de la noche. Papeles como ese son los que necesita el país.

—*María Cristina me quiere gobernar* —se le escapa al doctor Monroy.

—María Cristina —confirma, molesto, el candidato.

Juana sólo sonríe. Hace mucho tiempo no pasaba tanto tiempo en la calle. No entiende por qué insisten en confundirla con esa actriz. Sabe que no se parecen. Es, piensa, como si prefirieran verla idéntica a ella. Quiere firmarles y ya y, para presionarlos, su mirada se dirige a la planilla que el futuro vicepresidente carga en una mano.

—No le quitamos ni cinco minutos —repite el candidato—. Mi nombre es Glauco Mendoza y soy pensionado de Carbocol. Bueno, esa es mi identidad secreta: porque, como usted ve, me disfrazo de este superhéroe, Supersidente (no sé qué opines del chiste), porque un superhéroe es lo que necesita este país. Créemelo, señorita, en estos días me he leído todo tipo de cómics, y un ser así, sin vida personal, es lo que necesita cualquier ciudad del primer mundo.

El doctor Monroy parece a punto de dormirse. Sin embargo, asiente. Juana piensa que ya tiene tema de conversación con Rodrigo: ese tipo con pantalones de paño cafés, uniforme amarillo de superhéroe y una capa verde arrastrada por el pavimento, tiene que ser una buena forma de romper el hielo.

—Conozco el Estado —continúa el candidato—. Por eso me atrevo a lanzarme a este río lleno de sanguijuelas. Nuestra propuesta se resume en siete puntos básicos: educar a la élite para que se autodestruya, perdonar a los corruptos para comenzar de ceros, crear dos nuevas ramas del poder (la de minorías y la religiosa), instalar en todas las casas en peligro un timbre para llamar a las patrullas de seguridad del Estado, exportar niños ciento por ciento colombianos, reglamentar de nuevo la esclavitud para erradicar el desempleo, y eliminar, del todo, la clase media del país. Suena raro, pero el doctor Monroy lo tiene todo muy bien explicadito en este folleto.

Juana recibe el cuadernillo y se hace la interesada. Pregunta en dónde debe firmar, firma y se atreve a elogiar el traje amarillo de Supersidente. «Yo mismo lo cosí», dice el candidato. Ella, falsamente conmovida, les desea toda la suerte del mundo y sigue su viaje. Llega al parque de los caminos de piedra, oye el comienzo de un diálogo en los pasos de la distancia («¿qué tal estuve esta vez, doctor?», pregunta el candidato), recuerda los miles de locos que han aspirado a la presidencia de Colombia —todos lo son, es cierto, pero algunos lo hacen de frente— y se pregunta cómo llega un ser humano hasta ese punto.

Bota el folleto a la basura. Atraviesa el parque, cruza una carrera sin números ni nombres y se dirige a la calle 96. Allá, al final de la subida, está el edificio de los balcones. Es increíble que, después de hablarlo tantas noches hasta las tres de la mañana, Rodrigo se haya atrevido a vivir en él sin ella. Ese era el edificio de los dos. Se siente remplazada: no puede creer que después de esos dos meses, cuando la abrazaba, le pasaba la mano por la cara y la hacía morirse de la risa, se haya atrevido a enamorarse de otra.

Son las doce y diez y, por primera vez en toda la mañana, se da cuenta del error que está a punto de cometer. ¿Qué hace ahí, a unos pasos de ese edificio?, ¿quiere entrometerse en un romance ajeno?, ¿en qué momento se le ocurrió que tenía derecho de hacerlo?, ¿y si Rodrigo está adentro, viendo televisión con su esposa como veían ellos dos, debajo de una cobija, y le pide al portero que lo niegue?, ¿y si se negó hace media hora cuando lo llamó desde los pegajosos teléfonos públicos del Centro Andino?, ¿y si está enamorado de su esposa?

Es una idiota. No entiende cómo no se dio cuenta de todo hace unas cuadras. Rodrigo ya no es Rodrigo: no apareció cuando su mamá se murió ni cuando sus papás se separaron, y hace tres años, cuando se casó, sólo le mandó una ofensiva participación al matrimonio. No, no va a cruzar la calle, ¿para qué? Va a dar la vuelta y ya. No quiere saber nada más. Se ha terminado el sueño de la mañana. Ahora tiene un nuevo itinerario: se irá a almorzar por ahí, visitará la instalación de Leopoldo, el novio de Jimena, y le llevará la plata a su tía, la inmadura, a las cuatro de la tarde. A las seis dejará de pensar en su embarazo.

Entonces da la vuelta. Y ahí, a cinco metros de distancia, viene Rodrigo Sánchez. Tiene las gafas en la punta de la nariz y la camisa de cuadros por fuera. Está mucho más calvo de como lo recordaba. Viene con el afán de toda la vida y mira el reloj de su muñeca izquierda y el que carga, de repuesto, en el bolsillo interior de su chaqueta gigantesca. Sigue tan chiquito y ojeroso como siempre. Y, cuando la ve, se da un par de palmadas sincronizadas en cada mejilla porque no puede creer, del todo, que Juana Villegas, su Juana Villegas, esté en esa esquina en este preciso momento. Se pone completamente rojo.

Ella se rasca la nariz con el dorso de la mano. Siente ganas de llorar. Es como un reencuentro después de la guerra: es una lástima, se dice, que semejante amor no se haya visto forzado a sobrevivir un holocausto. Si se abrazaran, si él tuviera un poco de fuerza, Rodrigo podría alzarla un poco. Le dice «qué hubo» y él le responde con las mismas dos palabras en medio de cierta risita nerviosa. Le pregunta «¿qué cuenta?, ¿en qué anda?» y él le responde, para hacer el primer chiste del encuentro, con las mismas palabras.

—Yo nada —responde Juana—: usted es el que anda importantísimo.

—Sí, van a sacar camisetas con mi nombre —dice Rodrigo—. Ah, van a hacer una película sobre mi vida en estos días.

—Y eso que sólo escribe una columna en *Resumen* —dice Juana.

—No, imagínese donde saliera por televisión —responde Rodrigo—: ya habrían sacado el Lego.

—El muñeco no tendría pelo —dice Juana—, esa sería la vaina.

—Sí, esa sería: quedaría la cabecita con un chichón amarillo.

Los ojos cafés de Rodrigo Sánchez se han vuelto trasparentes. Parece a punto de llorar. Se han acordado los dos, al mismo tiempo, de lo mucho que se divertían, de lo mucho que se querían, de lo mucho que se tocaban cuando estaban juntos. Juana piensa que alguna vez, hace más de tres años, estuvo con ese hombre, sin ropa, sobre la cama de su habitación. El sexo, con Rodrigo, estaba misteriosamente conectado con la risa. Reírse y hacer el amor, con todo y lo deplorable que suena, eran, para los dos, el mismo ejercicio.

Sí, ese es el atractivo de este hombre. Está dispuesto a sacrificarlo todo, hasta su propio ego, por inventarse un buen chiste. Así funciona su cerebro. Llega a la verdad con ironías, con apuntes de última hora y con todas las escenas de películas que puede recordar. Su meta en la vida es ser un hombre viejo. Que nadie le pida, nunca más, que baile y que se muestre como un tipo alegre y se sienta cómodo en las reuniones sociales. Que lo dejen leer, en paz, sus novelas de Milan Kundera.

La conversación avanza. Rodrigo le pregunta a Juana por su papá y por su hermano («bien, bien», dice ella: «Samuel se pone sudaderas todos los días y mi papá teje saquitos de lana, pero bien, de resto nada raro») y le dice que sintió mucho que Clemencia, su mamá, se muriera. «Me enteré muy tarde», dice. «Me contaron como seis meses después y me dio pena llamarla». Juana le pide a Rodrigo que no se preocupe, le hace las mismas preguntas y le confirma que recibió, hace un par de años, la participación de su matrimonio.

Es un momento incómodo. Él, se nota, no quiere hablar de eso. Ella sabe que ha dado un paso en falso. Tartamudean un poco mientras buscan en su memoria todas esas cosas que han querido decirse desde el famoso aguacero de despedida. Es, por fin, la conversación pendiente. La han sostenido, cada uno en la oscuridad de su habitación, durante los últimos tres años. Rodrigo jamás lo aceptaría, ni más faltaba, pero ha soñado con que ella acepte que cometió un terrible error. Juana siempre se ha dicho, en voz baja, «Dios mío: que por favor me perdone».

—Yo quería verla desde hace rato —dice él—: me ha hecho mucha falta.

—Yo pienso en usted todo el tiempo —dice Juana: se encoge de hombros y siente ganas de llorar, pero, justo cuando va a dejarse llevar por sus defensas bajas, siente una horrible punzada en la retina y dice—: mierda, el ojo.

—Qué ojo, qué pasa —dice Rodrigo—, déjeme ver.

—Es el puto lente de contacto —dice Juana—: ha estado jodiéndome desde el Andino. ¿Lo ve por algún lado?

—Déjeme ver —dice él—, ¿no se le habrá metido donde se le mete siempre?

—¿Ahí está? —pregunta Juana. Sí, ahí está: está escondido en el fondo del párpado inferior. Ella lo empuja con los dedos, ante los dientes apretados de Rodrigo, hasta que consigue ponerlo en el centro del ojo. Y, justo cuando está a punto de sentirse en paz, lanza el último de los gritos posibles—: mierda, se cayó. Mi papá me capa si se me pierde otro.

Y ahí están, Juana y Rodrigo, en cuatro patas, buscando el diminuto lente de contacto. Un celador se les acerca y trata de ayudarlos con una linterna. Y ellos, que miran debajo de las hojas y los eucaliptos, caen en la cuenta, al mismo tiempo, de que siempre que están juntos les pasa algo como eso. Él se rinde primero. Ella insiste unos segundos más y después se levanta. No, no puede terminar todo ahí. No puede ser un encuentro de paso.

—Me imagino que tiene que irse a almorzar con su mujercita —dice Juana: se da cuenta, de inmediato, de que el chiste no ha salido bien.

—Quedé de llegar a almorzar —confiesa Rodrigo—, pero porque le tengo terror a Teresa, la muchacha, y porque no sabía que iba a encontrarme con «la otra»: Sofía está trabajando en la universidad.

—¿Se llama Sofía?

—Se llama Sofía —confirma Rodrigo—, ¿no le llegó la participación?

Juana da un paso atrás, como si estuviera a punto de despedirse. La esposa de Rodrigo ya tiene nombre. Sí, ya lo tenía, sabía cómo se llamaba pero lo había bloqueado. El caso es que cada vez es más fácil odiarla. Quiere verla para decirle a Jimena, por la noche, «si viera, marica, es inmunda», pero, como van las cosas, ahora que ha dado ese simbólico paso atrás, la conversación seguirá pendiente y cada quien seguirá su camino. Rodrigo, con su lenta sensibilidad femenina, tendría que hacerle una propuesta.

—¿Tiene algo que hacer ahorita? —le pregunta como si oyera lo que Juana está pensando. Así ha sido siempre: estar con él es como estar con otra mujer—, ¿no quiere acompañarme a San Andresito? Iba a ir por la tarde, después de almuerzo, a comprar un teléfono y unas películas para no tener que salir este fin de semana. Si quiere, la puedo invitar a almorzar. O si quiere puede invitarme. Y vamos. Almorzamos y vamos.

—Pero no comemos en San Andresito, ¿cierto? Encontraron ratoncitos en las lechonas.

—Qué porquería. ¿En serio?, ¿encontraron ratoncitos?

Sí, los encontraron, pero en esta ocasión, en vez de quedarse callada, como ese día lluvioso, Juana le dice a Rodrigo que sí, que lo acompaña a donde quiera. Le confiesa que, desde que se levantó, se puso la meta de verlo y le dice que no quiere fingir, ahora, que acaban de encontrarse porque sí y que no ha sentido, desde hace mucho tiempo, que les hizo falta sostener una última conversación. Sí, eso es. Eso quiere. Por eso estaba frente a su edificio.

—Nuestro edificio —dice él—. La mamá de Sofía nos arrendó el apartamento.

Rodrigo es, en el fondo, muy frágil. Bueno, todo el mundo lo es. Pero él necesita, en este momento, que Juana lo abrace. Le da a ella un beso en la frente y le pasa una mano por la mejilla.

Cruza la calle, le pide al portero de su edificio que le diga a Teresa, la empleada, que no va a ir a almorzar («que me encontré con una amiga y llego por la tarde, don Manuel») y desde la otra acera le dice a Juana, a su Juana, que, antes de llevarla a San Andresito, el gran centro de la piratería y el contrabando en el centro de Bogotá, para comprar un teléfono y los videos ilegales de las películas que acaban de estrenar en las salas de cine del país, la quiere llevar «aquí a la vuelta», a La Churrería, un restaurante español, porque sabe que le va a encantar.

Juana sonríe. Mira hacia arriba para no sostenerle a Rodrigo una mirada de orilla a orilla —la ponen nerviosa los lugares comunes— y porque cree oír, en la última nube del cielo, los primeros martillazos de un nuevo aguacero. Son sólo misteriosos pasos en un ático. La lluvia no ha podido decidirse.

10

El cochinillo asado que pidió Rodrigo tenía tres semanas de nacido cuando lo mataron. Pesaba cuatro kilos y fue sacrificado en San Antonio de Tequendama, en Cundinamarca, el sábado pasado, 9 de febrero, a las seis de la mañana. La cocinera lo desangró, lo peló, lo vació. Después lo lavó con un fortísimo chorro de agua helada y lo dejó blanco, al pobre, por dentro y por fuera. Lo puso sobre una mesa y sin romperle la piel lo abrió por el espinazo a punta de cuchillo desde la cabeza hasta el rabo. Lo sazonó. Y lo acostó de espaldas, sobre unas tablitas forradas de laurel, en una cazuela llena de agua.

Puso la cazuela sobre las rejillas del horno precalentado, a 200 grados, durante una hora. Le dio la vuelta, lo pinchó y le untó la piel con manteca de cerdo, aceite de oliva traído de Lopera y dientes de ajo muy bien picados. Cubrió las patas y las orejas con papel aluminio y lo metió en el horno, de nuevo, durante 45 minutos. Cuando notó que la piel estaba dorada y crujiente, lo sacó entero a la mesa. Y ahí está, partiéndolo y trinchándolo, en presencia de Juana y de Rodrigo. «Está tiernito, mire», le dice a su cliente favorito. Le echa sal al jugo y sirve un trozo gigantesco en un plato de barro.

—Se antojó, ¿no? —le dice Rodrigo a Juana.

—Un poquito pero no mucho —dice ella—, me parece rica mi paella.

—Está deliciosa —dice la cocinera—, ahora mismo viene.

—Oiga, qué delicia —le dice Juana, sonriente, a Rodrigo—, muchas gracias por la invitación: qué pena haberle llegado así a su casa.

—No sea boba —dice él—. Si no, nunca nos habríamos atrevido a hablar de todo lo que nos ha pasado. Es increíble que ni siquiera seamos amigos.

Ya es la una de la tarde. Durante la última media hora, mientras llegaban sus platos, se pusieron al día: Rodrigo le contó a Juana que su primito favorito, Miguel, el que se disfrazaba de Pablo Escobar cuando era chiquito, se había casado con la novia del colegio porque estaba cansándose de ella y, para no cometer una locura y no tener que trabajar sin haberse graduado de bachiller, los dos prefirieron quedarse a vivir en la casa de los papás de cada uno. Mañana los verá a los dos: tiene una misa por la tía que mataron en el Palacio de Justicia («la que estaba casada con el tipo que se murió en el avión de Avianca que volaron», aclara) y parece que tendrá que asistir a un aburridísimo almuerzo familiar.

Juana le contó a Rodrigo las aventuras de Jimena, le habló con pelos y señales de su relación con Bernardo Molano (porque, aunque se supone que ya han quedado atrás los enredos, «imposible que Rodrigo no se ponga celoso»), le sacó en cara, con cierta gracia, que la hubiera abandonado por tanto tiempo y se hubiera convertido en un «idiota ingrato». No reconoció, por supuesto, su culpa en el asunto. Él la había rechazado y no había hecho nada por recuperarla: esa era su versión oficial de los hechos.

Después, cuando las vidas de los demás se agotaron, se acordaron de los mejores días juntos, se pidieron perdón una y mil veces, se criticaron por haber sido tan inmaduros, llegaron a la conclusión de que se habían formado juntos (ir a la misma universidad es como volver juntos de una guerra) y estarían unidos para siempre. Las primeras decepciones vinieron cuando a Rodrigo se le escaparon un par de groserías (Juana lo recordaba incapaz de lanzar un «hijueputa»), una infortunada broma de doble sentido («el dicho popular de Jimena es *indio comido, indio ido*», dijo) y un discurso sobre Sofía, su esposa, digno de alguien que quiere compartir su felicidad con un amigo. Quizás se vengaba por haber oído su historia con Bernardo.

Juana, para cambiar de tema, le contó los encuentros con D. J. Ciro, Gonzalo Lopera y Supersidente. Y pensó, cuando abrió la carta, que por nada del mundo iba a pedir cochinillo asado, un plato de 38.000 pesos, y concluyó que si cinco comensales lo pedían al día serían 190.000 pesos de cada jornada, 950.000 a la semana y 3.800.000 al mes. «Nada mal», se dijo: «que nadie se entere».

En ese preciso momento llegó el cochinillo asado. Y, uno o dos minutos después, apareció el inmenso plato de paella. Y ahí está ella, Juana, con un ojo cerrado pero feliz porque de verdad se estaba muriendo del hambre y está sentada, por fin, frente al hombre ideal. Lleva casi una hora sin pensar en el aborto de las seis y media de la tarde. Y no lo haría, no pensaría más en su tragedia, si Rodrigo no dijera, mientras pelea con un cuero del cochinillo, «pobre su papá: no me lo imagino pensionado».

Juana chasquea los dedos y dice «puta, yo había quedado de llamarlo, a mi papá, para avisarle si iba a almorzar». Rodrigo encoge los hombros y le dice «pues llámelo».

Ella le sonríe como diciéndole «no sea idiota: usted sabe que no es tan fácil» y se levanta, con la servilleta de tela sobre las piernas, a pedirles a los meseros un teléfono «porque mi celular está casi sin pila y me imagino que usted sigue en contra de esas cosas». Rodrigo le dice, mientras la ve irse, «no, no, yo tengo celular: lo que pasa es que no lo saco del apartamento» y ella trata de verse interesante, precisa en sus movimientos, hasta que se tropieza con la pata de una silla de madera. Es una lástima.

El tropiezo ha sido una señal de torpeza, sí, pero, para decir verdad, se siente mareada. La cocinera que los atendió, cuando Juana le pide el teléfono «un minutico», le responde «pues claro, maja, estás en tu casa» y se queda mirándola, como si la recordara de algún lado, mientras marca el número de su apartamento, 6104082, y espera, con cierto temblor en las rodillas, a que su papá le conteste. Pero no, es Samuel el que dice «aló». «Ah, qué hubo», le responde.

—Nada, que no creo que vaya a almorzar —le anuncia Juana—, me encontré con Rodrigo Sánchez en la calle y me invitó a un restaurante español. Rodrigo, ¿se acuerda de él?, su ídolo.

—Sí, sí, mándele saludes —dice Samuel, porque hombre, sí, Rodrigo le contagió el amor por las películas, pero eso fue hace mucho, mucho tiempo—. ¿Qué más quiere que le diga?

—No, nada, más bien páseme a mi papá.

—Ay, no, ¿se puso brava?

—Pásemelo que estoy en un teléfono público —dice ella—, estoy en un teléfono de un restaurante y me da un poquito de pena.

—Bueno, chao —dice Samuel y de inmediato recuerda que debe darle a su hermana un par de razones—. Ah, oiga, que llame a Bernardo a la oficina y a Jimena al restaurante. Que los dos, cada uno por su lado, están muy preocupados por usted. Que la ven muy rara. Yo les dije que usted es así y que nosotros ya dejamos de preocuparnos.

—Sí, yo no sé qué me pasa —dice ella: ha aprovechado el chiste para tomarse las cosas muy en serio—, necesito conseguirme un trabajo. No puedo seguir ahí, viéndome con usted todas las películas que alquilan en Blockbuster y poniéndome mal por todo lo que me dice todo el mundo. No creo que la gente me quiera hundir, pero a veces tengo esa sensación.

—¿Sabe qué? —dice Samuel—: almuerce.

—Oiga, ¿y usted por qué no está en el colegio?

—Tenemos que vernos *400 golpes* —le recuerda Samuel—, hay que devolverla esta noche. ¿Será que alcanzamos a verla? ¿A qué horas llega usted? ¿Va a ir a su entierro? Ha llamado un huevo de gente a darnos el pésame.

—¿En serio?

—No, nadie. Sólo una señora del edificio.

—No me hable de eso —dice Juana—: qué cosa tan impresionante.

—Pregúntele a Rodrigo que qué tal es *400 golpes*. ¿Está por ahí?

Juana le responde que no, que está en el restaurante y que llegará a la casa más o menos a las siete de la noche porque tiene que ayudarle a Jimena «en lo de la exposición del gordo manteco» y entonces, desde la cocina, aparece Patricio, el papá, y pregunta «¿quién es?, ¿es Juana?», Samuel le dice que sí y alcanza a decirle otro «chao» a su hermana antes de perder el teléfono.

—¿Dónde estás?, ¿ya almorzaste? —pregunta Patricio—, ¿quieres que vaya a recogerte?

—Estoy con Rodrigo, papito, pero si llama Bernardo dile que ando con Jimena —dice Juana—. Tú sabes que no estoy haciendo nada malo, pero él es medio raro con esas cosas.

—Y eso que todavía no están casados —dice Patricio: se le acaba de salir por primera vez, desde la caja en donde guarda todos sus rencores, el resentimiento que siente cuando le hablan de Bernardo—. Bueno, ¿y te demoras?, ¿quieres que te recoja en alguna parte? Dime cualquier hora y cualquier sitio y yo te recojo. Dime dónde es la exposición esa de Jimena.

—En la Luis Ángel, papito, en el centro —dice Juana—, pero tú no te preocupes por nada: yo estoy bien. Yo creo que Rodrigo me acompaña.

—Bueno, cualquier cosa me avisas, mi niñita —dice Patricio. No, parece que no está molesto, parece que ha olvidado la cuenta por pagar—. Yo aquí bien. Sí, bien. ¿Para qué me quejo? Bueno, no, encontré una mariposa de este tamaño en el baño de la muchacha (tú sabes cómo las odio) y como Samuel es una nena me tocó llamar al portero para que la sacara y el tipo no quería, ¿ah?, es que no vuelvo a hacerle un favor en toda la vida a la gente de este edificio. Pero cuando tienen un problema sí corren a buscarme, ¿no? Pero bueno, finalmente la sacó a regañadientes y después, como a las once y media, vino el señor Fúquene y primero tuve mis clases de tiple y ensayamos como una hora «El caracolí», y después le enseñé a hacer ¿el viejito de origami que te mostré?, bien, ese, y todo el tiempo el hijuemadre del Samuel, claro, burlándose de nosotros.

—Pero es que cantan muy chistoso, papito: los dos hacen la segunda voz.

—Bueno, el caso es que me dio por acordarme de una cantidad de cosas con él, con Roberto Fúquene, y resultó que tenemos vidas paralelas: el primer sueldo de él también fueron cuatrocientos pesos, ¿puedes creer?, cuatrocientos pesos eran un jurgo en ese tiempo, como unos...

—Cuatrocientos mil pesos de hoy —dice Samuel con los ojos en blanco.

—Cuatrocientos mil pesos de hoy —continúa Patricio—, aquí tu hermano no hace sino burlarse de mí: él es perfecto y no tiene que ir al colegio, ¿sabes? Y ¿qué? Ah, bueno, que cuando él, Fúquene, estaba en el colegio, también era zurdo y los curas también lo obligaban a escribir con la mano derecha porque, mi niñita, ¡en ese tiempo pensaban que uno estaba poseído por el demonio si escribía con la izquierda! A mí tuvieron que ponerme una bolsa en la mano para que me acostumbrara a escribir con la derecha. Todas las noches me soñaba que el demonio me ofrecía una suscripción al Infierno.

—Yo me acordé de los cuentos que me contabas con sombras en las paredes del apartamento de la cien —dice Juana, triste, a punto de colgarle— y me encontré con un señor Lopera amigo tuyo.

—¿Gonzalo? —pregunta Patricio—. Yo quedé odiando a ese tipo.

—Pero, ¿no es tu amigo?

—Claro, mi niñita, no voy a odiar a un enemigo, ¿no? —aclara Patricio—. Yo hace mucho tiempo me juré que no volvía a devolverle una llamada. Un día lo llamé y me dijo «ya te llamo» y ni más, nunca me llamó, y a mí sí nadie que no responda las llamadas. A mí eso no me gusta. Además, dejó a la mujer y a los hijos porque se emborrachaba y se iba a la calle del Cartucho a acostarse con leprosas. No vuelvo a llamarlo.

—Qué exageración —dice Juana.

—Lo vetaste como a la tienda de la esquina —le dice Samuel. Porque, se sabe, los hijos siempre son mejores que los padres, y los miembros de esa generación de mitad del siglo pasado, que aún presume de haber oído la música de Los Beatles en acetato y de haber conocido de primera mano la televisión en blanco y negro, suelen vetarlo todo a toda hora: a una persona porque dijo una barbaridad, a un supermercado porque no tiene cierta marca de chocolates, a una lavandería porque el mensajero, en noviembre de 1983, no les dio las vueltas completas—: muy bien hecho.

—Se te va a enfriar la carne —le responde Patricio.

—Sí, tengo que colgar —le dice Juana—, estoy en un teléfono público.

—No, no, le decía a Samuel —aclara Patricio—, pero mi niñita: si tienes que colgar, colgamos, ¿no?

—Sí, papito, si quieres hablamos más tardecito. Yo te llamo desde donde la tía Emma.

—Pero, mi niñita, no estés triste, esta noche te cuento una historia con sombras.

¿Qué puede hacer? Está triste. No lo estaba antes de llamar a su casa, pero Patricio, su papá, no lo sabe: le manda saludes a Rodrigo, cuelga el teléfono y, ante la mirada irónica de Samuel, se queda pensando que su segundo sueldo, cuando se volvió profesor de la universidad, era de 2.525 pesos y le alcanzaba para todo. En el cine se le iban 10 pesos y en el mercado, ya casado con Clemencia y todo, se le iban 700. Dos años después, en 1963, cuando lo nombraron director de la facultad de filosofía y letras, ganaba 8.500 pesos, unos ocho millones de los de ahora. Veinticinco años después, cuando se retiró del cargo de profesor, recibía un salario de 3.987.000.

Es una lástima que sus hijos no quieran oír esa historia. Es una linda historia. Le preocupa que los dos, Juana y Samuel, se vuelvan seres sin pasado, despreciadores de viejos, yuppies insensibles del nuevo milenio. Juana debería meterse más con las amigas, dejar de pensar en casarse con semejante idiota y escribir para periódicos de todo el mundo. Samuel debería ir al colegio, dejar de tenerles miedo a sus compañeros y, aunque nadie le vuelva a hablar, hacerle caso a la niña que le escribe esos e-mails.

No, no importa si su hijo resulta homosexual. Grandes personajes de la humanidad lo han sido. Pero, para ser sincero dentro de su propia cabeza, mejor que no lo sea. Es que eso no es muy natural, ¿cierto?, no es del todo práctico ser marica en este mundo. Sí, las mujeres son mandonas, irritantes, invasoras, pero mejor mala conocida que bueno por conocer. En fin. Es la una y diez del mediodía y siente, porque Samuel ha comido muy poco y se ha sentado de nuevo en el computador a chatear con la noviecita (¿qué hace ella en la casa a esa hora?, ¿se puede chatear desde el colegio?), que necesita la ayuda de Dios para educar a sus hijos. Acepta que no puede solo.

La luz no puede entrar por las ventanas. Se ha quedado entre los pliegues de las nubes, en la silueta del cielo que los cerros no alcanzan a cubrir, y ha obligado a Patricio a prender el bombillo de la cocina. Tampoco tiene hambre. Sólo almuerza cuando Juana almuerza, sólo duerme cuando Juana está dormida. Recoge los platos, con un tenedor lanza la comida a la basura («con eso», piensa, «almorzaría una familia pobre») y entra al cuarto de atrás, donde guarda los recuerdos, para buscar las fotografías de Clemencia.

Patricio Villegas siente, cuando nadie puede oírlo, que es una mala persona. Es, piensa, un ser borroso, caprichoso, vengativo. Un ego en busca de su propio público. Cada vez que puede, busca las fotos de la familia y les pide perdón. Eso está haciendo en este preciso momento: prende la luz del cuarto, abre el armario y la imagen del polvo, que estalla sobre la luz del bombillo y forma una dispersa galaxia amarilla, lo embruja un poquito y lo hace creer, como cuando era un niño con hambre, que Dios es los cuartos vacíos.

Se siente culpable. Su hijo prefiere las mujeres virtuales a las reales y huele a sudadera húmeda y su hija está con un hombre casado escondiéndose de su futuro marido. Por eso cierra el armario de las fotos y vuelve a la sala, hasta su silla favorita, y llama al colegio de Samuel para decirle a su director de grupo que «el pobre amaneció muy enfermo», como si tuviera diez años, y después marca el número telefónico de la oficina de Bernardo Molano para contarle que «Juanita está preocupadísima porque no ha podido llamarte: la puse a hacerme mil vueltas y no ha podido terminarlas».

—Siquiera me cuentas eso, Patricio —le dice Bernardo—, porque una prima de Nicolás, mi socio, la vio muy pero muy pálida y muy rara por la mañana y Óscar, el mensajero, se la encontró por la calle y me dice que estaba confundidísima. Y ahorita me acaba de llamar Jimena...

—¿Jimena Soto?

—Jimena, la mejor amiga, me dice que estuvo en el restaurante y que ella quedó preocupadísima porque le pidió el teléfono de un tipo de la universidad, Rodrigo Sánchez, el que escribe en la revista *Resumen*, que dizque porque estaba muy deprimida y sentía que se iba a volver loca. Y preciso hoy, que tengo que presentar una propuesta grandísima y tengo un resto de trabajo, porque ya la he llamado tres veces al celular y no puedo seguir persiguiéndola, porque si no no termino esta vaina y no me puedo dar el lujo de perder la cuenta de Credimensión.

—No, pero a eso te llamaba, Bernardo: a mí me parece que Juanita está pasando por un momento muy difícil y no ha querido contarnos nada para no molestarnos, pero que tú por tu lado y yo por el mío tenemos que confrontarla y decirle «mi niñita, mira, tú no puedes seguir evadiendo tu talento y tus responsabilidades y no puedes echar toda esa inteligencia a la caneca».

—¿Será?, ¿no será que ya no me quiere tanto?

—No, no es eso: ella te adora —afirma el mismo Patricio que hace un momento se decía, en la soledad de sus pensamientos, «no debería casarse con semejante idiota»—, ella vive en función tuya, ella está en una crisis lo más de rara y pues no sé si yendo a un siquiatra o hablando con el padre Montañez podría sentirse un poco mejor. Ah, y por lo de Rodrigo no te preocupes: el hijo de un amigo mío quería escribir para *Resumen* y le pedí el favor de que lo llamara.

—Oye, ¿y viste que se murió una Juana Villegas?

—Sí, sí, esta mañana: en los obituarios.

—Nicolás acaba de mostrármelo —dice Bernardo—, y la llamé ahí mismo y otra vez no me contestó y ahí le dejé el mensaje en el buzón de voz, pero pues quién sabe si los esté oyendo. De verdad anda rarísima.

Sí los está oyendo. Sí los oye cuando tiene el tiempo para oírlos. Eso le dice Patricio. Para eso, para tranquilizarlo, acaba de llamarlo. Bernardo se despide de él con las palabras «bueno, te dejo, me toca terminar esta cosa», porque acaba de llegar Óscar Quinche, el mensajero, y necesita preguntarle si encontró los afiches que ha buscado toda la mañana. «Yo te llamo más tarde a ver qué más sabemos de Juana», dice, y cuelga el teléfono, triunfal, porque a nadie lo llama el suegro como si fuera el mejor amigo.

Bernardo está a punto de enloquecer. Ya han avanzado en la propuesta para cambiar la imagen de Credimensión, pero sin esos afiches quedarán reducidos a la presentación en Power Point y les tiene pánico a los computadores portátiles. Lo peor del cuento es que no hay nada por hacer: Nicolás le dice a Quinche, en este momento, «usted es un *fuckin' retard*, Quinche» porque se perdió toda la mañana y no fue capaz de encontrar «los putos afiches» y le advierte que si no lo echa ya es porque «usted es el único que puede encontrarlos, *scumbag*» y porque necesitan «alguien que vaya ya a Koans y nos compre una tablita mixta de sushi y de sashimi: me estoy muriendo del hambre».

—¿Don Bernardo también quiere lo mismo, don Bernardo? —pregunta el mensajero.

—Sí, hombre, pero sobre todo necesito que encuentre los afiches —dice Bernardo—. ¿Usted sabe lo que es perder la cuenta de Credimensión? Esa gente tiene televisión por cable, telefonía satelital, revistas, cadenas de comidas rápidas. Son un monstruo. Son más poderosos que cualquiera.

—Pero, ¿y es que no se pueden imprimir otros afiches, doctor?

—No, hombre, no. Podríamos imprimir uno en el computador pero esas copias quedan hediondas. Esto es una licitación.

—Pero, ¿luego la señorita que maneja eso no fue novia de don Bernardo, don Bernardo?

—Sí, pero estas cosas no funcionan así, Quinche, estas cosas son supercomplicadas, hay miles de dólares involucrados. Cien mil veces su sueldo. Además, yo voy a casarme con Juana en diciembre, ¿no se acuerda?

—No, pero ahí sí como decía mi tío, doctor: «Casado pero no capado».

—Mejor dicho, ¿sabe qué, *you creep*? —dice Nicolás muerto de la risa—, más bien váyase ya por el almuerzo. Se salvó por la frasecita, mijo. Me acordó del tipo ese que estudiaba con nosotros en la universidad, ¿Ocampo?, el imbécil ese que vivía con un señor que al principio era el papá y después terminó siendo el amante. Ese tipo: tenía unas frases buenísimas.

—No, pero ¿qué tal la vieja del ojo de vidrio?, ¿ah? —pregunta Bernardo—. Se quedaba dormida en clase pero nadie se daba cuenta porque el ojo siempre estaba abierto.

—Puta —dice Nicolás—: ¿qué tal cuando se le estalló el culo relleno de silicona en plena clase de macroeconomía?

—«Profesor» —la imita Bernardo—: «¿puedo ir al baño?».

Óscar Quinche se ríe. Le encanta oírles las historias de la universidad y del colegio. Él también tiene unas muy buenas, «sí señor», pero se las contará más tarde porque acaban de mirarlo como diciéndole «qué hubo que no va por el almuerzo, Quinche». Les pide «un permisito» (quisiera que todo fuera mucho mejor: algún día irá a la universidad, se conseguirá una novia, hará viajes a otros países a mitad de año) y sale de la oficina a conseguir la comida. Ojalá que no lo echen. Le gusta mucho su trabajo.

Ha sido un mal día. Les ha huido a dos hampones que quieren pegarle y quitarle los cinco mil pesos que lleva en el bolsillo y se ha dicho que por nada del mundo va a terminar, en el barrio de los acostados, chupando gladiolo.

Ha buscado, por cielo y tierra, los benditos afiches. Se ha acostumbrado a los dos zapatos derechos que tuvo que ponerse y se ha reído solo porque se le ha ocurrido que se levantó, ese lunes, «con los pies izquierdos».

«Mi mamá hacía esos chistes todo el tiempo», se dice. «Se la pasaba molestando». Sí, le hace mucha falta. Todavía, cuando piensa en el día del entierro, le entran ganas de llorar. Lo único que lo tranquiliza es que los mariachis que contrató llegaron a tiempo al cementerio y cantaron lo más de bonito el «Nadie es eterno en el mundo» que ella tarareaba en la cocina. Todavía hoy, de vez en cuando, se sienta a oír «El huerfanito» y le deja mensajes a su mamá en las Citycápsulas del canal de televisión. Espicha el botón, se para enfrente de la camarita y dice «mamita: lleva 173 días muerta y yo no me he olvidado de usted». Si estuviera viva se casaría con Juana («está lo más de aburrida de don Bernardo», se dice) y se la presentaría a la cuchita.

Porque, piensa, «¿acaso un mensajero no tiene ojos, no tiene amores ni tripas ni le dan ganas de ir al baño?, ¿no come lo mismo, no le salen morados y no toma los mismos jarabes para la tos, no se enamora de todas las que pasan por ahí, por la calle, y no tiene sueños y pesadillas y no le da frío y miedo y calor como a los patrones del mundo?». Sí, él es lo mismo. Él, como todos, se sube al ascensor, se baja y camina.

Es la una y veinte. Y, en la abrumadora recepción del edificio, Quinche se da cuenta de que no se acuerda bien de qué hay que pedir en el restaurante. Se le acerca a la portera, la gordita Mábel, y le dice «permítame el citófono un segundo, Mábel, ¿oiga, usted le ha estado dando duro a los tamales?» y llama a la oficina y don Nicolás le contesta, y cuando le pregunta «doctor, ¿cómo se llaman los platos?», le responde, con tres piedras en la mano, «sushi y sashimi, Quinche: sushi y sashimi».

Nicolás cuelga el citófono y dice «este tipo es bruto: no hay nada que hacer» y Bernardo le responde «por lo menos piensa». Se refiere, claro, a que al pobre Quinche le dejaron caer una roca en la cabeza cuando era chiquito y, en vez de llevarlo a la sala de urgencias de alguna clínica, los tíos decidieron amarrarle el cráneo con trapos y cuerdas.

—A esa gente le toca muy duro —le dice Bernardo—. El mundo está vuelto mierda. El otro día leí que si todo fuera un pueblo de cien personas, sólo 6 serían dueñas del 59% de toda la riqueza, 80 vivirían en la pobreza absoluta, 70 de esos no sabrían leer, 50 sufrirían de malnutrición y uno, uno solo, iría a la universidad y tendría un computador en la casa. Bueno, no, no sé si así son las cifras, pero tremendo, ¿no?

—Sí, pero qué podemos hacer —dice Nicolás.

—No, no, ni idea: yo lo único que digo es que esta vaina va a estallar.

—Siempre está a punto de estallar —responde Nicolás—, pero nunca estalla. ¿Por qué? Porque esos 6 tipos son seres superiores, como usted y como yo, y tienen todo el derecho a decidir la suerte de los otros 94 idiotas. ¿Sí da eso?, ¿da 100?, ¿94 más 6 da 100?

Bernardo dice «sí, cien» y emprende, de pronto, una conmovedora defensa de esos seres humanos, los pobres, que creen en un Dios que los está poniendo a prueba: no consiguen pensar «porque el hambre le jode a uno las sinapsis cerebrales» y deben vivir junto a gigantescas letrinas, con la mirada hacia adentro, y después dice «por eso hay guerrillas y esas vainas: si usted hubiera nacido mal, en un barrio del sur, seguro que andaría en lo mismo».

—Voy a llamar a mi mamá a ver cómo anda —continúa—. Se va a morir de la envidia cuando le cuente que voy a comer sushi.

—¿Habló con Juana? —pregunta Nicolás. Agradece, profundamente, que el discurso se haya terminado. Le parece inútil discutir temas sin solución y prefiere, siempre, jugar a dañarle a su mejor amigo el matrimonio—. No andará viéndose con ese tipo, ¿no?

—No, si ese tipo es como una amiga —dice Bernardo—: está casado.

—Pero no capado —dice Nicolás.

—No, no, olvídelo —dice Bernardo mientras marca el número de teléfono de su mamá y el timbre comienza a dar sus siete pasos—. Juana no es ese tipo de vieja.

Juana no, pero Natalia Torres sí. Por eso Bernardo Molano está tan nervioso: porque se verá, a las cuatro de la tarde, con su exnovia. Todo tendría que haber sido normal, pero Nicolás ha montado una atmósfera tan extraña alrededor de aquella cita («esa cuenta ya es nuestra, acuérdese de mí», ha dicho. «Natalia se inventó la reunión sólo para estar sola con usted») que se ha convertido en un pequeño infierno. «Por la noche ya estaré pensando en otra cosa», se dice Bernardo. «Esto ya casi se termina».

Su mamá, Clara de Molano, le contesta el teléfono. Le pregunta si almorzó bien y, después de maldecirlo en broma porque comerá sushi sin ella, le cuenta que volaron otro puente en el Valle y una torre eléctrica en Santander, que ha pensado en meterse a clases de baile, que está dejando todo listo «para el té de esta tarde porque parece que al fin vienen todas» y que estuvo «buscando a Juanita pero todavía no ha llegado a la casa». Bernardo le dice «llámala al celular: le está haciendo unas vueltas al papá» y le promete que le enviará, en un rato, un nuevo e-mail. Y ella, Clara, feliz de la vida, le pide que salga rápido de todos esos trabajos y llegue temprano a la casa.

La conversación termina. Clara de Molano apaga el teléfono inalámbrico y le dice a Cecilia, la empleada, «¿sí ve, Ceci?, esa niñita anda por ahí sin ton ni son y haciendo quién sabe qué cosas». Se queja, casi de inmediato, porque no tiene qué ponerse para las onces de esta tarde sino trajes de mil cortes y de telas mil y mil, y con un dicho popular en la cabeza, «mejor colorado una vez que pálido toda la vida», toma la decisión de llamar a Juana para preguntarle qué le está pasando. Está en juego, al fin y al cabo, la vida de su único hijo.

Busca su libreta de teléfono y encuentra el número del celular, 03310 2363138, en el primer intento. Se arregla un poco el cuello de la blusa blanca, se dobla las mangas del saco negro de cachemir, encuentra un mugre minúsculo en su brillante piso de ajedrez y marca, dígito por dígito, el número de Juana. Ella, contra sus pronósticos, le contesta.

—Juanita, ¿cómo estás?, te hemos estado buscando —dice la señora.

—Estoy en un restaurante español, Clara, ya hablé con mi papá —responde Juana—, ¿y tú cómo estás?

—Bien, bien, un poco preocupada por ti. Estábamos por pensar que te habían secuestrado. Todo el día han estado volando puentes y torres de esas de electricidad. Yo creo que lo mejor es encerrarse en la casa y comprar agua y enlatados. Y tú, con lo malita que andas, lo mejor es que te cuides.

—No señora, estoy bien —dice Juana—, es que he estado haciéndole muchas vueltas a mi papá. Sí me siento un poco débil, pero no, nada raro: lo normal. Sólo me falta un poquito el aire.

—Ojo, Juanita —advierte Clara de Molano—, la hija de Graciela de Rodríguez estaba muy bien, como si nada, y un día comenzó a faltarle el aire y resultó que tenía un quiste en un seno y otro en un ovario y que no podía tener hijos. Esas faltas de aire no son para tomar a la ligera, Juanita. El día de mañana, cuando quedes embarazada, se te vuelven un problema terrible.

Juana no puede creerlo. Si así es la señora antes del matrimonio, ¿cómo será cuando se case con Bernardo?, ¿por qué se siente con la autoridad para acabar con los últimos segundos de pila de su teléfono celular?, ¿por qué no pueden dejar de perseguirla durante una sola mañana de su vida? La deja decir todas sus barbaridades mientras se concentra en la imagen de las manos de Rodrigo. Las manos de un hombre son determinantes. Es, si le preguntara alguna periodista de farándula, lo primero que mira. Le gustan los dedos largos y las palmas delicadas. Confía en ese tipo de personas.

La señora sigue dándole consejos. Rodrigo pide la cuenta y se pregunta, con la oscuridad del mediodía a sus espaldas, si valdrá la pena salir de aquí con ese clima amenazante. Los tres comensales de la mesa del lado, amigos a fuerza de soportar alguna oficina del World Trade Center, se levantan de la mesa, se rapan las mentas que había sobre la bandejita de plata de la cuenta y concluyen, como un coro mediocre, «no, sí, el man ahí sí tuvo la culpa». Juana, entre la espada y la pared, siente náuseas.

Todo regresa, de un golpe, a un paso atrás de su garganta. Consigue colgar con su futura suegra porque le promete que la llamará desde un teléfono fijo. Se siente mal. Se siente muy mal. Le pide a Rodrigo que la espere un momento y camina hasta el baño con la seguridad de que vomitará lo poco que comió de la paella. En su esófago vienen y van corrientes de nada. Entra al cubículo, se pone de rodillas sobre el inodoro azul oscuro y apoya una mano en los baldosines helados del piso. Parece que va a vomitar, pero no vomita: son sólo arcadas.

Faltan veinte minutos para las dos de la tarde. Se siente mareada y quemada por dentro. Se levanta, toma un poco de agua del lavamanos y sale del baño hacia la mesa. Rodrigo le pregunta si está bien y le pasa la mano derecha por la cabeza. Sí, ese tipo sabe mirarla. No es, nunca, la mirada de un tipo cualquiera. Él la quiere de verdad. Y ahora, cuando le pone una mano sobre la mano izquierda, descubre su propia dirección, carrera 9ª # 95-60, apartamento 302, anotada con esfero sobre el dorso.

—Yo creo que sigo enamorada de usted —le explica.

Rodrigo baja la mirada. Iba a reírse de su estado, iba a compararla con un pirata tuerto, con una pata de palo y una cartera idéntica a un balón medicinal, pero, ante semejante cara de angustia, empuja sus bromas atrás, hasta sus pulmones. Aprieta la mano de Juana y trata de borrarle la dirección con el dedo pulgar como si los últimos tres años pudieran olvidarse. Como si hubieran leído un libro hasta la mitad y se hubieran puesto de acuerdo, hoy, a esa hora, para retomar su lectura.

Juana se ha quedado atrapada en ese momento. Sabe que han pasado unos segundos desde que lo dijo («yo creo que sigo enamorada de usted», le dijo), pero quiere creer que todo ha terminado para siempre. El mundo podría ser esa confesión, esa mano de dedos largos sobre la suya y esa mirada sorprendida, pero la ventana de enfrente, con los bordes de luz y el cielo manchado, le recuerda el futuro de su cuerpo.

Eso es. Su cuerpo está ahí para impedirlo todo. Conserva, sin embargo, la esperanza. Quizás Rodrigo le diga «y yo de usted» antes que llueva.

TRES

11

Quien haya caminado por el norte de Bogotá seguro habrá visto una casita de ladrillo y rejas blancas cuyo inmenso jardín, lleno de arbustos de buganvillas y enredaderas de flores moradas, aún hoy es protegido por un perro san bernardo que duerme quince horas al día. Pues bien: ahí, a unos pasos de la entrada de aquella casa, están Juana y Rodrigo. Faltan diez minutos para las dos de la tarde. Acaban de detener el taxi que los llevará a San Andresito.

Se suben al carro, le cuentan al taxista hacia dónde se dirigen y se dedican a enfrentar, porque ahora deben ser adultos, la confesión que Juana le hizo a Rodrigo en el restaurante: «Yo creo que sigo enamorada de usted», le dijo. Él la ayudó a levantarse, la siguió hacia la puerta y le contestó, sin mirarla a los ojos, «usted sabe que yo la quiero mucho». Fue una salida digna, sí, pero los dejó sin palabras hasta ahora, cuando ella se voltea en el asiento de atrás del taxi, le ofrece un chicle y le pide a él que le cuente, por enésima vez, cómo se conocieron. No, no quiere pensar en el aborto.

Rodrigo reconstruye la fecha, la hora, el lugar del primer encuentro: les dio el mismo ataque de risa, dice, salieron del salón a tropezones, descubrieron que les servía el mismo bus, se bajaron en el mismo paradero y caminaron, por el puente de la 100, hacia el mismo barrio. Ella le contó, en el puente, que estaba triste porque había terminado con su último novio («no era muy inteligente que digamos», aseguró) y él le confesó que acababa de ver una película en donde un personaje juraba, por Dios, que las penas de amor sólo duran quince días hábiles. No se atrevió a pronunciar el título: se llamaba *Where the Heart Is*.

Se fueron a un café perdido en la carrera 9ª, un café que cerraron hace sólo unas semanas, y se sentaron a contarse la vida desde el principio hasta el final. Está seguro, dice, de que era un miércoles. Él le habló del colegio, de una primera novia más o menos sueca que se fue a vivir a París, de algún amorío con una bastonera incandescente y de un romance con otra, una esotérica más o menos reencarnada, que en vez de echarlo lo pensionó porque se sentía perdiendo «los mejores años de mis vidas»: dos años después lo llamó, arrepentida, a confesarle que se había acordado de él porque acababa de ver *Forrest Gump*. No era, aclaró, un insulto.

Juana, enamorada del sentido del humor de su acompañante, animada por un primer capuchino con amareto, comenzó su autobiografía desde el jardín infantil. Contó, claro, que llevó una maleta llena de libros de su papá el primer día que fue a su kínder, Mis Primeros Borrones, y se murió de la risa cuando Rodrigo sugirió que ese tenía que ser «un colegio para niños corruptos» y cuando la aplaudió por no haber pertenecido, como él, al infame Liceo Chiquimiel, que tenía nombre de orfanato, es cierto, pero cuidaba bebés con zapatos importados y guardaespaldas sin cicatrices.

Juana le dijo «el mundo es un pañuelo, marica: Jimena, mi mejor amiga, estudió en Chiquimiel». Y él, sin perder la compostura, la criticó por exclamar «marica» a estas alturas de la vida. Se burló de ella porque los dichos populares estaban «mandados a recoger» y porque éste, «el mundo es un pañuelo», exclusivo de papás de mal gusto, sólo aplicable a la experiencia de las clases altas del mundo —que son, se sabe, las que se encuentran en aviones y museos y de vez en cuando usan pañuelo—, tenía que ser el más ordinario de todos. Ella aceptó toda su culpa. «Me estoy volviendo mi papá», le dijo.

Sí, eran el uno para el otro. Ella, después del tercer capuchino endulzado con alcohol, podía tocarse la nariz y hacer una bellísima flor con la lengua. Y él, alterado por un espeso sorbete de curuba, podía mover las orejas, inclinar una ceja, encoger la nariz. ¿Por qué no se habían conocido antes?, ¿por qué no se habían visto en las cafeterías de la universidad? Por fin habían encontrado a otro que no le gustaran los sitios ruidosos, odiara los libros de superación personal y quisiera ver todas las películas de cartelera. Por fin. Eran el uno para el otro: eso era. Por alguna extraña razón, sin embargo, no hicieron nada para aceptarlo.

Fueron, en cambio, los mejores amigos. Les negaron a sus compañeros de curso de comunicación social que estuvieran enamorados, se metieron juntos a hacer cursos de literatura «para aprender algo mientras se acaba la carrera» y reconocieron, al mismo tiempo, que, porque les entraba el peor de los pánicos escénicos, eran incapaces de manejar un carro. Se burlaron, todos los días, de los defectos físicos de los transeúntes («mire: un enano negro», se decían por la calle) y humillaron al profesor que puso un examen para el 34 de marzo con la frase «perdón, ¿eso vendría siendo el 3 de abril?».

Aprendieron, juntos, a ser los que son. Se hicieron personas al mismo tiempo. Él le explicó a ella que entrar en estado de coma no era quedar torcido, como el signo ortográfico, y ella le advirtió a él que si se inventaba aquel tumorcito popocho, con ojos y boca, para una campaña llamada «dígale no al cáncer» que tenían que presentar como trabajo final de la clase de publicidad, seguro no sacarían muy buena nota. Se tallaron, se pulieron, se educaron.

Aun cuando perdían la noción del tiempo cuando estaban juntos, sólo atinaban a aceptarles a los demás que el problema era que «el tiempo pasa volando». Todos supieron desde el principio que estaban enamorados y se negaron a pensar que ni en el bus ni en los taxis de regreso se habían dado un primer beso, pero Juana y Rodrigo, que se negaban a asomarse a esa posibilidad porque ninguno encajaba en la variable equis del otro y porque pensaban que estar enamorado era una vocación al drama (que, en otras palabras, uno está enamorado cuando llora al lado de un teléfono mudo), sólo se dieron cuenta de lo que sentían el primer día que no tuvieron nada que decirse.

Juana recuerda que estaba llorando. Y que él, sin palabras a la mano, le dio un beso en los párpados cerrados. Rodrigo puede sentir, todavía, los ojos hirvientes, húmedos, plegados. Siente, si hace el ejercicio, las lágrimas sobre su boca. Se siente incómodo hablando de ese mes feliz, cuando fueron novios a espaldas de todos, cuando recibieron los mejores besos de sus vidas, las mejores manos de sus vidas, y entonces trata de desviar el tema diciéndole al taxista, cuando llegan al puente de la calle 92 con la autopista, «está como fácil el tránsito, ¿no?».

Ella no lo deja escapar. Le pide disculpas por haberle dicho, hace tres años, que ese mes «había sido sólo un paréntesis», le recuerda la última escena, bajo aquel aguacero, sobre esas calles inundadas, frente a esas fachadas desteñidas, y termina su discurso con una nueva encogida de hombros y las palabras «bueno, por lo menos la despedida fue una tragedia». Él le confiesa que se acordaba de la lluvia y del horrendo paraguas fucsia que compraron, pero que, en su memoria, jamás llegó a ser un segundo diluvio universal. Se separaron, dice, cuando ya había terminado de llover.

—Debería haber sido un aguacero —reconoce—, pero, como dice mi mamá, «apenas era un espantabobos, mijita». Una lloviznita desesperante. Lástima, habría sido más dramático un diluvio. Porque eso sí: ese es el día que más he estado cerca de matarme.

—Pero aquí estamos —dice Juana—. Eso es lo importante, ¿no?

—Puede que no seamos las mismas personas, que ahora no suframos tanto por todo (o sea, uno aprende que a todo el mundo le pasan las mismas cosas y se convierte en una versión aumentada y corregida de lo que era y se olvida de cómo compartía la rutina con la otra persona), pero aquí estamos los dos, juntos, como siempre.

—Un momento —dice ella—, ¿usted cree que ya no nos conocemos tanto?

—Yo creo que eso de la personalidad no es tan importante —dice él—, o sea, mucha gente tiene la misma. No me lo va a creer, yo sé, porque antes nos burlábamos de ese tipo de cosas, pero me he estado leyendo un libro que se llama *La sabiduría del eneagrama*: Sofía anda metida en esa vaina hasta acá y he aprendido un jurgo de vainas sobre por qué hago las cosas que hago y he llegado a la conclusión de que estoy a un paso de ser esquizofrénico. Si quisiera, podría volver a ser el tipo que ese día se quedó viéndola a usted irse por el caminito de ladrillo. Mejor dicho: se lo voy a prestar.

—Pero es que usted es ese tipo —dice Juana—: ese es mi punto.

—No, no es eso —dice él—: sí, yo soy ese tipo, el mismo, pero lo que yo entiendo de la teoría, lo que yo entiendo del eneagrama, es que uno, cuando es sano, asume cualquier identidad que lo proteja de los demás. Es sólo eso. Usted es así, como es, porque nadie puede hacerle daño de esa manera. Y, como en tres años pasan un poco de cosas, seguro se ha vuelto un poquito diferente. Mejor dicho: ha encontrado nuevos mecanismos de defensa.

—¿Usted dice por lo de mis papás?, ¿por la muerte de mi mamá?

—Sí, por todo —dice él—, y yo por lo del matrimonio. Por ejemplo, ya no necesito ser honesto con nadie más porque tengo con quién ser vulnerable. Nadie se imagina que no puedo dormir, por ejemplo. O que ahorita, si quisiera, podría descubrir que estoy muerto de miedo.

—O sea que sigue igualito —dice Juana—. A mí me tocaba abrazarlo todo el tiempo, ¿no se acuerda?

—No, no me está entendiendo bien —le dice él. Siempre se han metido en discusiones que ni siquiera ellos mismos entienden. Es como si todo el tiempo quisieran demostrarse, el uno al otro, cómo son de inteligentes—. Sí, somos los mismos, y si tomamos la decisión, listo, ya, estamos enamorados otra vez, pero conocerse es un problema que comienza todos los días.

—Yo entiendo —dice Juana—. Jimena también anda metida hasta acá en la cosa esa y esta mañana me volvió a decir, por enésima vez, que soy «seis» en el eneanosequévainas y que busco seguridad y mi móvil en la vida es —hace voz de locutora de emisora religiosa, no entiende por qué no dijo «eneagrama» si sabe perfectamente cómo se dice— «el miedo a quedarme sola».

—¿Sabe por qué sé que usted es «seis»? —dice Rodrigo como si fuera un peligroso fanático religioso mientras le atrapa una mano entre las suyas—. Porque yo también soy seis.

—No sé, no sé —dice Juana incapaz de resistirse a poner en evidencia las contradicciones de Rodrigo—, ya no nos conocemos tanto: yo no sé si usted sigue siendo tan inteligente como antes.

Sí, ella ha ganado: le ha lanzado un piropo a Rodrigo y le ha demostrado, sin ofenderlo ni siquiera un poco, que se ha puesto a lanzar teorías que jamás podrá entender. El mensaje, piensa, ha sido preciso: «No tiene que esforzarse más: yo estoy enamorada de usted a pesar de usted». Respira hondo, siente un leve escalofrío en la base del cuello, recoge un pelo independiente detrás de su oreja derecha. Y le recuerda, para concluir su breve exposición, que hace tres años, cuando se separaron, él también le propuso ir a San Andresito. «Eso es lo más romántico que se le ocurre», le dice: «un barrio de contrabandistas, hampones y piratas».

Rodrigo sonríe. Siempre le ha gustado andar con personas más inteligentes que él. Y estar con Juana, con su frágil irreverencia, con sus culpas y sus miedos y su tendencia a desaparecer, siempre le ha resultado inevitable. Trata de quitarle con unas pocas babas la dirección que se anotó con un esfero sobre la mano. Le da un beso en el pulgar de la mano derecha. Ninguno de los dos, claro, se da cuenta de lo extraña que es la situación.

Ella se siente a salvo por unos segundos hasta que él, en la carrera 30 con calle 53, comienza a contarle que mañana por la mañana tiene que entregar «un artículo que estoy escribiendo sobre las fobias de hoy» y le habla de www.phobialist.com, con «pe» y «hache», y de los horrores mórbidos —el sudor frío, la taquicardia, el temor a caer muerto que algunos sienten— ante la lluvia, los payasos, los teléfonos, las monedas, los billetes de lotería, los afiches, las agujas, los computadores, los cables, los platos, los marranos, las rejas blancas y las nubes cargadas de agua.

«Piense en cualquier objeto del mundo», le dice: «hay alguien que se muere del susto cuando lo ve». Hay fobias a las puertas, a los consultorios, a los ascensores, a las cabinas, a los ingleses, a los niños, a las plazas, a los semáforos, a las corbatas, a las tazas de café, a la comida japonesa, al agua. Una amígdala cerebral, que recuerda los temores y produce la ansiedad, tiene la culpa de todo. Sí, así es. Él mira por la ventana del taxi: se siente satisfecho por lo que ha dicho. Y ella, concentrada en una virgen que cuelga del espejo retrovisor del carro, se da cuenta de que en todo Rodrigo hay un Bernardo en potencia y concluye que, mentira o no, le está diciendo que no podrá pasar todo el día con ella.

—Bernardo sabe una cantidad de datos de cultura general —dice con el único propósito de ofender a Rodrigo—. Un día deberíamos ir a comer los cuatro, con Sofía, para que los intercambien.

—Yo no entiendo por qué tiene que anotarse las putas direcciones en la mano —dice él sin ceder a la tentación de pedirle el beso que debería darle ahora que la tiene al lado—. El tipo de sociología pensó ese día que se estaba copiando, ¿se acuerda?

—Qué memoria tan impresionante —reconoce ella—. Me tocó explicarle que era la dirección ¿de quién?

—De Jimena —dice él—. Se acababa de casar con el tipo ese e íbamos a visitarla esa noche.

—Está montando la instalación de Leopoldo Saldarriaga en la Luis Ángel Arango —dice Juana—, usted debería acompañarme.

—¿Quién?, ¿quién está montando qué?

—Jimena, Jimena Soto —dice ella—, está ayudándole a Leopoldo Saldarriaga, el novio, que es un videoartista famosísimo, por si no lo sabía, a montar una instalación que, por si no lo sabía, es una nueva forma de exponer obras de arte. La instalación, digo.

—Yo sé, yo sé qué es una instalación —dice Rodrigo—, es como entrar a un museo de cosas nuevas, ¿no?, ¿no es eso?, ¿que uno entra a una especie de cuarto con imágenes y sonidos y tiene que decir que sí todo el tiempo con la cabeza porque hay frases de Bergson y de Montaigne por todas partes? No sabía que ahora le había dado a Jimena por esas pendejadas.

Juana piensa que eso es lo único que le molesta de Rodrigo. Que siempre que hablan sobre Jimena él se pone a la defensiva, muerto de celos, como si le estuviera hablando del más poderoso de sus rivales. Sí, ya lo recuerda. Y ahora, cuando pasan frente a la Universidad Nacional, se lo saca en cara. Le pregunta «¿a usted nunca le ha caído muy bien Jimena, cierto?» y él le responde «no, no mucho» como si no le quedara alternativa y no pudiera desaprovechar aquella oportunidad histórica.

Es el tercer silencio del encuentro. Sólo se oyen las alarmas de los carros, el afán de las motos y las cajas de cambios de los buses. El taxista enciende la radio y tararea la triste versión de «El pescador barquero», llena de guitarras, órganos y violines, que transmite Melodía Estéreo («otra potente emisora de la gran cadena Melodía de Colombia», ha dicho el locutor), y Juana piensa, de inmediato, en el consultorio del doctor Antonio Uricoechea. No, no puede escapar. El esófago vuelve a faltarle. El aire, todo el aire, ocurre afuera.

12

Llegan a San Andresito, en la carrera 38 # 8-84, a las dos y veinticinco de la tarde. El taxista les dice «serían ocho mil pesitos», Rodrigo le da un billete de diez mil y le dice «dejemos así», y se bajan, preparados para cualquier cosa, sobre un charco de lodo y de piedras, frente a la fachada del centro comercial Islas del Rosario. Juana mira para todos los lados como si fuera a cruzar una pista de fórmula uno. Se tapa la boca cuando le llegan el olor de las arepas de choclo y el de los cueros de la lechona tolimense. Preferiría estar en su habitación: eso es lo que pasa.

Rodrigo le dice «tranquila que aquí no pasa nada» y le recomienda que en cualquier caso no descuide del todo su cartera. Entonces un tipo flaco, una especie de hindú con rastros de acné juvenil, se les acerca y les ofrece la versión pirata de *Padre rico, padre pobre*, un importante texto de superación personal, y cuando los ve darle la espalda e irse, como si no hablaran su mismo idioma, le grita a Juana «saludes a tus piernas, a tus ojos, a tu espalda». Rodrigo se voltea y levanta el pulgar para decirle que no, gracias, que no están interesados en el libro. Sí, eso es todo.

Es el lunes 11 de febrero de este año, pero ahí, en esas calles rotas y esos andenes invadidos de pequeños negocios ambulantes, parece cualquier día de diciembre. Juana tiene miedo: hombres y mujeres y niños con caras de sapos, rinocerontes, marranos, micos, avestruces e hipopótamos les ofrecen tijeras prácticas a 3.000, el último disco de Eminem a 5.500, afilados cuchillos de cocina a 7.200, sofisticados ralladores de panela a 20.000 y jugos de naranja con mango a 2.000 pesos, y Rodrigo, transformado en un guía turístico en un mercado persa o un caballero Jedi en el puerto de Mos Eisley, los maneja con una sola mano. Ese es su territorio. Lo domina.

Juana no sabe si quitarse el único lente de contacto que le queda. Ir por ahí, con un ojo cerrado, no es tan interesante como suena. Rodrigo le dice «no es necesario que haga cara de forajida, fresca» y a ella no le parece tan chistoso porque siente que todos le echan babas cuando respiran. Por eso, porque no le parecen chistosos los comentarios de Rodrigo, retoma la discusión sobre Jimena, su mejor amiga, y cuando entran al centro comercial y todos los miran desde sus pequeños cubículos de metal, le pregunta cómo fue el encuentro en la cola de ese banco, de Credimensión, por qué estuvo tan antipático con ella, por qué dijo eso de «sí, pero algún día había que salir de la universidad, ¿no le parece?».

—Ni siquiera tengo cuenta en Credimensión —se defiende Rodrigo—. No he visto a esa vieja desde un día que estábamos en su casa, felices, y llegó a contarle que se iba a separar del esposo y a meterle cuentos contra mí para que no siguiéramos juntos. Esa fue la última vez que la vi. No me la he encontrado en ninguna cola ni le dije nada de nada. Cómo es de mentirosa esa vieja, ¿ah?

—¿Y entonces por qué tenía su teléfono?

—Porque hace como cinco meses fui a un restaurante japonés, porque a Sofía le encantan, y resultó que el sitio era de ella, de Jimena, y fue a la mesa y se sentó y estuvo queridísima y me dijo «tenemos que vernos con la Juana» y un poco de cosas más que ni me acuerdo. Pero eso fue todo. Me pidió mi teléfono y se lo di. Después nos despedimos y me dio un abrazo exageradísimo. Tanto, que Sofía me preguntó «oye, ¿esa vieja mete?».

—¿Usted se tutea con Sofía?

—Sí, creo que sí —dice Rodrigo—. Usted y yo no nos tuteamos, ¿cierto?

—Yo sólo tuteo a Bernardo y a la gente de la edad de mi papá —responde Juana—. Rarísimo, ¿cierto?

No quiere pensar en Jimena. Sabe que, si lo hace, si se deja llevar por los pequeños errores de su amiga, puede llegar a esas arenas movedizas que tiene en la cabeza cuando piensa en las frases y los desplantes de los demás. No, mejor no, mejor paso por paso, día por día, hora por hora. Pensar más allá es, como decía su mamá, el peor de todos los errores. Que Jimena la odie o esté enamorada de ella en el fondo. Que jamás se sepa quién de los dos miente. Pero que este momento, esta mano de Rodrigo sobre su pómulo izquierdo, no sea un gesto vacío en el vacío.

—Oiga, ¿usted todavía me quiere? —pregunta.

—Usted sabe que sí —dice Rodrigo.

—¿Qué tanto? —reclama Juana convertida, de pronto, en una niña—, ¿de dónde hasta dónde?

—De aquí hasta aquí —confiesa él. Con el dedo índice le da la vuelta al mundo, y ella, claro, siente que todo va a estar mejor y se ve en dos años casándose con Rodrigo, un Rodrigo viudo, y viviendo, desde Egipto hasta Helsinki, del éxito de su primera novela (porque, desde que se acuerda, Rodrigo ha estado escribiendo esa novela) y pidiéndoles a los paparazzis, en la Costa Azul de *Vanidades*, que vivan su propia vida. Se meten en el laberinto de aquel centro comercial improvisado y buscan, entre la gente que sale y sale por todas las grietas, los puestos de teléfonos de contrabando y películas piratas.

Entran al pasillo más estrecho del lugar. Es la callecita de los videos ilegales. Una mujer con el pelo pintado de cerveza y las uñas postizas mal pegadas le dice a Rodrigo «¿qué película buscabas?» y él le responde, sonriente, «voy aquí adelantico al puesto de Marleny, gracias». Nadie lo reconoce. Juana pensaba que era famoso, pero la verdad es que nadie, en ese sitio, lee sus artículos ni sus columnas. Ni siquiera ella, Marleny, en el local 118, que cuando lo ve llegar se pone roja y le dice a Liz, su hijita, «mire mamita quién llegó».

—¡Hola gordito! —exclama Marleny—, ¡qué milagro verlo por acá!

—Hola gordita, ¿qué me cuenta? —le dice Rodrigo—, ¿cómo anda mi Liz?, ¿qué películas nuevas le llegaron?

—Le tengo la nueva de Stallone, la segunda parte de *El señor de los anillos*, esta comedia que se llama *Mi bebé es un monstruo*, de los mismos de *American Pie*, y todas esas de adolescentes así, medio picantes, y un dramonón de esos que a usted le gustan, con hijos jodidos y papás abandonados, que se llama *La habitación vacía*. Es con la misma actriz de *The Matrix*, de «la matriz», y es basada en una obra ¿de Shakespeare es que es? y parece que se va a ganar todos los Óscares y todos los Globos de Oro. ¿Qué más?, ¿qué más? Ésta y ésta. Y unas mexicanas, que yo sé que me va a decir que no, y unas equis que a mi gordito no le gustan porque como además siempre viene con la mamá o con las novias pues da pena, ¿no?

Juana mira con cuidado el puesto de «la gordita». Es una caja cuadrada y de vidrio con una biblioteca, una puerta y un techo de espejo. Arriba, en las primeras baldas, lejos del alcance de los niños, están todas las películas pornográficas (los títulos, *Memorias anales*, *Alicia en pornolandia*, *Me huele a sexo*, siempre le han producido un poquito de asco), y abajo, justo abajo, están las que la vendedora llama «originales» a pesar de las evidencias, y, uno por uno, los estrenos de cartelera litografiados.

Las películas para niños, copiadas en casetes usados, están en la parte de abajo del mueble. Y han llegado, como todas, en un camión que viene desde un edificio, en Medellín, en donde, de lunes a viernes, cinco personas graban, copian, subtitulan, redactan confusos resúmenes de las últimas películas producidas en Hollywood. Rodrigo le pasa a Juana *Mi bebé es un monstruo* para que le diga «¿qué tal se ve?» y ella, aterrada, cae en la cuenta de que ese video podría ser una señal macabra del destino.

La gordita, Marleny, sigue muerta de la risa con todo lo que le dice Rodrigo («esa gordita es más pícara», le dice) y, cuando él le pregunta a su hija, Liz, «¿y la mamá sí se está portando bien?» y la niña le responde «mi mamita es muy juiciosa», se siente transportada al paraíso. «Si me está yendo lo más de bien, gordito», dice, «yo creo que voy a poner una sucursal en mi barrio». Rodrigo es, de verdad, un personaje: parece genuinamente orgulloso de su amiga en la piratería. Sí, de verdad siente que es su amiga. Habría que abrazarlo por eso.

Compran ocho películas. Son 64.000 pesos «por ser usted, gordito». Juana piensa que, por mal que le vaya, «la gordita» venderá quince películas diarias, que son 120.000 pesos al día, y que eso suma 720.000 cada semana de seis días, 2.880.000 al mes y 34.560.000 al año, sin restarle la inversión, que debe ser de un poco más de la mitad, pero sin contar con que las ventas de los fines de semana deben ser mucho mejores. «Impresionante», se dice. «La piratería es el futuro de Colombia». Ya sabe a quién pedirle trabajo. «Yo sé de estas cosas, doctora gordita, yo estudié comunicación social en la Universidad de Bogotá».

Meten los ocho videos en una gigantesca bolsa negra. Se despiden de Marleny y de su hijita. Mientras avanzan hacia este puesto, lleno de teléfonos y de grabadoras, rechazan un «le tengo la última de Arnold Schwarzenegger», un «¿qué títulos buscas, mijo?» y un «¿qué películas quiere, patrón?», y Juana dice «oiga, pero la gordita sabe harto de cine, ¿no?» y Rodrigo contesta «no tiene ni idea: las nominaciones al Óscar ni siquiera han salido y Shakespeare no tiene nada que ver con *La habitación vacía*: es que ella cree que yo compro todo lo que suene a Shakespeare».

Caminan hacia acá. Ella le pregunta si está seguro de que no se encontró nunca con Jimena. Él le responde, molesto, «yo tengo muy buena memoria, Juana» y señala atrás como diciendo «usted misma lo acaba de decir».

Y llegan. El vendedor, don Uriel, me dice «no me crean tan aguacate» y me cambia el walkman que acabo de comprarle porque venía sin los audífonos. Me siento incómodo con la presencia de ellos dos, de Juana y de Rodrigo, porque a ella la recuerdo de los tiempos en que aún vivía en el edificio La Gran Vía y sé quién es él porque leo la revista *Resumen*, pero les sonrío y me dedico a esperar que me entreguen el nuevo aparato. Eso es todo. Don Uriel me lo entrega, me dice «éste sí está bueno» y me despido de los tres. Juana se rasca la nariz con el dorso de la mano y se queda mirándome como si me conociera. Y yo me voy, desaparezco, porque no manejo bien los encuentros inesperados.

Rodrigo le pide a don Uriel un teléfono inalámbrico con contestador automático y él le saca uno de color negro que le acaba de llegar de Panamá. Juana nota que, sobre el mostrador, aún tiene el plato del almuerzo con restos del arroz y la salsa de la carne con verduras, y que, justo al lado, el periódico de hoy está abierto en las páginas de los obituarios. Rodrigo dice «bueno, deme éste» y ella, mientras el vendedor se limpia la boca con la muñeca y saca la caja del aparato para completar el negocio, le pide que mire donde dice «condolencias».

Rodrigo no puede creerlo. «Juana Villegas descansó en la paz del Señor», dice. Y no sólo eso. «Sus parientes, sus amigos y sus compañeros de trabajo invitan a la velación de hoy, lunes 11 de febrero, desde las nueve de la mañana hasta las ocho de la noche en la sala cuatro de la Funeraria Gaviria, sede norte, en la calle 98 # 18-20 y el teléfono 6211666» y, de paso, a las exequias que se celebrarán en la capilla de Santa Clara de Asís, en la carrera 8A # 98-31, y al sepelio, en los Jardines del Recuerdo, que se llevará a cabo el martes 12 de febrero desde las doce del día.

—Tenemos que ir —le dice él—. No nos podemos quedar con la duda.

—Jimena me dijo lo mismo —le dice ella como si disfrutara demostrándole que no es tan original—, pero tenemos que ir a la tal instalación, tengo que llevarle un cheque a mi tía Emma y no puedo faltar, por ningún motivo, a una cita que tengo a las seis y media de la tarde. No creo que podamos. Además, ¿no tiene que hacer un artículo para mañana?

—Sí, pero es que no le estoy proponiendo que abandonemos todo ni que nos dediquemos tiempo completo a investigar cómo era esta señora. Deberíamos asomarnos a la velación. Eso es lo único que digo.

—Yo no sé —dice Juana—, no me parece.

Rodrigo levanta las cejas como diciéndole «bueno, es su problema» y le entrega a don Uriel los 150.000 pesos que cuesta el teléfono. Recibe una nueva bolsa negra con el aparato adentro, se despide del vendedor, coge de un brazo a Juana y la guía, como a una ciega, por el laberinto del centro comercial Islas del Rosario. Le dice «no, gracias» a una señora con el mentón apoyado en el puño que le ofrece juegos quemados de PlayStation y, frente a un puesto de chocolates traídos de Venezuela, piensa que ya, ahora sí, tiene la trama de su primera novela.

—Un viejito cachaco de los de antes, de sombrero, abrigo y guantes, amanece decidido a suicidarse porque ya no le gusta la vida —le dice a Juana— pero descubre, en los obituarios del periódico, que se ha muerto esta mañana.

—¿Qué es eso?

—La novela —dice Rodrigo—: no he terminado la que comencé cuando estábamos juntos. ¿Se acuerda? Estoy buscando una historia que valga la pena.

Juana le pregunta si le va a pagar derechos de autor, no puede creer que aún no haya terminado el libro (¿cómo así «buscando una historia que valga la pena»?, ¿entonces ella, ese de allá, cualquiera puede escribir una si la encuentra?) y recuerda que hoy, por la mañana, se dio cuenta de que no confía en aquel que dice que está escribiendo una novela. Oye que los dos vendedores del puesto de chocolates se preguntan si esa no es María Cristina, la de la telenovela, y le pide a Rodrigo que si ya están hechas todas las compras, cojan un taxi y la acompañe «un ratico» a la instalación. «No nos demoramos ni media hora», le promete.

—¿Se acuerda de la vez que caminamos por el cementerio? —pregunta él como si no le hubiera oído ni una sola palabra de la frase.

—No, no era conmigo —responde Juana haciendo lo posible para que no se dé cuenta de lo ofendida que se siente—. Yo no camino por un cementerio ni porque me paguen un millón de pesos. Quién sabe con quién andaba, mijito.

—Con usted —dice él—: yo me acuerdo de usted ese día.

Es un nuevo golpe. Ese hombre, que ahora le compra a su esposa un chocolate Lindt con sabor a moca, ya no respira gracias a ella. Incluso la confunde con otras. Viene a San Andresito, como dijo «la gordita», con una exnovia diferente cada vez. Sí, todavía le fascinan los chocolates carísimos, defiende películas muy malas y es irreflexivo con sus ídolos (todo lo que escribe Kundera, por ejemplo, es una obra maestra), pero ahora, cuando pasa una mujer atractiva, no tiene problemas con mirarla de arriba abajo con la boca abierta. Como a esa. No, no le da vergüenza con ella.

La voz de Jimena le dice «yo se lo advertí, mi Juana», la de su papá le grita «no te preocupes tanto por todo, mi niñita» y la de Nicolás le confiesa «Juancha: yo siempre supe que usted era una *fuckin' bitch*». Ella sonríe, consigue una breve sonrisa para que nadie se dé cuenta de su angustia. Se siente mareada: esa es su realidad. Su paladar recibe las ondas que vienen de su esófago. Es una mujer embarazada que no quiere tener un hijo, una mujer que no va a ser, jamás, la segunda esposa de Rodrigo Sánchez.

Salen del centro comercial. El cielo es una bandera blanca. El viento pasa, golpe a golpe, frente a los comerciantes. El hombre de los libros piratas, aquel hindú criollo con la cara llena de cráteres, como una luna morena, les ofrece «el último libro del suicida Martín Posada» y los dos, al mismo tiempo, lo rechazan. Un niño pasa con una llanta al hombro. Una mujer grita «polar, polar, polar» y nadie voltea a mirar su nevera de icopor. La gente se ha tomado la calle con sus discusiones, sus gafas robadas como Dios manda, su venta de juguetes hechos en Taiwán. Los carros parecen peatones.

—¿Cómo se le va a ocurrir que yo iba a ponerme a caminar con usted por un cementerio? —dice Juana—, ¿con quién estaba?

Rodrigo se queda callado y se lanza sobre el primer taxi que se le pasa por el frente. Abre la puerta y le sugiere a Juana que siga. Le pide al conductor que los lleve a la biblioteca Luis Ángel Arango y entra y se sienta junto a ella. Afuera los vendedores se mueven, como las moscas, sin saber hacia dónde se dirigen. Se acercan a las ventanas del taxi como si nadie pudiera salir de San Andresito sin pedirles permiso, como si no quisieran olvidar las caras de Juana y de Rodrigo y la revolución fuera a estallar, alrededor de ese carro, en cualquier momento.

Adentro, en la radio, un locutor asegura que «en el corregimiento de El Tarrita, municipio de Ábrego, fueron volados un puente y dos torres eléctricas de ISA» y mientras el taxista se santigua y Rodrigo saca las películas piratas de la bolsa negra para contar y contemplar sus nuevos tesoros, Juana sonríe como diciendo que ahora sí, por fin, se rinde. Porque el Infierno, se sabe, está en todas partes. Y no vale la pena, ni siquiera, esperar la visita de la lluvia.

13

Dentro de todas las canecas de Bogotá podría haber una bomba. Todos los desplazados, en los semáforos, podrían lanzarse sobre los parabrisas de los carros. Hasta ahora, tres de la tarde del lunes 11 de febrero, han volado tres puentes y doce torres eléctricas —en Antioquia, Santander, los Llanos Orientales—, y la represa de Chivor, entre Boyacá y Cundinamarca, que en casos de emergencia alcanza a responder por gran parte de la demanda de energía del país, comienza a sobrecargarse. A Juana, sin embargo, esto le tiene sin cuidado.

Le cuenta a Rodrigo que anoche soñó con una tortuga patas arriba en la mitad de un caminito de piedra y con unos pollitos muertos y manchados de sangre. Él le responde «yo no me acuerdo de mis sueños: para eso los sueño» con una ceja en alto diseñada para conquistarla. Le dice, como si a partir de ese momento cada uno tuviera una página diferente del libreto, que le gustaría volver al colegio porque siente que ahora sí haría bien las tareas. Ella, que también sueña con regresar a ese tiempo («los dramas valían la pena», se dice), le pregunta «¿por qué pensó en eso?», y él, después de investigar en su memoria reciente, le responde «porque allá había unos chinos en uniforme de colegio».

Rodrigo sube su ventana para dedicarse a mirar, a través de las ruinas de barro, la impredecible avenida Jiménez. Trata de hablar algo más, cualquier cosa, porque ella podría pensar que ya no tienen temas de conversación, pero sólo se le ocurre decirle, sin contar con lo extraño que suena, «oiga, no, tenemos que ir a su velación: nos asomamos, miramos, después vamos a mi casa y le presto el libro del eneagrama». Ahora se voltea, sin esperar una respuesta, hacia su ventana.

Juana sabe que Rodrigo se está sintiendo mal. Es como si de verdad quisiera estar enamorado de ella pero ya no se acordara de qué gestos ridículos hay que reírse ni de cuáles recuerdos debe recordar. Lo mira hasta que él se voltea a mirarla y sólo se le ocurre, cuando lo tiene en frente, sugerirle que se amarre los zapatos. Siempre, desde que lo conoce, ha arrastrado los cordones por los andenes, los baldosines, las escaleras. Es como un niño derrotado. Parece que va a caerse, pero jamás se cae.

—Sí, tenemos que ver —dice Juana—. Lo malo es, como le decía, que tenemos que estar un rato en lo de la instalación, mínimo una media hora, y después tengo que llevarle la plata a mi tía y no puedo capar, por nada del mundo, la cita que le digo: la cita médica. No creo que alcancemos a hacer tantas cosas. No creo.

—Pero, ¿cuánto puede demorarse dándole una plata a su tía? —pregunta Rodrigo—. Yo la acompaño a todo y después vamos a mi casa.

—Pero ¿no da pena con Sofía? —dice ella—, ¿no da pena llegarle con una exnovia a comer?

—No da pena —responde Rodrigo—. Tiene una reunión hasta las diez de la noche. Quedamos que nos veíamos a esa hora.

Juana va a decirle «pero ¿además no tiene que hacer para mañana un artículo sobre las fobias de hoy o yo no sé qué cosas?» cuando cae en cuenta de las posibilidades de la respuesta que él acaba de darle. Sofía, la esposa, no va a estar en el apartamento. Ellos dos, que sobrevivieron juntos a un amor trágico, a un espejismo de universidad, van a quedarse solos, como antes, y van a abrazarse y a darse un beso que terminará una hora después. Vienen, a la memoria, breves fotografías de las veces sin ropa. Por eso se quedan en silencio.

Se ven nerviosos. La versión oficial es que en tres horas han vuelto a ser los mejores amigos de Bogotá, pero ahora, cuando se detienen en un semáforo de la avenida Jiménez de Quesada con la carrera 15, a unos metros del viejo edificio de los Ferrocarriles Nacionales, han descubierto que están a punto de entrar en el mundo de los adultos. Han dejado de «vivir la vida» y se han dedicado a repetir los errores de todas las películas. Desean a la mujer del prójimo. O viceversa.

Juana se aleja un poco en el asiento. Y descubre, a través de su ventana, la vitrina de una tienda de ropa para bebés. Rodrigo no soporta la presión y, como si fuera un boxeador que regresa a su esquina, vuelve la mirada a su ventana y se enfrenta a la imagen de una vitrina llena de ropa interior negra. No quiere aclarar su proposición, porque no quiere pero quiere estar solo con ella, y no se atreve, tampoco, a cambiar de tema. Sólo le queda un recurso: hablarle al taxista.

—Señor, ¿y todo el día ha estado así de suave el tránsito? —pregunta.

—Ay, mi señor, gracias por dirigirle la palabra a un viejo como yo —responde el conductor que, en el espejo retrovisor, parece liso, calvo y de bigotes canosos de mala calidad, como una foca en las últimas—. En mi humilde opinión, hoy, por los paros y los ataques terroristas, la gente de bien, como ustedes dos, han salido poco de la casa.

Juana se va a reír. Rodrigo, al parecer, atrae la locura. Siempre que está con él aparece, por el camino, algún tipo que conoce el sentido oculto de la existencia. El mundo, al lado de Rodrigo, es un zoológico de enfermos mentales: el ciclista que les preguntó si había llegado a Cali, la señora ecuatoriana que les preguntó en dónde podía vender un riñón, la vieja de pelo largo que quería pegarles una palmada en la cola, el tipo que les pidió, en un bus ejecutivo, que le enseñaran a hacer el nudo de la corbata. Se acuerda de todos. Quizás por eso se encontró con el niño de afán, con el candidato, con el portero, con Gonzalo Lopera, con D. J. Ciro: para contárselo todo a Rodrigo.

El semáforo se pone en verde y frena cualquier intento de ataque de risa cuando el taxista dice «es que mi señor es una persona tan buena y tan noble que no debe temerle a salir a la calle porque Dios siempre está velando por su rebaño» y se asoma por el espejo retrovisor y se dirige a ella, cara a cara, con las palabras «mi señorita también es un ángel y no debe preocuparse por nada: mientras vayan en mi taxi están completamente a salvo».

En la emisora, el locutor anuncia los resultados de uno de los partidos de fútbol del domingo, Millonarios 4-Santa Fe 0, y concluye «me perdonan pero el cuadro cardenal no acaba de escarmentar». Juana no quiere dejar las últimas palabras del taxista en el aire, porque como dice su papá «el que calla otorga», y después de decirle «pues muchas gracias, señor, muy amable» le pregunta si lleva mucho tiempo en el negocio.

—No es tanto un negocio como una vocación —dice el chofer, que parece unido al timón con un poderoso pegante instantáneo—, si la señorita, que sin duda es una muy bella persona, me permite esta pequeña aclaración. Yo aquí, en esta silla reclinable, no juzgo a nadie porque no puedo. Todo me ocurre aquí y ahora porque si me descuido, ¡tras!, nos vamos hasta al lado del Señor antes de que nos toque, y creo que eso, con el perdón de mi señor y de mi señorita, que han querido dirigirme la palabra porque son dos seres humanos de altísimas almas, me ha hecho un hombre solidario que no espera nada sino una sonrisa.

Ahí van. El taxímetro, cuando llegan hasta el Palacio de San Francisco, marca 127. Eso significa que, si se bajaran ahí, cosa que harían ya si no estuvieran tan lejos de la biblioteca, tendrían que pagarle al conductor 5.800 pesos. Juana piensa, entonces, que si ese señor hace seis viajes de esos por día, debe recibir 34.800 al final de la tarde, 208.800 cuando llegan los sábados y 835.200 cada vez que acaba un mes. «Es una lástima que me dé susto manejar», se dice.

—Perdóneme, señorita, si por mi despiste no le he respondido su amable pregunta —continúa el chofer—. Llevo seis años dedicado a esta labor y puedo decirle que soy juicioso y responsable. Y si no que lo diga la familia Valenzuela, mi señor, a quienes he visto crecer en esa misma silla que ustedes, que me han hablado con toda esa bondad que se les nota en los ojos, están ocupando en este momento. Ellos, los Valenzuela, no se saben todavía mi nombre, pero yo sé bien a qué horas salen de la casa y vuelven del colegio y les he oído, sin querer, porque mi señor y mi señorita dirán que soy chismoso, cómo se han hecho hombrecitos y mujercitas en este mundo tan duro en el que mi Señor nos puso para probarnos. Ni el doctor Valenzuela, ni la doctora, ni los niños, ninguno de ellos lo han notado, pero yo siempre paso por ahí, frente a los cinco, en el momento preciso. Gritan «¡taxi!» y yo estoy ahí. Ya me siento como un tío de esa familia. Y así, como de ellos, de muchos porque me he acostumbrado a saber quién está en dónde a qué horas del día o de la noche porque, si ustedes me permiten unas pocas palabras más, mi vida es este carrito desde que Dios me encontró por el camino, cuando me dedicaba a robar a su gente con una navaja, y me dijo «no hacen falta personas malas en el mundo, Adalberto, sino personas que trabajen por los demás de sol a sombra». Estar aburrido, mi señor, es ser feliz.

—Sí, eso es muy cierto —dice Rodrigo cuando ve, a lo lejos, la fachada del Colegio Mayor del Rosario. Sabe que nada calma tanto a un demente como que le hablen en su propio idioma—. Uno a veces pierde el control de uno mismo y necesita que le recuerden las cosas importantes.

—Y me hablará mi señor a mí, con esa bondad tan evidente, de perder el control —responde el taxista—, a mí, que últimamente no sé si estoy viviendo o estoy soñando. Sí, así como lo oye mi señorita, con esa carita de interrogante, ahora me ha dado por confundir la realidad con la ficción. Estoy lo más de preocupado. Yo los llevo a ustedes y después me quedo con la duda de si existieron. Por ejemplo. Y ahora vamos acá y volteamos por ésta, ¿por la cuarta es que es?, y me da por pensar que lo mismo podría ir por la carrera 7ª con la calle 26. Yo sé que yo existo, eso no es. Pero no pondría mis manos en el fuego si me pidieran que dijera, ante Dios, que ustedes dos son de carne y hueso.

Bueno, no, ya no es chistoso. Entran por el barrio La Candelaria y se acercan poco a poco a la biblioteca Luis Ángel Arango. El taxista les pregunta «¿ésta es contravía?», como si después de todo eso importara y Rodrigo le responde, con cierto alivio, «yo creo que por ésta se puede». Una fila de carros viejos, que llevan familias pero parecen abandonados en señal de protesta, no quieren dejarlos llegar a su destino. Juana dice, en voz baja, «deberíamos bajarnos acá» y el taxista le dice, entonces, «en ese caso serían 6.500 pesos, señorita».

Quizás esté bravo. Quizás no. Les da las vueltas, les abre la puerta y se despide de ellos, en cualquier caso, con unos siete «mi señor» y unos cinco «mi señorita». Rodrigo carga las bolsas negras con una mano y con la otra coge a Juana del brazo derecho. Y acelera el paso como si la vieja de esa vez, hace cinco años, viniera a pegarles por detrás. Uno de los conductores de la fila de carros (Rodrigo cede a la tentación de voltearse a verlos) le da un golpe con la mano abierta a su timón y apaga la radio porque «no, ahorita no estoy para esto».

Son las tres y media de la tarde. Detrás de las pequeñas casas sólo se ve el velo blanco del frío. Y Rodrigo, muerto del miedo, dice «qué tipo tan raro». Juana agrega «yo creo que nos salvamos» y le sigue el paso de ataque de nervios. Después, cuando llegan a la esquina de la biblioteca Luis Ángel Arango, en la calle 11 # 4-14, se dan el lujo de reírse. El taxista les pasa por el lado, aferrado al timón de su carro, y les pita una despedida. Y entonces se dan cuenta, porque miles de personas se cruzan alrededor de ellos dos, que están en el centro del centro de Bogotá. Se sienten viajeros en el tiempo. Ahí queda el futuro, cuando todas las calles serán una marcha de protesta.

—Un taxista que confunde la realidad con la ficción —dice Juana—: eso sólo le pasa a usted.

—Bueno, que confunda la realidad con la ficción, listo, pero después de semejante discurso ¿tiene el descaro de cobrarnos? —dice Rodrigo—. 6.500 pesos. Qué hijueputa.

—Hasta pitó —agrega Juana—. Eso ni a los Valenzuela.

—Habría que conseguirse el teléfono de esa pobre gente, marica.

—O la dirección —dice ella: no puede creer que él, el adalid del lenguaje, haya dicho «marica»—. Ahorita deben estar amarrados y amordazados.

—«Si mi señor tiene ganas de hacer pipí, yo lo acompaño» —lo imita Rodrigo—, «mi señor es tan bueno».

Ahí, en la puerta de vidrio de la biblioteca, mientras una portera afeitada los requisa y le pide a Juana que abra la cartera, se dan cuenta, de nuevo, de que pueden ser los mismos de siempre. Rodrigo se burla del gas «para dejar ciego al prójimo», de la billetera sin plata, el celular sin pila, el dispensador PEZ con la cabeza de la pequeña Lulú, la caja de Calmidol, la Binaca, los chicles, el Chapstick de cereza, la carterita femenina, la bolsita de kleenex, la libreta de notas, las pepitas de eucalipto, el llavero de Miró, el vergonzoso paraguas fucsia.

La portera, con ganas de reírse y agradecida porque Rodrigo le ha alegrado dos minutos de su día, no revisa las bolsas negras llenas de películas piratas, levanta la mirada y sus incipientes bigotes en la tradición de Cantinflas, y se queda con la boca abierta cuando ve la cara de

Juana. Dos estudiantes siguen derecho, sin ser requisados, porque a ella, a la portera paralizada, sólo se le ocurre preguntarle a Juana si ella es la actriz Adriana Cardona. Rodrigo le responde que sí, como un niño que quiere demostrar que todos los demás son idiotas, y dice «¿por qué no le firma un autógrafo?».

Y Juana, para no quedarse atrás, se lo firma. Le da la mano y se despide, con varias miradas en la espalda, como se deben despedir los famosos. Baja por las escaleras, gira a su izquierda, se enfrenta a la imagen de cientos de estudiantes, con las camisas por fuera y los morrales en los hombros, que hacen una fila para dejar sus objetos favoritos en una pequeña oficina. No sabía que tanta gente entrara a una biblioteca. Se siente más o menos orgullosa de su ciudad. Después le dan ganas de entrar al baño. Ahí está de nuevo su mareo.

Uno de los estudiantes que pasaron de largo, en la puerta, le pregunta al otro «¿usted me mandó un mail esta mañana?» y el otro le responde, nervioso, «no soy yo: alguien está usando mi nombre». Rodrigo le pregunta si está bien y ella le responde que se siente «un poco débil» y, con un gesto de su papá, una mano que se agita de lado a lado, le quita importancia al hecho. Mientras atraviesa la sala de información y busca los baños de mujeres se repite a sí misma «me estoy volviendo mi papá». Porque, se sabe, sólo nuestra risa es nuestra y nadie puede quitárnosla: el resto de los gestos que nos protegen del mundo son, en verdad, una indicación en el libreto.

—Oiga, ¿usted dónde está viviendo ahora? —le pregunta Rodrigo.

—En la 92 con 16 —le dice ella—, ¿por qué?

—Porque entonces vamos a donde su tía. ¿En dónde vive su tía?

—Cerca de las Torres del Parque: al lado de las Torres del Parque.

—Vamos donde su tía, le dejamos la plata, pasamos por la velación, nos tomamos algo por ahí, la acompaño a su cita médica, ¿es en el norte, cierto?, y después vamos a mi apartamento para que se lleve el librito del eneagrama. ¿Qué le parece mi plan? Puede ser en otro orden. Podemos ir a mi apartamento y después a la velación: como usted quiera. En todo caso, si quiere después nos damos una pasadita por el cementerio.

—Qué cosa tan cula —dice Juana—. No lo puedo dejar solo ni un minuto, ¿no?

Rodrigo se pone rojo porque ha reconocido que la confundió con otra y que caminar por el cementerio es de idiotas, y le recibe la cartera a Juana ahora que está a punto de entrar en el baño.

Ella se mete una mano en el bolsillo de la chaqueta de jean y encuentra el billete número 5125 de la serie 8 de la Lotería de Bogotá. Se le pasa por la cabeza dar un paso atrás, dar la vuelta, decirle a Rodrigo «si me gano la lotería esta noche podemos irnos a vivir a Europa y tener juntos este bebé», pero prefiere seguir adelante porque él podría preguntarle «¿cuál bebé?» y enredar del todo los hilos del día.

Si alguien supiera de dónde viene su angustia, si alguna de todas esas personas que entran y salen de la biblioteca conocieran su caso, se correría la voz y todos le pedirían disculpas por vivir sus vidas sin mirarla. Así es. Es eso lo que piensa. Nada más, nada menos.

14

Rodrigo está parado, con las manos atrás, frente a una cartelera inmensa. Juana quiere mirarlo por un momento. Sólo un momento. Le gustan mucho la forma de su cabeza, su postura de viejo, su nostalgia de cada minuto. Si le contara que está embarazada, seguro sentiría envidia: porque Rodrigo es, lo sabe, un hombre que quiere tener hijos. Ahora mismo deshace el nudo de sus dedos y revisa la hora en sus dos relojes. Lo primero que uno piensa, cuando lo ve, es que no tiene la culpa de nada.

Hace un momento la invitó a su apartamento, es cierto, pero se debe reconocer, si todavía se tiene un poco de bondad humana en el cuerpo, que, aunque dejó muy en claro que Sofía «tiene una reunión hasta las diez de la noche», no necesariamente le estaba diciendo «tenemos tres horas para experimentar novedosas posiciones sexuales». No, él no es así. Él es, sobre todo, un buen amigo. Si Juana le contara que está embarazada, le alcanzaría las cajas de kleenex, la apoyaría en su decisión, le diría «todo va a mejorar: estoy seguro».

Sí, puede ocurrir. Tal vez Rodrigo sólo quiere presentarle su apartamento. Quizás no prenda el televisor, ni se siente junto a ella en el sofá, ni la convenza, sin que se dé cuenta, de darle un beso. No, ya no, eso era antes. Juana debe recordar que esos tiempos ya pasaron. Quizás sea bueno anotárselo en la mano. Quizás valga la pena ir de una vez hasta aquella cartelera y contarle que está a punto de interrumpir su primer embarazo a espaldas de toda su familia.

Y sí, allá va Juana. Ya se ha acostumbrado a andar con un solo lente de contacto. Se dice, paso por paso, «tengo que contarle una cosa, Rodri: estoy embarazada». Le desea suerte a un grupo de niños que se suben por un ascensor de los setenta, baja unas escaleras, llega hasta la cafetería del patio de piedra, a unos metros de la puerta de entrada de la exposición. Debe deshacerse de esa frase. Debe decir «esta tarde, a las seis, me voy a hacer un aborto» para que otra vez quede espacio en sus dos pulmones. Si Jimena no entrara en la escena ahora, cuando faltan quince minutos para las cuatro, y les dijera a sus dos acompañantes «esa es Juana: voy a buscarla», podría volver a respirar. Pero no, ahí está su mejor amiga. La abraza, le dice «cómo está de pálida, mi Juana» y le pregunta si ese, el de la cartelera, es Rodrigo Sánchez.

—Bernardo me llamó, güeva —agrega—, está preocupadísimo por usted.

—No le creo —responde Juana—: ni que fuera mi papá.

—Esta mañana, apenas se fue usted, me llamó a preguntarme si no la veía rara ni nada. Y, marica, me va a matar: no sé por qué le conté que me había pedido el teléfono de Rodrigo, pero fresca que recapacité a tiempo y le dije que era porque estaba pensando pasar una hoja de vida a la revista. No dijo nada.

—Usted me está mamando gallo, ¿cierto?

—Lo peor es que no —dice Jimena—. Yo no sé por qué me enredé tanto, Juana, pero después, cuando me di cuenta de que le estaba contando todo, me pareció que lo mejor era que Bernardo estuviera enterado de lo que estaba pasando. Para que no sea sospechoso, ¿no le parece?, para que no suene a que le está poniendo los cachos.

—Pero es que no hay nada sospechoso —dice la versión histérica de Juana—. Parece loca, marica. Yo sólo quería ver a Rodrigo. Verlo y ya. Nada más. Y aquí estamos. Es ese, sí. No es nada del otro mundo, Jime, no está pasando nada.

Jimena agita la mano como pidiéndole disculpas y susurra «perdón, perdón». Rodrigo oye la conversación pero finge que está interesado en la biografía del artista, Leopoldo Saldarriaga, que han puesto sobre la cartelera como primer paso de la retrospectiva de su obra. No logra pasar de «nació en Bogotá en 1965» porque quiere saber si Juana está enredada con el novio —esa sería su triste reivindicación: que Juana, por haberlo rechazado, jamás pudiera ser feliz con otro— o si por fin se ha dado cuenta de que Jimena Soto es una estúpida.

Hace frío en ese sitio de piedra. Jimena pide un tercer «perdón» y dice, en voz alta, para que todos la oigan, «venga le presento a dos personajes». Juana piensa «mierda, yo había quedado de llamar a la mamá de Bernardo», odia durante unos segundos a su mejor amiga por hacerle perder el tiempo y por mantener comunicación directa con su novio, y la sigue hasta la mesita de madera en donde un señor de bastón y ojos abiertos le echa una cucharada de azúcar al café de una señora con cara de niña y ojos chiquitos. Los dos sonríen.

El señor cambia el bastón de una mano a la otra y se presenta con las palabras «mucho gusto, Darío Jaramillo».

La señora estira la mano y dice «yo soy Piedad Bonnett». Juana dice su nombre y les pregunta, porque se ve forzada a decir cualquier cosa, si no están muertos del frío. La señora Bonnett se abraza a sí misma para decir que sí y confiesa que por eso, uno, se están tomando ese café y, dos, han comenzado a contarse historias que ocurrieron en Cartagena. El señor Jaramillo se queja con los ojos abiertos de par en par y recuerda, con una mano en el aire y cierto acento paisa, «yo les propuse que corriéramos alrededor de esta plazoleta, pero no quisieron hacerme caso».

La conversación no dura más de cinco minutos. Juana confirma, línea por línea, sus sospechas: el señor Jaramillo le cuenta que es «un mueble más del Banco de la República» y Jimena asegura, como corrigiéndolo, «Darío es el poeta de verdad que maneja este sitio desde hace veinte años»; la señora Bonnett acepta que ella también escribe poemas y Jimena (que dice «poemas precisos») la anima a confesar que escribió una de sus novelas favoritas; los dos poetas, más o menos al tiempo, salen del aprieto preguntándole a Juana «¿y tú quién eres?». Y ella, con la lengua en blanco, inventa cualquier cosa.

Son dos adultos tímidos, eso es todo. Dos escritores. Y porque la timidez comienza, se sabe, cuando no se está muy de acuerdo con la propia existencia, Juana los entiende y les ayuda a cambiar de tema. Les cuenta que está sin trabajo, les habla de los cursos de literatura que tomó y niega a muerte que, como dice Jimena, haya escrito «unos poemas muy lindos cuando estaba en el colegio y en la universidad». Está ahí, en esa plaza, porque quiere ver cómo va la exposición de Leopoldo Saldarriaga. Eso es todo.

Todo termina a las cuatro de la tarde. Juana pregunta «¿ya son las cuatro?» y se voltea para ver si Rodrigo sigue haciéndose el que lee la cartelera. Y entonces, con la autoridad que le confiere su cara de angustia, se despide de los dos señores con una breve excusa, «tenía que estar a las cuatro en donde mi tía», y le dice a Jimena «bueno, muéstreme las obras maestras de su novio» bajo la mirada atenta de aquellos dos personajes.

Su amiga se despide del señor Jaramillo y la señora Bonnett «por si acaso no volvemos a vernos» y camina, con ella, hasta la cartelera donde comienza la exposición. Ahí, a unos pasos de una fuente de piedra, está Rodrigo Sánchez. Sería el momento perfecto para confrontarlos y resolver la rivalidad que han sostenido desde siempre, pero consiguen saludarse con una hipocresía tan estudiada, tan medida, tan práctica, que al final resulta innecesario.

—Cómo está de lindo, Rodri —dice Jimena como si hubiera preparado la frase desde esta mañana—. Le ha sentado súper el matrimonio.

—Y a usted le sientan perfecto los restaurantes, los amigos poetas, las exposiciones —le responde Rodrigo y, cuando cae en cuenta de que se encontraron hace sólo un par de meses, agrega—. Al fin no me llamó nunca, ¿no?

—Es que ha estado embolatadísima —aclara Juana—. La pobre anda metida en mil vainas al tiempo.

—Y sobre todo detrás de Angelita —dice Jimena—: acabo de meterla a El Arca de Noé, ¿el kínder que queda allá arriba en Rosales?, y todo el tiempo quiere estar conmigo y cocinar en el restaurante y que le ponga películas. En fin. Parece hija suya, Rodri, todo el día de afán.

—Divina mi Angelita —dice Juana.

—Oiga, Rodri, ¿y ustedes no han pensado en tener hijos? —dice Jimena.

—Yo creo que falta mucho —dice él. Mira a Juana como diciéndole «todavía estamos a tiempo de escaparnos a otro mundo, fresca», pero ella siente que no lo hace porque lo sienta de verdad sino porque no quiere hacerla sufrir tanto, sólo un poco—. O sea, Sofía tiene veinticinco años, está muy chiquita.

—Pero quieren tenerlos, ¿no? —pregunta Jimena.

—Pues Sofía siempre se antoja cuando ve uno por la calle —dice Rodrigo.

—Y usted siempre ha hablado de eso —interrumpe Juana como si quisiera decirle «no se preocupe por mí: yo estoy muy bien».

Los tres, cada uno por su lado, eligen quedarse en silencio. Quieren decir algo, pero a ninguno se le ocurre una frase que los saque de aquella incursión en la realidad. Sí, ya se han hecho adultos: es hora de repetir la vida con un hijo. Y Juana, que no quiere dar un paso más en sus conjeturas, se toca un hombro, como un reflejo de toda una vida, y dice «mierda, la cartera y las bolsas, ¿dónde están?». Rodrigo le explica que hace un momento, mientras ella estaba en el baño, las llevó a «la ventanilla esa donde se dejan las cosas».

Es hora, pues, de entrar en la instalación. Ya no hay excusa. Detrás de esto, de esta retrospectiva de la obra de ese artista de nuestro tiempo, hay 19 años de trabajo, 123 influencias de todos los órdenes, 3 ensayos sobre el arte y la esclavitud y 5 bienales europeas en las que el tal Leopoldo Saldarriaga ha sido llamado «una revelación: un artista que infarta el corazón y somete la cabeza», pero ahora, cuando entran al lugar de los hechos, ahora que se enfrentan a una habitación vacía, con sólo un reloj de números digitales en cuenta regresiva, sienten que han llegado al lugar equivocado.

Jimena dice «esta obra les encantó en Berlín» y entonces los números rojos del reloj corren hacia atrás hasta llegar a ceros y, sobre el sonido de un teléfono que ha sonado ocupado, se oye el estallido de una bomba —la cascada de vidrios, las grietas de la tierra, los gritos de las víctimas y los chillidos de las alarmas— y después un silencio que se devora a sí mismo, como una aspiradora que acaba de apagarse. Es, habría que aceptarlo, desolador. Juana pregunta «¿son sonidos reales?» y Jimena responde «eso fue lo que les impresionó en Europa».

Rodrigo se acerca a un papelito que está pegado en una de las paredes de aquel cuarto: la obra se llama *Miedo* y es de 1989. Lo que significa que, cuando la concibió, Saldarriaga sólo tenía veinticuatro años. Jimena dice «ya era hora de que expusieran acá las obras de Leopoldo» y Juana reconoce que esa obra, por lo menos, es «una cosa impresionante». No dice nada más. Ninguno de los tres dice otra palabra. Pasan al cuarto del lado y sólo hasta media hora después, cuando terminan de enfrentarse a todas las obras, cuando el diálogo a saltos se convierte en una pequeña batalla de egos, consiguen recuperar la calma. Son las cuatro y media de la tarde.

Juana intenta reconstruir lo que acaba de ver. Primero, piensa, estaba aquel reloj de bomba. Después aquella *Casa de muñecas*, de 1991, con un buzón oxidado en el jardín y un holograma del propio Leopoldo Saldarriaga, con su cara de perro ovejero y su sonrisa de pocos dientes, que aparecía y desaparecía, de una rama de árbol a punto de caerse, según el lugar en donde uno estuviera parado. Era una cara que decía, cada treinta segundos, «todos estamos locos por aquí: yo estoy loco y tú también lo estás: de lo contrario no estarías acá».

La siguiente habitación, titulada *Infancia*, era una especie de círculo donde podían verse, uno por uno, los traumas de la primera vida de Saldarriaga: la ropa de niña que solía ponerse cuando sólo tenía ocho años, el crudo testimonio de la mujer con quien sostuvo su primera relación sexual («me pidió que me quitara la ropa frente al espejo», dijo), la cabeza del dedo anular que perdió dentro de una cadena de bicicleta, la lonchera que llevaba al colegio, los olores de las sábanas de sus padres, la plastilina de sus clases de trabajo manual, la arena de su primer viaje a la playa y una filmación a escondidas, en video ocho, de una terrible golpiza que alguna vez le dio su madre.

La cuarta obra, *Breve historia del sexo*, los puso incómodos a todos y estimuló una discusión que por poco arruina la visita. Después de pasar por Grecia y por Roma, donde las relaciones sexuales eran victorias y derrotas, las mujeres usaban plantas como anticonceptivos y los adolescentes con caras de ancianos hacían todo lo posible por no caer en las costosas redes del sexo opuesto, llegaron a la pared de la Edad Media cuando la idea de hallar una «otra mitad» comenzó a tener sentido y, como si pertenecieran a una misma categoría, el sexo llegó a considerarse inferior al amor. Entonces comenzó la discusión.

Rodrigo se burló de esa necesidad de «darle voz a la mujer como si no tuviera» y de pensar en ella como una «pobre víctima de la historia», y Jimena le mostró, en otra pared, la de la historia de las prostitutas, cómo después de haber ejercido todos los oficios del mundo —antes de la historia, dijo, eran escultoras, poetisas, actrices, artesanas, agricultoras, sacerdotisas, legisladoras—, las mujeres habían sido reducidas al papel de prostitutas y esposas. Dijo «es que, marica, el hombre inventó las putas para tener cómo tirar mientras la esposa estaba embarazada» y miró a Juana, su mejor amiga, para que le diera apoyo gremial.

Juana dijo «a mí no me metan en estas pendejadas», pero, porque nunca ha podido tolerar las peleas de los demás, les hizo caer en la cuenta de que al final eran sólo teorías. Rodrigo insistió en que estaba «mamado de que las viejas se dieran palmaditas en la espalda» y Jimena le respondió «pobre Sofía» porque no se le ocurrió nada más ofensivo que eso. Después subieron unas escaleras llenas de imágenes de mujeres tristes —la santa Teresa que cierra los ojos y reza, la María Magdalena que llora porque Jesucristo no volverá a besarla, la Medea que asesinó a sus propios hijos— que alguna vez fueron tentadas, según decía el anuncio, «por un dios que quisieron hacer pasar por demonio».

La breve historia del sexo terminó con la imagen de un par de geishas. Jimena dijo «para ellas el sexo es la búsqueda del silencio» y Rodrigo, enardecido por la discusión, le contestó «pero por Dios, si son putas con abanicos» y entonces se abrió, ante los tres, la quinta obra, *Esclavitud*, un cuarto con el piso lleno de boñiga, una gotera de sangre, el inmenso retrato de una familia de caníbales que apareció en un periódico de los años cuarenta y una señora negra, de carne y hueso, que elevaba un canto de los tiempos de la esclavitud. Juana sintió ganas de vomitar.

En las paredes, en gigantescas letras minúsculas, estaban las frases que Jimena le había leído esta mañana en su oficina («del *conócete a ti mismo* al *protégete de ti mismo*, del *aparenta saber quién eres* al *espía a los demás*»; «un mundo de seres anónimos donde nos anulemos los unos a los otros»; «Otto Dix lo dijo: una obra de arte que no se salga de las manos ni roce el tema del suicidio es inverosímil»; «Antón Chejov escribía cuentos para sobrevivir y enfrentar su verdadera vocación: cuidar retrasados mentales»), pero en vez de caminar prefirió sentarse en una banca de metal como si viajara en un pequeño barco por el océano Pacífico.

Faltaban dos minutos para las cuatro y media de la tarde. Y Rodrigo, asqueado ante las pretensiones de profundidad de Saldarriaga e histérico por «ese arte que nace, crece y se reproduce sólo para dar ejemplos de ciertos conceptos», dijo «se nos va a hacer tarde para llevarle la plata a su tía» y aceleró un poco el paso. Jimena dijo «frescos que aquí se acaba» y Juana, sentada en la mitad de los dos y con la cita de las seis y media en la cabeza, concluyó «pues resultó mucho mejor de lo que me esperaba». Se levantó. El piso ya no se movía. Volvieron, en fila india, a la plaza de piedra.

Ahora son las cuatro y treinta y cinco y están haciendo la cola para que les devuelvan la cartera y las dos bolsas negras de mala calidad. Jimena y Rodrigo no quieren mirarse. Juana les dice, para salvar una relación que nadie aparte de ella quiere rescatar, «nunca me imaginé que iba a estar otra vez junto a dos exalumnos del Liceo Chiquimiel» y Rodrigo, molesto, le responde «yo no estudié en ningún jardín infantil: el que estudió en Chiquimiel fue el hijo de unos amigos de mis papás». Juana tiende a olvidar ese detalle. La memoria le devuelve el mundo a su favor.

No, no es un buen momento. Parecen las seis y media de la tarde y una voz, la suma de todas las voces, comienza a entrarles por la nariz, por los ojos, por la boca. Jimena se encuentra con una amiga que vivió en París durante nueve años y llegó anoche a Bogotá «porque estoy haciendo un documental sobre la miseria en Colombia». Juana se sienta en una banca de madera a esperar a Rodrigo y se queda mirándolo como si no pudiera creer, del todo, en su existencia.

No, no tiene la culpa de nada. Eso es lo primero que uno piensa cuando lo ve. Que si se queja de los artistas pretenciosos como si se tratara de un problema personal, si desprecia a quienes buscan un poco de profundidad en el arte («hay que ser muy idiota para hablar de esas vainas», dice), si no puede con las mujeres que se atreven a decir «todos los hombres son iguales», es porque se ha vuelto viejo antes de tiempo, porque sospecha que si nadie lo viera, podría inventarse una instalación, aplaudir la profundidad de una novela y convertirse en un mujeriego de bigote, cervezas y chistes verdes.

A Juana, en cambio, todo eso le tiene sin cuidado. Que todos existan, pasen a la historia y sugieran los vacíos de nuestras vidas, el eco de las voces de todos los hombres, las piezas que no hemos hallado del rompecabezas. Que cada quien haga lo que quiera durante el día, y para siempre, y la dejen dormir en paz esta noche. Porque sólo quedan dos horas para la cita en donde el doctor Uricoechea. Y pronto, muy pronto, dará vuelta a aquella página y estará sola dentro de su cuerpo. Las voces se irán y volverá, por fin, hasta el silencio.

Rodrigo tiene las manos atrás. Siempre ha querido ser viejo. Se saca el chicle de la boca, lo envuelve en un papelito, lo bota en una caneca. Da un paso al frente, le hace una broma a la señorita que le entrega la cartera y las dos bolsas negras y se da la vuelta. Juana le sonríe y se convence, una vez más, de que cuando estén solos le confesará que está embarazada. Él llega hasta ella, la ayuda a levantarse y le pregunta con quién habla Jimena, pero pasan diez, once, doce segundos y Juana no responde nada.

Está paralizada. Tiene ganas de llorar. Ha entendido, de un momento a otro, que el mundo se detiene siempre que él no está.

15

Este es el miedo. Lo ocultamos durante años como si se tratara de un monstruo en las alcantarillas, lo sometimos a fuerza de indudables avances tecnológicos, lo canalizamos en fechas, demonios, tragedias, terremotos, crímenes, enfermedades, holocaustos, recesiones, pero ha vuelto así, sin más, como si se tratara del escenario de nuestras vidas, como si el mundo fuera un presente que se viene encima, un teatro de ojos que se desplaza.

Juana tiene miedo porque sí. Lo siente en las calles, en los lugares vacíos, en los sueños. No es tanto el miedo a una cifra, a una cara o a las posibilidades del futuro. No es una fobia digna de estudio o de artículos vacíos en las revistas de moda. No es un problema psiquiátrico ni aquella sensación de impotencia ante las miradas de todos. Es, cree, la imagen de ese cielo, el de este momento, que parece un vidrio a punto de ceder al peso del mar. Es esa suma de todas las voces que hacen, a destiempo, la misma pregunta.

Rodrigo, que la conoce de memoria, la abraza ahí, en la esquina de la calle 11 con carrera 4ª, mientras esperan un taxi. Ella le dice «lo quiero mucho» y él le responde «y yo a usted», con sus dos bolsas negras en la mano, ante la presencia de un perro callejero, esquelético y lloroso, que mira para todos los lados como si lo persiguiera la justicia. Jimena se ha quedado atrás. Se ha despedido, les ha dado las gracias y ha regresado a la instalación «para esperar a Leopoldo y ajustar unos detallitos». Otra vez están solos.

Es una lástima que ninguno de los dos sea capaz de manejar un carro. Rodrigo siempre se ha sentido mal, un poco menos hombre, por tener un pase que no le sirve para nada. A Juana, en cambio, nunca le ha importado. No quiere conducir un carro. Simplemente, no quiere. Prefiere entregarse a las manos de los demás. Nunca ha pensado en los riesgos que corre todo el tiempo. Ha intentado esa solución, ese dejar todo en manos de otro para el resto de los hechos de su vida, pero ahora, a punto de acabar con su primer embarazo, ha tenido que ponerse al frente de su rutina. No le ha quedado alternativa.

El taxi desocupado aparece a las cuatro y treinta y siete de la tarde. Juana y Rodrigo se suben y ella le dice al conductor, al tiempo que consulta los papeles escondidos en los bolsillos de su billetera, «vamos para la carrera 2A # 25A-38». Se sientan muy juntos. Ella se acuesta sobre su hombro (siempre recuerda aquel hombro) y cierra los ojos para preguntarle qué tanto se acuerda de esas semanas en que fueron novios a escondidas. Él le entiende la pregunta y le responde al oído, como si fuera el más oscuro de sus secretos, que se las sabe de memoria.

Recuerda, dice, las pecas en sus hombros, sus ojos dilatados, sus manos temblorosas. Piensa en ese día, en el primer apartamento de Jimena, cuando entraron solos a buscar las llaves de un carro y terminaron besándose en la habitación. Hacía mucho calor y ella le rogó que abriera la ventana. Él se quedó ahí, viendo un paisaje que nunca en su vida había visto, y cuando se volteó a buscarla la vio acostada en la inmensa cama doble. Se acercó y se sentó a su lado. Ella dirigió el cuerpo y la mirada hacia el espejo de la habitación. Rodrigo abrió la palma de su mano y la pasó por debajo de la camiseta de Juana. Levantaba la mirada, dice, como si se jugara la vida y sentía que ella respiraba hondo, como una mujer dormida, y oía que le pedía un beso y una palabra, una sola palabra, y le rogaba que todo ocurriera ya, de una vez, y hacía un ligero arco con su espalda y parecía ciega y sorda y muda.

El taxi llega hasta la carrera 7ª. Juana sabe que todo lo que ha dicho Rodrigo es cierto. Que esa tarde no era consciente, por primera vez en su vida, de la escena. No tenía que imaginarse en otro lugar, con otro hombre. «Estábamos enloquecidos», dice. Y Rodrigo encoge los hombros y responde «llevábamos meses resistiendo». Por eso, cree, eran sólo pulmones, manos, cremalleras, medias, ojos. Las sílabas, las manos, los hombros se confundían. Recuerdan el bombillo en el techo, el ataque de risa porque los esperaban abajo y, al final, uno, dos, tres segundos iguales.

Juana quiere, claro, que Rodrigo vuelva a besarla. Si pudiera elegir el siguiente minuto de su vida, elegiría ese beso. Se apoya con fuerza en su hombro, sin embargo, para no cometer un error. No quiere arruinar los recuerdos de su vida. Él le toca la cara y le da un beso en la frente. Si estuvieran en su apartamento quizás no serían capaces de resistirse. Pero quizás no estarían diciéndose todo eso si no estuvieran a salvo, bajo la mirada del taxista y frente al teatro Jorge Eliécer Gaitán, en la calle 22 con la carrera 7ª, así que no puede decirse que hayan perdido la cabeza.

Parece como si todas las personas del mundo —los músicos peruanos, los vendedores ambulantes, los hombres que entregan volantes de prostíbulos en las aceras del centro comercial Terraza Pasteur— dieran un paso al frente mientras Juana y Rodrigo avanzan, en un taxi Renault modelo 97, por la carrera 7ª. Ella descubre un teléfono entre los dos asientos de adelante, mientras trata de distraer sus confusos deseos con la mirada, y se atreve a levantarse un poco, a confirmar que su celular ya casi no tiene pila y a decir «señor, ¿será que puedo usar ese teléfono?». El conductor dice que sí. Las empresas telefónicas, se sabe, viven a costa de nuestras culpas.

El taxista le dice que le costará tres mil pesos. Y Rodrigo, metido en el papel de novio como un actor de método, la anima con una sencilla promesa («yo la invito», asegura) a que haga de una vez por todas la llamada. Juana le da un inofensivo beso en la boca —un beso silábico: no podría considerarse un paso hacia la infidelidad— y levanta el auricular sin saber a quién debería llamar, en ese preciso momento, para escapar del todo de su subconsciente.

Marca el número de teléfono de la oficina de Bernardo y, porque aún le queda vergüenza, se sienta unos centímetros más lejos de Rodrigo. Después de un par de timbres, Nicolás Vergara, el socio de su novio, contesta. La reconoce de inmediato y le pregunta «¿por qué anda tan perdida, Juana?» con esa malicia de adolescente que no puede oír los términos «lleno de polvo», «démelo» y «tirar en el suelo» sin agitar las manos.

Juana pone los ojos en blanco y, como si quisiera decepcionar a Rodrigo, le responde, en el semáforo de la calle 28 con carrera 7ª, que hace rato llegó a su apartamento y que sólo llamaba para avisarle a Bernardo que, como su hermanito necesita el teléfono de la casa, el celular está sin pila y cree que va a dormir un rato, lo mejor va a ser que se hablen por la noche. Si del radio del taxi no viniera una ágil y tartamuda versión instrumental de «A Taste of Honey», Nicolás no sentiría que hay algo muy extraño en esa llamada.

—Juancha, ¿desde cuándo le dio por oír Melodía Estéreo? —le pregunta—. Todavía le faltan unos diez añitos para tararear canciones, vieja.

—¿Cómo les fue en la presentación? —pregunta para cambiar el tema.

—Pues hombre, bien, yo creo que bien —dice Nicolás—, tanto que Bernardo anda por allá desde hace como una hora. La vaina estuvo medio tensa porque nada que encontrábamos unos artes finales que necesitábamos, unos afiches que el *goofball* del Quinche había perdido, pero finalmente, cinco minutos antes de la hora de la cita, aparecieron en mi escritorio, no me lo va a creer, porque se me había pasado por completo que el pobre güevón me los había entregado el viernes, y alcancé a mandar al chino, a Quinche, para que los llevara al apartamento de Natalia Torres, la de Credimensión, que le dio por poner la cita por allá, porque tú sabes, ¿no?, esas exnovias nunca aprenden. Ni siquiera con tipos a punto de casarse, hola. Es el colmo, ¿no? No, mentiras, Juancha. Usted sabe que Bernardo es incapaz de una vaina de esas.

—Yo sé, Nico —responde ella mientras trata de borrar los rastros que le quedan de la dirección de Rodrigo sobre el dorso de su mano—, el pobre Bernardo es lo menos perro del mundo. Debía estar nerviosísimo con lo de la cuenta. Quiere comprar el terreno ese en La Calera.

—No, pero yo creo que todo nos salió bien —dice Nicolás—. ¿Quiere que lo llamemos al celular a preguntarle si ya salió de la vaina? Nos puedo poner en conferencia.

—No, Nico, fresco —dice Juana—, dejémoslo en paz en su reunión. Yo ahorita más tarde, después de dormir un poquito, les echo una llamada para ver cómo les fue.

—Oiga, Juancha, no me dijo qué le pareció esta niña: chévere, ¿no?

—Sí, muy querida: ojalá le dure, Nico.

Nicolás le jura, por el primer Dios que se le pasa por la cabeza, que «ésta va a aguantar unos tres meses» y se despide de Juana porque tiene ganas de cruzar el Parque de la 93 y sentarse en Il Panino a tomarse un jugo de mandarina. Quizás, de paso, el tipo ese le embole los zapatos. Sí, eso va a hacer. Deja todo así, como está, antes de levantarse del escritorio. Carga el celular en el bolsillo para esperar la llamada de Bernardo y sale de la oficina en menos de treinta segundos. Son las cuatro y cuarenta y cinco de la tarde.

Cruza el pasillo de mármol y llega hasta el ascensor. Se sube y, mientras se pone las gafas oscuras y se peina con una mano frente al espejo, se imagina que Bernardo tiene un romance con Natalia y que entonces Juana llega a su casa esta noche, con esas jardineras que se pone a veces, rogándole que la consuele. Llega a la recepción, se despide de la portera gordita con un cínico «ni un chocolate más, Mabel, ahora nos vemos» y sale a la carrera 13 como si fuera el rey de Siam y todos fueran a aplaudirlo por las escaleras.

Cruza el parque. Un tipo disfrazado del chavo del ocho, que asegura dormir en un barril y haber recibido permiso de Roberto Gómez Bolaños para llevar ese traje, le pide una ayuda para una operación de la próstata y él le responde, sonriente, «*get out of the way, you stupid bastard*». Un niñito que embola zapatos le dice, unos pasos más allá, «se los lustro, mono» y él le contesta, feliz de la vida, «*suck my dick you little shit*». Le encanta pasar por ese caminito de ladrillo. Nadie sabe cuánto se divierte. Es una lástima, piensa, que esté haciendo tanto frío.

Se sienta en Il Panino, pide su jugo de mandarina y le dice al embolador de la esquina «hermanito: bríllelos, pero no se los vaya a cagar como los otros». Por esa esquina aparece, entonces, Óscar Quinche. Está completamente destrozado pero lo saluda con su «quiubos» característico. Dice que llevó los afiches, le dejó un mensaje a su mamá (que Dios la tenga en su gloria) «en una Citycápsula que pusieron ahí no más en la esquina» y después, a la salida del edificio, se encontró con los hampones esos, Hitler Calderón y Moncho Peláez, y entre los dos, uno detrás del otro y sin dejarlo decir ni mu, le partieron el brazo partido y le hundieron una de sus mejores costillas.

Nicolás le pregunta a Quinche, por cortesía, sólo por cortesía, si quiere ir a una sala de urgencias y entonces, cuando el mensajero le responde «no, doctor, no vale la pena», le compra una cerveza y lo invita a sentarse «con tal que no vaya a decir ninguna güevonada, Quinche». En ese momento ve pasar por la acera de enfrente a su vecina, hermana de un sacerdote, y dice «no me lo va a creer, Óscar, pero ésta les pide a los porteros de mi edificio que cuando tengan un tiempito suban y se la coman». Tenía razón: Óscar no le cree. Si le contara la anécdota a un tipo así, blanquito, como él, seguro estarían muertos de la risa.

Después, acomplejado por las frases que Bernardo le dijo al almuerzo («si usted hubiera nacido en un barrio del sur andaría en lo mismo», declaró), le da una buena propina al embolador («gracias, chino», le dice) y se pone al día en la vida de su mensajero. Sí, nadie se lo creería. Pero, piensa, ¿por qué un yuppie no puede sentir compasión por un tipo que no tiene dónde caerse muerto?, ¿es que no puede interesarle una vida aparte de la suya?, ¿acaso un ejecutivo berraco, como él, no tiene hambre y frío en la noche y tiene diarreas incontenibles como cualquier hombre del montón?

Se siente bien. Quiere saber más cosas de Quinche. No sabía, por ejemplo, que puede sacar plata sin que el cajero electrónico se dé cuenta; ni que tiene un primo un poco narco que siempre le dice que se vaya a trabajar con él, ni mucho menos que tiene veintidós años, es hincha del América y le encantan las películas de Jean Claude Van Damme; ni que una vez, hace dos años, se empelotó y se pintó de dorado para disfrazarse del premio que tiene su nombre, Óscar, en un día de las brujas. Nadie le había contado que tiene una tía enfermera, «mi tía Carmencita», que trabaja «aquí no más». No tenía ni idea de que tiene una hermana mayor a la que quiere mucho pero a veces tiene que pegarle porque llega tarde «y mi mamá la enseñó a no ser sinvergüenza y no quiero que se le olvide». No, no lo sabía.

Y no puede creerlo. Óscar Quinche, ahí donde lo ven, con sus dos zapatos derechos «*made in Italy*» y sus camisetas negras pegadas al cuerpo, también tiene sus ideas. Sí, ha pensado en escanear un billete para imprimir varios y hacerse rico, y sí, es un tanque y parece que debajo de las franelas estampadas con automóviles en llamas se hubiera puesto cinco sacos, pero detrás de esa apariencia de retardado, piensa Nicolás, hay un ser humano. Ésta no ha sido, ni siquiera, una conversación aburrida. Han hablado, incluso, de los escándalos de pedofilia en el interior de la Iglesia y Quinche ha concluido, sin alardes, «sí, mucha *mea culpa* y todo, doctor, pero a los pobres curas también les pica el gallo».

Pobre tipo. No tiene la culpa. Se coge el brazo, se lo sopla y dice «no, ahí sí quedé fue lindo». Y él, Nicolás, le pregunta si no hay ninguna posibilidad de pagarles a esos tipos, a esos dos hampones, lo que se les debe. Quinche le repite que «el problema es que esos manes me están confundiendo con otro, doctor» y él le contesta, a punto de preguntarle «¿usted por qué es tan bruto?», «el problema es que a ellos les importa un culo quién sea usted con tal de que les pague esa plata». El mensajero se queda pensando.

Y sí, es cierto. Si les diera los doscientos mil pesos no volverían a pegarle. Pero él, Óscar Quinche, que siempre se ha debatido entre el trabajo duro y parejo de su madre y la astucia de su familia por parte de padre, no puede creer que ya no se pueda hablar con la gente. Los tiempos, se dice, están cambiando. Antes le robaban a uno quinientos pesos o lo acosaban por diez mil. Pero, bueno, tampoco pasaba esto: don Nicolás saca cuatro billetes de cincuenta mil de su billetera y le dice «tome: a ver si no me tengo que aguantar más este cuento» y él, completamente feliz, le responde «anótese un punto, doctor» y le pide permiso para ir al barrio a enfrentar a los hampones.

A Nicolás le encantaría que Bernardo lo viera ahora, de tú a tú con su empleado, como un zar que sospecha la llegada de la revolución en todas esas esquinas llenas de gamines, para ver si entonces sigue creyéndose mejor, menos clasista que él, porque, para decir verdad, Bernardo, el buen Bernardo, el yuppie con conciencia social, tampoco les ha dado la mitad de lo que tiene a sus choferes y, aunque no les dice «muchachas del servicio», jamás ha saludado de beso a sus empleadas domésticas.

Porque sí, no hay otra realidad. Nicolás aún hoy está convencido de que sólo siendo distante, clasista, elitista, puede sobrevivirse a este mundo. Cree que sólo escondiéndose en una torre alta, muy alta y muy digna, lejos de la inanición, la miseria y la mantequería, puede dormirse en paz por la noche. Se puede, eso sí, tratarlos bien de vez en cuando: «La gente pobre», se dice, «en el fondo es muy buena». Se despide de Quinche («chaos», le dice el mensajero), pide la cuenta y marca el número de teléfono celular de Bernardo para averiguar cómo le ha ido en la gran reunión con Natalia Torres.

—Qué hubo —le dice—, ¿está en la mitad de la vaina?

—Ya terminamos —responde Bernardo—. Está hablando en el cuarto de al lado con el novio. Viera el apartamentazo.

—Ah, ¿tiene novio?

—Sí, un tipo que está haciendo un doctorado en Japón, pero eso es lo de menos, marica, la buena noticia es que estamos adentro. Le encantó todo. Le pareció la berraquera. Somos unos genios.

—Gol, güevón, gol —dice Nicolás—: me están temblando las piernas.

—Yo voy ahorita más tarde —dice Bernardo—. Sacó su mejor vino, dijo, un Cavernet Sauvignon de 1999, porque esto había que celebrarlo en grande, así como lo oye, y me da como pena dejarla tirada.

—No, tirada sí va a quedar —dice Nicolás y como siempre, cuando hace un chiste, abre un poco las fosas nasales—, pero ¿desde cuándo sabe tanto esa vieja de vinos?, ¿Cavernet Sauvignon es buenísimo o qué?

—Pues eso parece —dice Bernardo—. El novio, Santiago Luna, ¿se acuerda de Santiago Luna?, ¿un güevón que en nuestro tiempo era el puntero izquierdo del equipo de fútbol del colegio?, le dijo que era la mejor cosecha de los últimos diez años y según parece el tipo es un experto en esas vainas, así que lo mejor que podemos hacer es creerle.

Sea como fuere, dice Nicolás, está seguro de que eso, esa sospechosa celebración con vinos franceses en un apartamento de soltera, va a terminar a las seis de la mañana de mañana. Natalia Torres es, si mal no recuerda, irresistible. Es esa mujer de gafas oscuras y pelo liso que uno ve una sola vez en la vida, en el Smart de al lado, en un semáforo a punto de cambiar a verde. Tiene pómulos de madera, ojos verdes, pelitos dorados en los brazos. Su sonrisa contagiosa, su cara despistada, su ternura involuntaria: es esa mujer que no sabe el idioma y se queda viéndonos hasta que nos es imposible sostenerle la mirada.

Bernardo se siente incómodo. Le pide a Nicolás que se calle y le recuerda que va a casarse con Juana en diciembre. Le pregunta, a propósito, si sabe algo de su novia, y se siente un poco traicionado cuando se entera de que llegó hace un rato a su apartamento («o por lo menos eso dijo», aclara su socio) y no ha intentado llamarlo, ni una sola vez, al teléfono celular. Es como si no le interesara, ni siquiera un poco, su trabajo. Es como si no fuera capaz de gastarse mil pesos en una llamada.

Son las cuatro y cincuenta de la tarde. Natalia termina su conversación de larga distancia con las palabras «nos hablamos el jueves, gordo», cuelga el teléfono y le pregunta a Bernardo, desde el cuarto del lado, si ya abrió la botella de vino. Él se despide en voz baja de Nicolás, cuelga el celular con el dedo pulgar y de un solo golpe y alcanza a dar una respuesta más o menos digna, un intrigante «estoy a punto, niña, no me acoses», que le abre paso al regreso de Natalia. Sí, ahí viene. Es ella.

Y ese es el vino. Se llama Castillo de Monjardín y viene de una cepa de origen francés, cultivada en un viñedo de Villamayor, Navarra, cuyas uvas gordas fueron recogidas a mano y estrujadas, maceradas y escurridas en baldes hasta convertirse en aquel mosto fermentado y corregido en cubas, clarificado en un inmenso filtro de tela, que maduró durante tres años en inmensos barriles de madera, y entonces fue embotellado, marcado, negociado, vendido y enviado a Bogotá, en Colombia, donde, dice Natalia, «no tenemos cultura del vino».

—Santiago dice que el vino es un ser viviente —explica mientras lo sirve, sobre una mesita cubierta por un mantel, en un par de copas de plata—: hay que saber quién es, cómo se hizo, de dónde viene. Porque, como con cualquier persona, uno corre el riego de embarrarla. Los vinos blancos, que Santi llama «los femeninos», deben servirse fríos y en una copita cerrada. El vino tinto, en cambio, debe tomarse al clima y en una copota de plata para que no pierda ni su color, ni su olor, ni su sabor.

Bernardo lo ve, lo huele, lo prueba. Después de recibir el sí de Credimensión, la empresa que Natalia representa, siente que se ha desdoblado y que su cuerpo está ahí, vacío, libre de órganos y de energías, y su alma se ha ido por las paredes y está ahora en otro lugar, quizás contándole la buena noticia a su mamá, Clara, que, está seguro, se emocionará mucho más que cualquiera («mi amor, eres un genio», le dirá) y lo invitará a comer, el próximo sábado, al sitio que él escoja. Sí, eso es. Bernardo sabe que con ese contrato, el de Credimensión, tiene asegurados tres años de vida. Levanta la copa. Brinda «por el reencuentro con mi exnovia favorita». Y no consigue medir su sonrisa.

Se quita la corbata y le cuenta, a Natalia, cómo han sido los últimos años de su vida. Estudiar en Francia, dice, lo cambió por completo. Se iba a estudiar al cementerio de Père-Lachaise, «que es el verdadero museo del mundo», y pensaba en ella, en Natalia, y sabía que el romance terminaría tarde o temprano porque ser el novio de una mujer tan linda, en la distancia, es el ejercicio de un idiota. Y sí, eso le recuerda. Que «yo te amé a ti con locura, Natis, pero ni Abelardo ni Eloísa habrían sido capaces de sostener un amor desde Bogotá hasta París». Que es increíble cómo la vida lo va llevando a uno a otras personas.

A la segunda copa de vino se han vuelto filósofos. Ella asegura que no quiere pensar en el error que cometió escribiéndole esa carta. No ha debido pedirle que dejaran de ser novios mientras él volvía de París. Pero bueno, «uno no debe arrepentirse de nada: la cosas son como son». Lo que sí se debe hacer, siempre, es quitarse los zapatos en la casa. Eso dice ella. Que su novio, Santiago, debe estar ahora en medias porque uno ve en las películas que los japoneses siempre están descalzos y por eso no tienen que echarse talcos.

Es el momento de Bernardo. Emprende un monólogo sobre cómo sus relaciones con Santiago y con Juana no tienen por qué separarlos y la anima con una serie de datos curiosos que empieza con un «a mí Japón, si me preguntan, me parece horrible: 400 niños se suicidan al año por el estrés que les produce el colegio, 400 niñitos japoneses, porque el sistema es tan enfermo que los papás, óyeme esto, tienen que remplazarlos si faltan a clase», y continúa, porque Natalia le dice «todo esto es *déjà-vu*: siento que me falta un poquito el aire», con un «es que el pulmón derecho es un poco más grande que el izquierdo».

Sí, es su momento. Está dispuesto a lanzar los mejores datos que se sabe. Ha perdido, del todo, la cabeza. Ella le cuenta que el otro día, en un taxi, se encontró esos aretes que tiene puestos («yo no podía creerlo», dice) y él le cuenta que taxi significa «impuesto» en griego («ταξισ», aclara) y que por eso, cuando se inventó el taxímetro, en 1891, se llamó así a los vehículos del transporte público. No lo dice así. No dice «vehículos de transporte público», pero sí agrega, como si no eligiera del todo las palabras que salen de su boca, que «el primer taxista que cogieron por exceso de velocidad se llamaba Jacob German» y que los taxis amarillos aparecieron por primera vez, por órdenes de la ciudad de Nueva York, en 1967.

Sí, ha dejado de ser interesante. Ella no quiere más. Es, definitivamente, un *déjà-vu*. Bernardo debería ir a *¿Quién quiere ser millonario?* y desahogarse. Natalia llama a la oficina, sobre la voz de su antiguo novio, sólo para decirle que no volverá por la tarde. Él, nervioso, con el corazón en el esófago, aplaude su decisión. En el proceso, ni más faltaba, tumba una de las copas sobre el mantel de la mesa de la sala. Es el peor momento de la tarde, sí, pero ella, que se conoce de memoria la mente de Bernardo, consigue capitalizarlo.

—Llámate ya a tu mamá —le dice para convencerlo, del todo, de que cuando la perdió, perdió a la mujer de su vida—, ella debe saber qué hay que hacer en estos casos. Y de paso le cuentas cómo nos fue.

—Sí, esa es, sí, ¿cómo es el teléfono nuevo? —le dice él mientras trata de hacer algo por la mancha de vino que se expande como un ser abandonado a la muerte—, ¿6527076?

—¿Se cambió de teléfono?

No, mandó a instalar una nueva línea sólo para saber que es él, Bernardo, quien la está llamando. Son las cinco de la tarde. Y contesta, agitada porque sus invitadas están a punto de llegar, «¿qué dice el hijo más lindo y más consentido del mundo?». Él no se queda en presentaciones ni en frases protocolarias. Le pregunta, de inmediato, qué hay que hacer cuando a uno se le riega una copa de vino en un mantel de tela.

—Échale sal, mi amor —dice Clara de Molano—, una capa de sal del tamaño de la mancha.

—¿Sobre la mancha?

—Encima de la mancha —dice la señora—, que cubra la mancha.

—Que cubra la mancha —le dice Bernardo a Natalia—, encima de la mancha.

—¿Con quién está mi hijo divino? —pregunta Clara—, ¿cómo les fue en lo de la presentación de esta tarde?, ¿ya salieron de eso?

—Ya, mamá, acabamos de terminar. Estoy acá, con Natalia, celebrando. Me sirvió un vino delicioso y yo lo primero que hice fue regarlo por toda la sala.

—Mándale saludes a Natalia —dice la señora de Molano—: cuéntale que me pusieron Internet. Oye, ¿y no quieres venir a las onces con ella? Sólo van a venir Constanza de Salamanca, Milú de Herrera y María Isabel de Mosquera. Las mismas de toda la vida. Las tres son un plato y yo creo que Natalia las conoce a todas. ¿Cierto que las conoce a todas?

—Pues no sé, mamá, yo le pregunto —dice Bernardo. Se para junto a la inmensa ventana de la sala, al lado de un sofá comprado en Compás, el almacén de objetos curiosos, y piensa que ese, en la carrera 17 # 98-36, podría ser su apartamento—. Por ahora te manda a decir que buenísimo lo de la sal. Aquí me está haciendo caras.

—Oye, mi amor, ¿y Juana?, ¿supiste algo de ella?

—Que ya está en la casa, mamá. Habló con Nicolás hace como quince minutos. Parece que sigue rarísima.

—¿Te conté que hablé con ella? —dice Clara—. No, no te conté, no alcancé. Te llamé pero ya habías salido para donde Natalia. Bueno, el caso es que la noté como distante. ¿Será que le molesta que la llame? Debe decir «esta vieja metiche cuándo va a entender que no voy a casarme con ella sino con su hijo». Mejor dicho, mi amor: se oía bien molesta, la Juana. Me dijo que estaba en un restaurante y que me llamaba más tarde. Y esto fue ¿como a las dos de la tarde?

—Sí, Nicolás me dijo lo mismo —le dice Bernardo—. Que le dijo que cualquier cosa estaba en la casa. Que, bueno, ya es mucho. Yo no sé qué es lo que ha estado haciendo todo el día.

—Pues sí, mi amor, por lo menos sabemos que ya está en el apartamento. Dios quiera que no sea nada raro. Porque, mi lindo, no es para que te vayas a preocupar, pero déjame decirte que así comenzó la hija de los Cifuentes, Catalina, y de un momento quedó embarazada, tuvo un hijo medio negrito y le tocó casarse con un guache horrible, que parece, dicen las malas lenguas, que hasta le pega cuando llega borracho. Claro que la gente dice lo primero que se le pasa por la cabeza.

—Bueno, no creo que lleguemos a tanto —dice Bernardo.

—Yo no sé por qué se me metió esto en la cabeza —confiesa Clara de Molano—, pero algo me dice que la culpa de todo la tiene la amiga esa, Jimena, que quién sabe en dónde la mete. ¿El otro día no nos hizo ir a todos al restaurante ese medio hippie? En mi vida vuelvo a hacerles caso. No vuelvo a ir a un restaurante ni porque me rueguen todos al mismo tiempo. A mí déjenme tranquila, en mi casita, con la comida de la pobre Cecilia.

Bernardo dice «pero sin ti nada tiene gracia, mamá, sin ti no tiene sentido» y se convierte, a partir de ese momento, en el mensajero de las razones entre Natalia Torres, la mejor de todas sus exnovias, y su mamá, Clara de Molano, que lleva el teléfono inalámbrico de su habitación entre el hombro y la mejilla mientras termina de poner los individuales, los portavasos, las tazas con platico debajo, las bandejas con galletas de arequipe, los brownies en miniatura, la canastilla de trufas y las seis clases de quesos de untar en la inmensa mesa del comedor.

Su único hijo, su Bernardo, le dice «Natalia manda a decir que tienen que volver juntas al sitio ese lejísimos donde venden las cosas de plata», y ella le responde, concentrada en la jarra del agua hirviendo y la caja de tés de todos los sabores, «dile que descubrí un sitio más cerquita». Entonces, frente a la imagen de su banquete, deja la siguiente frase en la mitad («claro que con esta inseguridad...», dice) y se dedica a pensar en un leve dolor de espalda, ese, que casi no la deja moverse, y le explica a Bernardo, antes de colgar, que debe ser porque su cama, con colchón de blanda pluma, mucha seda y mucho holán, no es la adecuada para sus noches de insomnio.

Se despide. Le sugiere a su hijo que no se demore mucho por allá. Le cuenta que toda la tarde han estado diciendo, en las noticias, que lo mejor es no salir de la casa. Se despide de nuevo. Deja el teléfono inalámbrico sobre la mesa y se come una galleta de arequipe. Sólo una. Y entonces se siente mal —se ve en el espejito de la sala, encorvada como un tres, y piensa que quizás las decepciones la han convertido en un ser monstruoso— y acepta que Juana, lejos del mundo y de sus malas influencias, no es del todo una mala persona.

Eso se dice Clara de Molano. Que tiene que hacerse a la idea de ver a Juana Villegas por el resto de su vida. Porque será, no cabe duda, la mamá de sus nietos. Y aparecerá en los álbumes familiares y en los portarretratos de la sala. Sí, así es. Se siente culpable. Desde ahora, lo promete, no volverá a decir nada en contra de Juana. No opinará sobre la vida de su hijo. Y no dará ningún consejo, así se esté mordiendo la lengua, sobre la educación de los niños, la decoración del apartamento y el manejo de las finanzas. No quiere ser una suegra.

Quiere llamarla. Quiere pedirle perdón por haberla llamado al celular. Quiere pedirle que no salga tanto a la calle en tiempos de guerra, cambiarle de tema por completo y convertirla, en el transcurso de la conversación, en la hija que nunca tuvo. Marca el número de su casa, 6171838, y cuando le contesta Patricio Villegas, con quien ha sostenido una incómoda conversación hacia las nueve de la mañana, cuelga el teléfono de un solo golpe.

Él deja las agujas y el tejido sobre la mesita, se dice «estoy mamado de que llamen y cuelguen» y le grita a Samuel, que está encerrado en su habitación con la niñita esa, la frase «otra vez colgaron». Su hijo no le responde ni una palabra. No, ellos ya no responden. Ellos, los jóvenes de hoy, dan un poco de lástima. Ellos se encierran en los cuartos con las novias tardes enteras. Y sólo salen, cuando se les da la gana, a preguntar si vamos a comer lo mismo que comimos al almuerzo. Así son. Nada les gusta. Nada los conmueve.

La niñita esa, ¿Helena?, ¿Verónica?, ¿Silvia?, entró al apartamento con su pelo de niño militar, sus ojeras moradas, su arete en la ceja, y le preguntó, ya en la boca del corredor, como si conociera de memoria el lugar y fuera la guardaespaldas de un mafioso, «¿Samuel está?». Patricio le dijo la verdad y la acompañó hasta la puerta de la habitación de su hijo. Golpearon cada uno una vez y Samuel, despelucado y con *Esperando a Godot* en la mano, les abrió la puerta con los ojos abiertos y un ligero paso atrás.

La niñita cambió de cara. Salvo el arete, piensa Patricio, todo parecía de sus tiempos. Samuel le dio un beso en el cachete, le pasó una mano por la espalda y le pidió que siguiera «a sus aposentos». Desde las tres hasta las cuatro y media de la tarde, mientras él pasaba canales de televisión y pensaba «no entiendo estos programas: estoy muy viejo», se dedicaron a poner discos en el equipo de sonido de la sala y a reírse, uno por uno, de sus conocidos mutuos. Él bajó el volumen del televisor para oír algo de la conversación, sí, pero sólo alcanzó a entender un «es que yo tengo la autoestima de Raskolnikov: me odio» y una extraña historia sobre cómo él, Samuel, haciéndose pasar por mujer en Internet, había conseguido conquistar a un fanático escocés de Frank Zappa para que, muerto de amor, le enviara unos diez conciertos perdidos.

Hace unos minutos decidieron cambiar, juntos, el mensaje del contestador automático de los Villegas. Sobre el simple, discreto, preciso «este es el 6171838: en el momento no estamos», que él, Patricio, grabó una mañana de hace tres o cuatro años, grabaron un irreverente «este es el 6171838: si quiere dejar su razón, es problema suyo» rematado por risas. No, no le molestó del todo. Se sintió, eso sí, a punto de entrar a un ancianato. Buscó en las páginas amarillas residencias para hombres y mujeres de la tercera edad y se le pasó por la cabeza anunciar, esta misma noche, que se iría a vivir a una casa para abuelitos amargados, pero un comercial de televentas sobre Ikebana, «una crema a base de flores de la India capaz de rejuvenecer a un político corrupto», le hizo olvidar todas sus quejas.

Marcó ya el número en la pantalla y le dijo a la operadora «sí, quiero ser joven». Ordenó cremas para todos: para él, para el portero, la administradora, los Ramírez, doña Rebeca, el profesor de tiple Rodolfo Fúquene, y para Juana, su hija, su única amiga en el mundo, que no puede perder esa carita de niña así los científicos norteamericanos descubran, de una vez por todas, que el mundo es el Infierno. Sí, eso hizo. Encargó ocho cremas Ikebana y se sintió mucho mejor.

Colgó el teléfono. Cogió la aguja y el hilo para tejer las mangas del saco. Y unos quince segundos más tarde contestó, como un idiota, la tercera llamada muda del día. Dijo dos veces «¿aló?, ¿a quién necesita?, ¿aló?», le gritó «otra vez colgaron» a la nada y sintió, casi de inmediato, una lástima abstracta por los jóvenes de hoy en día. Pero ya pasó. Ahora, si se lo preguntan, se siente muy bien. Sigue pasando canales de televisión y piensa que si Juana entrara ya por la puerta todo estaría bien. Ve la ventana de blanco y, como un rey aburrido, le pide al mundo que no llueva.

Se pega en la frente porque acaba de acordarse de que debe darle a su hija una noticia. Se levanta, viaja hasta el teléfono, marca el 03310 2363138 —sin esperanzas, sí, porque «no han acabado de inventarse esos aparatos»— y oye su voz, la voz de Juana, que le responde «la pila se va a terminar, papito, estoy frente a la puerta del apartamento de la tía Emma». Él le dice «no, mi niñita, no te llamo a acosarte: es que quería preguntarte si te llamaron a contarte lo de Mónica Sotomayor» y cuando ella está a punto de decirle «sí señor: ¿lo del cumpleaños?», la comunicación se cae como un puente de madera.

Juana mira su teléfono celular. Abre la cremallera de su cartera y lo guarda. Se dice «bueno, ahorita lo llamo desde donde la tía» y vuelve a timbrar. Parece como si adentro no hubiera nadie. El lente de seguridad, bajo el número 202, es un ojo que no parpadea. Ha vuelto a irse la luz, cree, y le agradece a Dios, en chiste, que no la haya atrapado por segunda vez, el mismo día, en un ascensor. Sí, eso agradece. Que se haya ido la luz justo a tiempo. Y que se haya dado cuenta, ahora, de que debe golpear a la puerta.

Golpea tres veces. Y, como no oye ni un paso, llega a imaginarse lo peor. Su tía Emma al fin, a los cincuenta y siete años, ha perdido el control sobre los gramos de cocaína que aspira, los estilizados cachos de marihuana que fuma y los gigantescos vasos de vodka que toma desde las once de la mañana de todos los días. Al fin ha quedado ahí, en el suelo, sobre el tapete rojo de toda la vida. Ni siquiera sus dos divertidos vecinos, la escritora Beatriz Caballero y el cineasta Carlos Mayolo, la han visitado este día. Al fin la han dejado sola toda una tarde y se ha quedado sin ganas de estar viva. Al fin ha tocado fondo. Sí, eso es. Eso piensa Juana. Eso imagina.

Desde que su papá le confesó la verdad («mi niñita», dijo, «tu tía Emma es mitad alcohólica, mitad drogadicta») se ha acercado a ella, a su tía favorita, con cierto temor. Siempre ha fingido, aun frente a las costras de coca que se asoman por la nariz de ella, que no sabe nada. La versión oficial es que no sabe, por ejemplo, que fue la hermanita consentida de Patricio, su papá, y que caminaban juntos por la calle «cuando todavía se conseguían cómics a un peso y a uno lo cuidaba el policía de la esquina».

Se supone que Juana no tiene ni idea de que su papá y su tía no se hablan desde hace más de dos años, cuando él descubrió, sobre la mesita de noche del cuarto de ella, una bandeja de plata llena de coca, y Emma le gritó, en medio de una discusión sin pies ni cabeza, «¿sabe qué?: no me vuelva a hablar en la vida». A partir de ese día —que fue, en verdad, una inabordable tarde de domingo— no volvieron a dirigirse una sola frase. Él le dijo a Juana, en la sala del apartamento, «tu tía Emma murió para mí: acabo de enterrarla», y ella, la tía, llena de deudas e incapaz de descender las escaleras de su altísimo nivel de vida, le envió una carta a su papá ese mismo domingo diciéndole que, si le iba a quitar la palabra, al menos siguiera ayudándola con los quinientos mil pesos de cada mes.

Son las cinco y diez de la tarde. Lleva una hora de retraso. Daría lo mismo si tuviera los ojos cerrados. Sería igual si perdiera el otro lente de contacto. Las rejas del viejo ascensor son el único pliegue en aquel vacío. Y ella, Juana, moriría ya, ahí mismo, sin problema, si después su papá no fuera a sentirse culpable, su hermano no terminara convertido en otro poeta maldito y su novio no se viera en la penosa tarea de replantear su rutina. Quiere irse del mundo, sí, pero lo hace poco a poco, en puntillas, para no despertar a sus seres queridos.

Golpea la puerta con la moneda de 200 que le queda. Cree oír una voz, un fantasma, una pregunta, pero descubre a tiempo que ha sido el roce de la cartera con su brazo. Los largos pasos sobre el piso de madera, que suenan como hojas de papel que se rompen por la mitad, son la prueba irrefutable de que está muerta del miedo. En una hora y unos minutos volverá al consultorio del doctor Antonio Uricoechea, en la carrera 13 # 94-46, oficina 414, y le dará quinientos mil pesos por ayudarle a interrumpir su embarazo.

Sí, éste es su miedo. Su miedo a decirle a Rodrigo, cuando baje, «dígame la verdad: ¿usted va a tener hijos con Sofía?». Su temor a confesarle «yo creo que ese día voy a morirme», su pánico ante la posible visita a su apartamento de casado y su horror a cederle, enamorada, los derechos de todos los gestos de su cuerpo. No, no debieron hablar de ese mes ni de ese día. Debieron quedarse callados. Porque, para decir verdad, ahora sería capaz de darle un beso. Golpea la puerta de nuevo y se da cuenta de que está a punto de bajar la guardia. El tipo tiene esposa, sí, pero ella lo vio primero.

Hay paredes y puertas en ese espacio vacío pero a ella le da lo mismo. En este momento, como en todos los momentos de su vida, sólo hay una persona en el mundo, ésta, porque el mundo es una sola persona, se sabe, y lo hemos llenado de espejos y de espejos —uno frente al otro, uno contra el otro, uno en torno al otro— para creer que somos 6.300 millones de personas. Sí, así es. Su hija no puede nacer porque, en el fondo, es ella misma. Y ella no se ha vuelto loca, a pesar de llevar tantas voces por dentro, porque siempre hay una escena que la salva.

Una como ésta: un hombre con acento caleño pregunta «¿quién es?» desde el otro lado de la puerta, ella responde «es Juana, Juana Villegas, la sobrina de Emma» y ambos permanecen en silencio.

CUATRO

16

Ocurre en una foto. Juana tiene cuatro años, mide un metro y ocho centímetros y pesa diecinueve kilogramos. Está parada, al pie de las olas, en la playa blanca de Cartagena. Tiene una camiseta amarilla, un overol escocés y un pie descalzo. Lleva el pelo muy corto, como el de un niño, y aprieta los ojos y junta las cejas porque el viento le echa la arena por toda la cara. Preferiría estar en otra parte.

La foto, tomada en las vacaciones de diciembre de 1974, está sobre una mesa en la entrada del apartamento de la tía Emma. No se ha movido de ahí, ni un solo milímetro, desde hace veinticinco años. La vida de la tía se quedó atrás, en esos tiempos, cuando podía ser grosera con su mamá («mamá: no seas tan hijueputa», le decía) y aprovechaba las debilidades de su papá, el amor ciego que él le demostraba cada día, para salir con hombres casados, jugar a ser una pintora irresponsable y no pensar en el futuro.

Por ahí, por esa puerta, ha salido y ha entrado la tía Emma desde cuando cumplió los tres años. Siempre fue maleducada, caprichosa, consentida. Estudió en cinco colegios de Bogotá y se graduó «del peorcito» en 1963. Hizo un semestre de medicina, uno de arquitectura y otro de filosofía y letras en la Universidad Nacional de Colombia, y después, cuando sus padres la vieron convertida en algo así como una comunista, y no soportaron más que llevara a esos mechudos a la finca, y que les invadieran la piscina para discutir sobre religiones, opios y pueblos, se fue a vivir al apartamento de un primo hermano, Mateo Vegalara, en Albertplatz, en el octavo distrito de Viena.

Volvió a Bogotá, con un título en arte dramático, en 1972. Y desde el día de su regreso, cuando volvió a acostarse en su cama de toda la vida, negó, por todos los medios, que hubiera quedado embarazada de su primo («ay, mamá: ¿tú crees que yo iba a tener a un mongólico austriaco con un primo marica?», fue su primera reacción) y sobre todo que, como dijeron las malas lenguas, le hubiera entregado el bebé en adopción a una pareja de ancianos solitarios, vouyeristas y tísicos, Rüdiger y Edda Hitz, que fueron sus vecinos durante todos esos años.

Sus padres murieron diez años después. Casi al mismo tiempo. Y ella se quedó sola en el apartamento, en el 202 de la carrera 2A # 25A-38, hasta hoy, 11 de febrero de este año, cuando sale en toalla hasta la entrada y pregunta, a la nada, como si todavía tuviera tres muchachas del servicio, «¿quién golpea a estas horas de la tarde?». Juana le responde «yo, tía» y el señor que ha abierto la puerta, su vecino, el señor caleño Carlos Mayolo, célebre director de cine, agrega «sólo hace falta mi tía Francia para que seamos dos sobrinos».

—Seguí que estamos tomando el té —dice Mayolo—. ¿Cómo has estado?

—Bien, sí señor, un poquito de afán —responde Juana.

—Del afán no queda sino el cansancio —le dice él—, y yo, por lo menos, vivo cansado. Antes de nacer, ya estaba aburrido.

—¿Quieres tomarte un vino? —pregunta la tía Emma.

—No, tía, gracias —le dice Juana—, tengo una cita médica a las seis y media de la tarde. El taxi me está esperando abajo.

La tía Emma, en toalla, con el pelo lluvioso y gotas de agua sobre los hombros, se sirve un gigantesco vaso de vodka. Mayolo se ríe, resopla y le quita la botella para servirse, él mismo, «otro vasito». La señora Beatriz Caballero, bogotana, famosa escritora, vecina de los Villegas desde siempre, se asoma a la sala con la pregunta «¿llegaron refuerzos?» y da un gritico de emoción cuando ve «a la sobrina de Emma». Y Juana, que sonríe porque esos tres personajes están todos los días juntos, como una familia de verdad, porque parecen tres niños de nueve años, piensa que es fácil tenerles cariño. La miran, los tres, como si hoy fuera su cumpleaños.

—Tengo que regañarla a usted —dice, sin preámbulos, la señora Caballero—. Habíamos quedado en que me llamaba para tomar onces y nunca apareció. Ese es su único defecto: que se hace todo el tiempo la pendeja.

—Así son las escritoras. *Le écrivain c'est le acteur sans la figure* —declara Mayolo con ojos de niño atrapado en la mentira—. Además, Beatriz pelea porque no sabe que sólo se pueden tomar onces el 11 de febrero porque febrero es el segundo mes del año y uno más uno da dos.

—Ay, no empiece con sus bobadas, Mayolo —dice la señora Caballero: le dice, en realidad, «usted me hace feliz de vez en cuando»—. Parece un chino chiquito y qué va a decir la visita.

—Quedate un rato, Juanita —dice Mayolo—, decile a tu reloj que se devuelva un poco, ¿no vino con esa opción? Ahora vienen con todo. Ahora podés llegar a tiempo a todas partes.

—No, si es que ella no se va a ir así, ¿no?, ni más faltaba —alega la señora Caballero—, como una ratita afanosa.

—Parecés una bandeja de teteras, Juanita —dice Mayolo muerto de la risa—. No te podés ir así: tenés que celebrar el 11 de febrero con nosotros.

—¿Van a celebrar el 11 de febrero? —pregunta Juana, incómoda, entre la espada y la pared. Y ahora ve, claro, en la mesa del comedor de sus abuelos, las tortas, el pan, las galletas y las doce botellas de vino, cubiertas de polvo, que han puesto frente a cada una de las sillas y junto a las cucharitas de plata y las servilletas de tela—. ¿Y quiénes más vienen?

—Sólo somos los tres —le explica la tía Emma—. Celebramos todos los días desde la cinco de la tarde.

—Ponemos todos los puestos de la mesa por si aparece alguien, como usted ahorita —dice la señora Caballero—, para que no nos toque ir a la cocina por más tazas. Cuando uno se sienta a tomar onces es jartísimo pararse.

—Y no sólo es eso —dice el señor Mayolo cansado, risueño, como si acabara de correr los cien metros con gripa—. Es que como a ninguno de los tres nos gusta nada el caldo, a cada uno nos tocan tres tazas.

—Pero, ¿todos los días hacen lo mismo?

—Es que todos los días son iguales, Juanita —le responde la tía Emma—, todos los días son idénticos.

Y sí, puede ser cierto. Y claro, Juana se alegra porque su tía no se levanta a las cinco de la mañana sólo a recordar. Pero no parece saludable, cuando uno se acerca a los sesenta años, vivir encerrado y dedicarse a las celebraciones con vino y con galletas. No, suena más bien peligroso. «Pero bueno», se dice, «no es mi problema». Su madre le enseñó esa frase desde que cumplió los cinco años. Ella debe limitarse a sacar el cheque por quinientos mil pesos de su cartera, a oír que la tía dice «voy a cambiarme de toalla» y a responderles «el 2 de febrero» a Mayolo y a la señora Caballero, ahora sentados a la mesa con servilletas en los cuellos de sus camisas, cuando le preguntan cuál es el día de su cumpleaños.

La tía vuelve, con un libro en la mano y una toalla seca alrededor de su cuerpo, porque «cómo te parece que descubrí que es la vestimenta más cómoda», justo cuando ella, Juana, confiesa que nació en 1973 y tiene veintinueve años. La tía Emma, experta en grafología, astrología, quiromancia, numerología, tarot, se dice «2 de febrero de 1973» y concluye, después de unos perturbadores segundos de silencio, «dos más dos, más uno, más nueve, más siete, más tres, es igual a veinticuatro, y dos más cuatro da seis, Juanita. El número de tu vida es el seis: seguro que eres seis en el eneagrama».

—Sí, eso me dijeron esta mañana —responde Juana.

—Y el número de la suerte de todas las Juanas del mundo —dice la tía mientras busca en las páginas del libro— es, según este librito, que estos dos locos me trajeron anoche, el número once. «El número once», dice, «señala una personalidad sugerente y controvertida: estas personas tienden al alejamiento y a la elevación por encima de los demás. Tienen un alto poder intelectual. Tienden a subirse a un pedestal para ayudar a los demás y a orientarse, inconscientemente, hacia lo místico». Qué tal, ¿bien?, ¿salió bien?

Juana respira hondo. Asiente para no alargar la conversación. Así que porque es acuario en el horóscopo debe ser «impredecible, excéntrica, errática», porque es seis en el eneagrama debe ser «escéptica, creyente, temerosa», porque su mano está plagada de rayas debe ser «nerviosa, incondicional, compleja», porque en su firma la «jota» de Juana es la letra más alta debe ser una mujer en tránsito a definir su identidad, y porque nació el 2 de febrero debe ser «solitaria, reservada, desapasionada». Así que, si uno lo intenta, puede ser como ella. Así que cualquiera puede ser Juana Villegas.

Le entrega el cheque a su tía y le dice «esas cosas esotéricas parecen recetas» antes de comenzar a despedirse de los dos invitados. Observa con cuidado las miniaturas —búhos, iglesias, matrioskas— sobre los escaparates de madera y piensa «imposible que yo no sea única». Recibe las críticas y las quejas de la señora Caballero («yo no sé qué va a hacer usted para que volvamos a quererla», le dice) y los sabios consejos de los ojos gigantes del señor Mayolo («te digo lo mismo que me dijo mi mamá: escribe a máquina, aprende inglés y sé miembro del Automóvil Club») y le da un beso a su tía, sólo uno, en la frente. «El taxi está esperándome en la puerta», repite.

La tía Emma dice «mándale saludes a tu hermanito» y le abre la puerta. La señora Caballero sonríe, como una caricatura de sí misma, y le dice «no se pierda tanto, Juanita». Mayolo se ríe, le recuerda su parecido a la protagonista de *María Cristina me quiere gobernar* («ya sé a quién te parecés vos», exclama), se peina los treinta y cinco pelos que le quedan y da una pequeña venia de despedida. Y ella, Juana Villegas, la mujer indescifrable, les manda a los tres, por el aire, un beso de estrella de cine.

Sí, los quiere. Sabe que su papá los detesta pero no puede evitarlo: su tía Emma y sus dos mejores amigos, Carlos y Beatriz, parecen un espectáculo de circo. Siempre que aparece algún personaje nuevo en las salas de sus casas se transforman, de improviso, en un experimentado equipo de comediantes, y se burlan, el uno de los otros, con ironías, ojos en blanco y frases a destiempo. Sí, así es. Los quiere de verdad. Creen que ella es una niña del norte, ingenua, sin problemas, y todo el tiempo tratan de escandalizarla. No se imaginan —jamás podrán hacerlo— que está embarazada de Bernardo Molano. Y, mucho menos, que está convencida de que no quiere tenerlo.

Su tía Emma toma un sorbo de vodka y, bajo el marco de la puerta, le aconseja que no baje por el ascensor «porque la luz se ha estado yendo todo el día». Juana se despide de ella de nuevo («yo te llamo mañana para ver cuándo vengo a visitarte», le dice) y baja por las escaleras entapetadas con la sensación de que la hermana de su papá, forrada en una toalla seca, como un filet mignon de la tercera edad, no le quita la mirada de encima.

Ahora está en la fría recepción del pequeño edificio y desde ahí, desde el último escalón que pisa, y a través de las ramas de bronce de la puerta de vidrio, ve a Rodrigo Sánchez, el verdadero hombre de su vida, sentado en el asiento trasero del taxi que los recogió frente a la biblioteca. Son las cinco y veintisiete de la tarde, las sombras se han tomado los bordes del cielo y él, como un monje budista, logra abstraer el mundo, sus pitos, sus frenazos, para concentrarse en la lectura de las cajas de las películas de dudosa procedencia que ha comprado hace unas horas.

El portero le abre la inmensa puerta de salida, el taxista la ayuda con la de entrada y Juana, sin palabras, con la mirada sobre la boca de Rodrigo, se rinde ante lo que vaya a pasarle en la próxima hora. Dice «bueno, vamos a su casa» y, mientras el taxista prende el motor con las palabras mágicas («vamos a ver cómo nos va», declara) y al tiempo que sobre el tablero del carro danza la cabeza al aire de un horrible perrito de juguete, pasa la palma de su mano sobre la cara de Rodrigo. Él cierra los ojos y le da un beso en los dedos.

Ese momento se irá. No quedará ni una foto de esa conversación secreta. Se dirán, de nuevo, lo mucho que se necesitan. Regresarán, como camicaces adultos, a los temas prohibidos. Él le dirá, con sinónimos y frases en clave, que se acuerda del color de su piel, del tamaño de sus hombros, de sus pecas censurables, y ella, encantada por sus palabras más o menos pudorosas y consciente de lo que puede estar proponiéndole, se pondrá a pensar en la fotografía que su tía Emma mantiene sobre el mueble de la entrada.

Ella es esa niña, se dirá. Esa niña de cuatro años. El mar está ahí, a unos dos pasos de la playa, y jamás tocará sus pies en esa foto. El pelo de niño se va y se queda al mismo tiempo, el overol escocés está a punto de desabotonarse y los ojos parecen bravos con la brisa. Como ahora, en este momento, cuando le pide a Rodrigo que baje la ventana. Como ahora, en este minuto, cuando lamenta no llevar una cámara a todos lados.

Porque los días fotografiados, se sabe, son los únicos que no nos pesan, los únicos que no sumamos en el cuerpo. Y Juana siempre ha querido medir un metro y ocho centímetros y pesar diecinueve kilogramos para que el viento pase y se la lleve. «Mierda: no llamé a mi papá desde donde la tía», se dice.

17

Los carros están por todas partes. La luz ha dado algunos pasos atrás. El único color que queda, sobre el humo de los exhostos, es el rojo. Sí, el camino hacia el apartamento de Rodrigo Sánchez es una interminable fila de círculos rojos. El frío es ahora un escenario y todos tratan de escapar de ahí. Faltan veinticinco minutos para las seis de la tarde, acaban de pasar por la esquina de la calle 63 con carrera 7ª y Juana, que trata de borrar del todo la dirección que se anotó sobre la mano, se ha quedado sin temas de conversación.

—¿Qué leía? —le pregunta a Rodrigo—, ¿qué estaba leyendo?

—Las cajas de las películas —dice él—: son para morirse de la risa.

—¿Por qué?, ¿son malísimas?

—Pésimas —dice él mientras saca una, la de *Mullholand Drive*, de la reprobable bolsa negra—. Oiga ésta: «Un extraño fenómeno psíquico, donde David Linch», con «i» normal, «ha estrellado a una artista de Hollywood cuando se encontraba en un schock», con «ese» y «ce», «producido por las decepciones, en una limosina, y es poseída por una estrella latina y conocida por una joven aspirante a la gloria del cine, pero los hechos son tan confusos que nadie cree». Y sigue: «solo el mismo sabe cual es el sufrimiento», sin ninguna tilde, «y sólo tiene que luchar para liberarse».

—No se entiende nada —dice ella riéndose—: ¿de dónde sacan esas vainas?

—Ni idea, pero yo creo que compro estas películas sólo por leerlas.

—Esa está buenísima —reconoce ella.

Y él, entonces, cambia de tema. Le pide a Juana un poquito de Binaca y le pregunta si se acuerda de esa carta que él le escribió alguna vez, durante el mes de su romance, en la que le decía cómo iban a ser sus vidas desde ese día hasta el último y se imaginaba a los dos, viejitos frente al televisor del domingo, diciéndose «ya no hacen películas como las de antes» y trayéndose té y cobijas y cajas de kleenex para olvidar que sus hijos se han ido a pasar el fin de semana en una finca y no tener que levantarse más durante el resto de la tarde. Ella le dice que sí, que sí se acuerda, pero no logra compartir del todo la nostalgia.

La cita de las seis y media de la tarde está en su estómago, en los músculos de sus tobillos, en un minúsculo dolor en su rodilla derecha. Sí, Rodrigo habla y ella le pone atención a su monólogo, pero está condenada por el afán de sus nervios a oír apenas unas frases. Él, interpretándose a él mismo, regresa al tema del eneagrama («le va a encantar el libro», dice), se compromete a acompañarla a la velación de su homónima como si no le hubiera oído mil veces que no quiere ir y le demuestra que la infidelidad no existe «porque, después de todo, ¿no estamos solos?, ¿no nos pertenecemos sólo a nosotros mismos?, ¿no podemos querer a dos personas al mismo tiempo?».

Ella no contesta ninguna de sus preguntas. Recuerda, porque ve a una abuelita y a su nieta haciendo lo mismo, que cuando era chiquita jugaba con su mamá a caminar con los mismos pasos, los mismos pies y al mismo tiempo («izquierda derecha izquierda, izquierda derecha izquierda», repetían) por las aceras del barrio. Y va a decirlo, «mire: mi mamá y yo jugábamos a eso», pero, ante la cara de preocupación de Rodrigo, que acaba de autorizarse a sí mismo para ser infiel, prefiere decir «oiga: tengo que contarle una cosa terrible».

Él abre los ojos y levanta las dos manos como diciéndole «estoy listo: usted sabe que puede contarme lo que quiera» y ella empuja la nariz hacia delante para que caiga en cuenta de que las cosas verdaderamente importantes no pueden decirse enfrente de extraños tan extraños como el taxista. Rodrigo no soporta la intriga y le sugiere que se lo diga «aquí pasito» y Juana, con los hombros de piedra, está a punto de dejarse ir cuando el conductor prende la radio y de los parlantes, a todo volumen, se oye una canción pegajosa y tóxica que tiene que llamarse «El baile del boxeo».

—¿Ha oído esta vaina? —le pregunta Rodrigo—: los tipos y las viejas la bailan como si estuvieran en una pelea de boxeo y se lanzan *jabs* y *uppercuts* falsos muertos de la risa y se protegen y dan pasitos atrás. Es la cosa más plebe del mundo. Espérese, espérese: oiga el final.

Las coristas gritan «*knock, knock, knock:* ¡*knock out!*» y recobran la energía a carcajadas. Y el taxista, que conservaba su discreto perfil, baja un poco el volumen de la radio para decirle a la operadora, sentada en la central de comunicaciones, a través de su pequeño radioteléfono, «señorita Estela, ¿será que ahora sí podemos hablar?, cambio» y ella, la señorita operadora, le responde «usted y yo no tenemos nada que decirnos, 341, yo creo que todo queda dicho, cambio». Rodrigo apoya la frente sobre los cinco dedos de la mano izquierda. Juana tampoco puede creerlo: le pega un codazo de mentiras.

Mientras unos diez taxistas bogotanos se burlan de la escena, desde todas las esquinas de la ciudad («alquilen pieza, cambio», dice uno), Juana alcanza a advertirle a su Rodrigo, en voz baja y pegada al oído, «toca decirle al 341 que baje por la 94 porque la 100 a esta hora es insoportable». Rodrigo aprieta los labios, asiente e, inclinándose un poco, le transmite el consejo al conductor. El chofer espanta su voz con una mano, le dice «sí señor: yo sé» y trata de hablar, otra vez, con la operadora.

El carro se detiene en el semáforo de la calle 94 con carrera 7ª. Rodrigo levanta las cejas como si fuera el hijo del dueño de la empresa de taxis y dice un irónico «discúlpeme» que sólo Juana alcanza a oír. Ella, como siempre, trata de calmar los ánimos y recuerda en voz alta que «hoy cumple treinta años Mónica Sotomayor y parece que invitó a todas las del curso a la casa».

—¿Y el papá sexólogo? —pregunta Rodrigo—, ¿no tenía un papá sexólogo?

—Sí, Bernabé —responde Juana—, parece que se volvió senil rapidísimo.

—Pero ¿ese es el mismo que prácticamente violaba a las viejas cuando las saludaba?, el que se le pegaba a usted hasta la nariz y la abrazaba y le decía «hola, mi amor, cómo estás de linda» con las babas en la barbilla, ¿no es ese mismo?

—Sí, ese, pero lo hace de tierno —piensa Juana y, como si buscara otro ejemplo de la cordura del señor, recuerda—: Mónica nos contaba que todos andaban empelotos por la casa porque, como Bernabé es sexólogo y vive al día en todas las teorías, les enseñaba a no tenerles miedo a sus cuerpos. No les daba pena nada.

—¿Me está diciendo eso en serio? —pregunta Rodrigo—. ¿Y qué hacía el señor cuando daban *Guardianes de la bahía*?, ¿ah?, ¿comían empelotos?

—Yo no sé —le dice Juana—, yo sólo sé lo que contaba Mónica. Que andaban empelotos, los papás, ella y el hermanito, por toda la casa. Yo ya le había contado esto, ¿no? Creo que Jimena intentó hacer lo mismo, trató de andar empelota por la casa, pero la cosa salió horrible y el papá terminó yendo al psiquiatra. Creo: ahora no es que vaya salir a contarle a todo el mundo.

—En todo caso qué mamera de plan —opina Rodrigo—. Mónica Sotomayor es culísima: me emputa que siempre que uno está hablando mal de alguien le encuentra las cosas positivas. Uno dice «es que ese tipo es un güevón» y ella responde «sí, pero es que le ha tocado muy duro en la vida».

—No, pero es querida. A mí me parece querida.

—Ay, yo no sé: es toda echada para adelante, toda vaciada, toda lambona. Se la pasa vendiendo cajitas traídas de Perú o organizando ventas de brownies que quiebran a los tres meses. ¿Qué tal las clases de kick boxing? ¿Qué tal la obsesión con lo del feng shui? ¿Qué tal la tesis? Estudió sicología, ¿cierto? Sobre los hombres pasivos y los hombres activos, ¿no era?, ¿esa no era la tesis?

—No, no era —dice Juana haciéndose la que defiende por todos los medios a una amiga—. Era sobre los hombres deductivos y los hombres inductivos. Los deductivos sólo quieren sexo: quieren salir. Los inductivos, en el fondo, buscan amor: quieren entrar. Sí suena culísimo, ¿no?

—No, pero no —la imita Rodrigo—, «es querida: a mí me parece querida».

El taxi consigue bajar por la empinada calle 94. Gira en la esquina de la sinagoga, y avanza, entre los cráteres de la vía, hasta una casa abandonada. Las ramas de los árboles cubren las luces de los postes y sólo las ventanas de los apartamentos más altos, con sus bombillos de noche, parecen abrirle el paso al conductor. La operadora, en la central de comunicaciones, ha sido remplazada por un hombre, y el taxista, devastado, se ha quedado sin ganas de hacer los cambios de velocidad.

—¿De qué película es esto? —pregunta Rodrigo—: «vaya, vaya: parece que va a llover». ¿Ah? «Vaya, vaya: parece que va a llover».

Juana confiesa que no tiene ni idea. Y él, que no debería saberlo porque no resulta varonil ni atractivo, confiesa que es una de las escenas más famosas de *Winnie the Pooh*. Faltan cinco minutos para las seis de la tarde: el carro da una vuelta más, por la carrera 8ª, y se dirige al edificio de sus sueños, el edificio Decco, en la carrera 9ª # 95-60. Rodrigo saca la billetera del bolsillo de atrás de sus jeans, prepara un billete de diez mil pesos y toma a Juana del brazo para que no se le ocurra pagar el viaje. Cuando llegan frente a la fachada a oscuras los dos, en coro, dicen «aquí, señor, muchas gracias» y él le entrega al taxista el billete.

Se bajan del taxi. No aceptan las vueltas. Desde el garaje de una casa, a media cuadra, se oyen las guitarras, la batería y las voces de un grupo que ensaya una canción de Bob Dylan. El cantante de la banda improvisada imita la voz carrasposa y la displicencia de Dylan y emite un conmovedor «*I got my back to the sun 'cause the light is too intense*» y un cansado «*I can see what everybody in the world is up against*» que hacen sonreír a Juana.

Si no fuera por Rodrigo, no sabría a quién están imitando en aquel garaje. Él le ha enseñado muchas cosas. Es por eso, cree, por lo que jamás pudieron ser novios. Porque él se le escapaba de las manos. Y se veía tan solitario, tan distante de la realidad, que estar con él era, necesariamente, encerrarse. ¿Quién en el mundo sabe quién es Bob Dylan?, ¿no hay que estar muy lejos de todo para entender por qué vale la pena oír a un tipo que canta como si todo le tuviera sin cuidado?, ¿vivir junto a su tristeza, en un mundo que busca divertirse, no es una dolorosa vocación?

—¿Qué era lo que quería decirme? —pregunta mientras sube por la escaleras del edificio en donde vive—, ¿está preocupada por algo?

Ella lo abraza. El grupo de rock se enloquece por completo y parece anunciar, con la caída de las guitarras, con los pasos de la batería, el clímax de la historia. Rodrigo huele bien, a él mismo, y le dice «la quiero mucho» un par de veces mientras trata de darle un beso en la mejilla, y ella, con un ojo cerrado y los bajos y la percusión en las plantas de los pies, le responde «yo creo que sigo enamorada de usted» para volver, de una vez por todas, al punto de partida. Quizás alguien los esté viendo. Quizás mañana le cuenten a Bernardo o a Sofía que los vieron abrazarse. Pero ellos dos, en este momento, no tienen nada que ocultar. Es sólo lo que sienten.

Rodrigo le ayuda a Juana con la cartera. Saludan al portero y piden el ascensor. Y veinte segundos después, cuando entran los dos solos en el aparato, vuelven a abrazarse. Se dan besos en la mejilla y se acercan, poco a poco, a la boca. Ella lo empuja con decencia cuando están a punto de perder el control de sus actos y le dice «no me acordaba de este detalle». Él sonríe y responde «dígame qué hago:

usted siempre me ha enloquecido en los ascensores». Y el ascensor llega justo a tiempo a su destino.

Y sí, ha quedado claro: ese mes, cuando vivieron el amor de sus vidas, no fue un espejismo. Si él le tocara la cara regresarían en el tiempo. La mano derecha le tiembla y no consigue abrir la puerta con la llave, como siempre, en el primer intento. Juana querría decirle «estoy esperando un hijo de Bernardo», como si después pudieran irse a comerciales, pero en su reloj son las seis de la tarde y media hora, cree, no es suficiente para convencer a su Rodrigo de que lo deje todo por ella y comiencen, juntos, una familia.

Querría darle un beso en los párpados cerrados para que se sintiera en paz, como lo hacía cuando estaban juntos, pero la imagen de este apartamento, con aquella pared de ladrillos y esa lámpara de madera frente a la gigantesca biblioteca, la deja sin palabras, sin actos, sin ideas. Ha cometido un error, lo sabe. Y es increíble, se dice, que haya esperado hasta ahora para darse cuenta. No, no se entiende a sí misma. Sabe que está, por fin, en el apartamento de Rodrigo. Y que las luces de la sala están prendidas. Pero ahora, cree, es más que suficiente.

18

Es sólo un apartamento. Tiene cuadros colgados en las paredes, vasijas de barro sobre mesitas de madera y ventanas abiertas a la calle, como cualquier apartamento del sector, pero Juana Villegas siente, mientras lo conoce, que ha entrado en el museo de todos sus errores. Son sus propias palabras: «Es el museo de todos mis errores», se dice. Las fotos del matrimonio, la cafetera eléctrica, los ceniceros traídos de Barcelona: todos los objetos la señalan, dan un paso atrás y le recuerdan que no es la esposa de Rodrigo.

Son las seis y cinco de la tarde. Ven la cocina, los baños y la habitación del televisor. Juana, que siente que el aire se le queda alrededor del corazón, se tapa los ojos con las dos manos porque ya no soporta ver sin un lente de contacto y porque en menos de media hora estará, sola, en el consultorio de Antonio Uricoechea. ¿Qué creía? ¿Que, gracias a los besos de Rodrigo, se le iba a pasar la hora de la cita? ¿Que iba a entender, en su abrazo, que abortar no iba a salvarla? ¿Pensaba que iba a convencerlo, en menos de diez horas, de ser el papá adoptivo de su hija? No, no puede entenderse a ella misma. Simplemente, no puede.

Tiene ganas de vomitar. Rodrigo prende el televisor, la invita a sentarse en el mismo sofá que tantas veces convirtieron en cama y le pregunta si puede hacer algo por ella. Juana le pide algo de tomar. Se queda mirándolo, a punto de llorar, sin poderle confesar en quién se ha convertido. Ahí está él, preocupado, con sus zapatos apaches desamarrados, su escritorio lleno de papelitos amarillos («escribir artículo sobre las fobias», dice uno que ha pegado en la pantalla del computador) y su larga lista de complejos de culpa.

Sí, lo quiere, pero ya no lo conoce. ¿Todavía se come el almuerzo sin mezclar la carne con la ensalada?, ¿sigue tocando piano a escondidas de todo el mundo?, ¿dejó de dibujar círculos y flores en papelitos blancos mientras habla por teléfono?, ¿aún subraya los libros con esfero rojo y los califica de uno a cinco?, ¿habla dormido, se pone rojo cuando le piden que cante una canción, carraspea cada vez que hace un comentario inteligente?, ¿se pone siempre el mismo saco azul oscuro?

Lo único que podría asegurar, en este preciso momento, es que no ha superado su neurosis más famosa: hasta hoy, lunes 11 de febrero de este año, Rodrigo no soporta que titilen los relojes de los aparatos. Le dice a Juana «qué desespero la vaina de la luz», detiene la intermitencia de los números verdes del equipo de sonido, apoya las manos en el aire porque necesita acordarse de qué iba a hacer y, desacostumbrado a las visitas femeninas, pasa una mano sobre la cara de ella antes de decirle «pobrecita: está toda pálida».

Por primera vez, en toda la tarde, Juana se da cuenta de que Rodrigo lleva una pequeña argolla de oro en el dedo anular de la mano derecha. Él le dice «¿Coca-Cola dietética está bien?» y ella sonríe, le responde «bueno: acá lo espero» y, con todo el peso del mundo en la frente, trata de recordar en qué estaba pensando antes de sentarse en el sofá. Deja la cartera al lado de sus pies, se quita la chaqueta de jean y la pone sobre sus piernas. Y desde ahí, sin moverse ni un solo centímetro, ve la colección de películas piratas exhibida en una biblioteca modular y una foto de Sofía, la esposa de Rodrigo, en un portarretratos de cartón, y entonces entiende que está invadiendo un país, con su clima, sus leyes y sus costumbres, y que no tiene ningún derecho a confesárselo a su gran amigo de los tiempos de universidad. Podría llorar ahí, de una vez, pero lo contiene todo en los pulmones.

Quiere salir de ahí. Los dos, cada uno por su lado, han cometido el mismo error. La nostalgia los ha vuelto ciegos, y ni siquiera así, ni siquiera poniendo en escena todo lo que recordaban de ellos mismos, han conseguido abstraer los hechos de sus vidas. Rodrigo le ha dicho «yo a usted la quiero mucho» un par de veces, pero Juana sabe que no lo ha hecho por él sino por ella. Durante ese mes, el mes que siempre han recordado, él nunca fue capaz de reconocerle lo que sentía. Jamás le dijo «Juana: yo estoy enamorado de usted». Hoy, en cambio, ha reconocido que la quiere. Es una prueba de que ha dejado de quererla.

Se quita el otro lente de contacto porque no resiste el mareo, lo envuelve en un kleenex y lo guarda en la cartera. Necesita respirar. Necesita salir de ahí. No quiere que Sofía piense mal de ella. No quiere que los encuentre solos viendo televisión. Se tomará el vaso de Coca-Cola dietética, le dirá a Rodrigo «gracias por todo» y se irá, sola, hasta el consultorio del doctor. Sí, todavía está a tiempo. No tiene por qué ceder a su propia confusión. Le pedirá que le muestre el resto del apartamento y saldrá, con la frente en alto, hasta la calle.

—Le traje sólo un vasito —dice Rodrigo.

—Gracias —responde Juana—, no creo que alcance a tomar más.

—¿Cómo así «alcance»?, ¿me está sacando del plan?

—Es que ¿para qué me va a acompañar a una cita médica? Más bien yo vuelvo más tarde o nos hablamos mañana.

—¿Y el libro? —dice él mientras lo saca de un armario y se lo deja sobre las piernas—, ¿no habíamos quedado que leíamos el libro?

—Habíamos quedado que me lo prestaba —dice ella—. Además, ¿qué más hay que saber? ¿No me dijo que soy seis en el eneagrama? Necesito seguridad, soy leal con mis amigos y vivo muerta de miedo, ¿no es eso? Más bien muéstreme todo el apartamento. Está divino, Rodri, de verdad. La terracita me encanta.

Juana se termina la Coca-Cola dietética, se levanta del sofá y deja el vaso sobre la biblioteca. Le dice a Rodrigo «muéstreme su cuarto» —porque en el fondo quiere castigarse un poco y sentirse más sola en el mundo— y le da un beso cerca de la boca para demostrarle, como si fuera una heroína de telenovela, que jamás dejará de quererlo. Él, con la voz temblorosa, empeñado en demostrarle que no es un adúltero infame sino un hombre que no cree en negarse lo que siente, le confiesa que «por esto no la había llamado nunca: porque tiendo a enamorarme».

Ella no quiere oír esa frase. No, ya no. Lo coge de la mano. Y lo guía, por su propio apartamento, hasta la habitación principal. Las posibilidades giran como en una máquina de *jackpot* hasta que él, Rodrigo, prende la luz de su cuarto con la mano que Juana no sostiene, y la imagen de Sofía, dormida como un ángel de diez años sobre el cubrelecho de la inmensa cama doble, los obliga a abrir los dedos y a mirarse a la cara como si fueran las dos peores personas del mundo.

Son dos, tres, cuatro segundos iguales: Sofía trata de abrir los ojos y los puños, como una recién nacida, y no sabe muy bien dónde se encuentra. Se tapa con una copia de la cobija de toda la vida, la misma que usaba Juana cuando trataba de superar sus depresiones, y vuelve a sonreír y a respirar en paz como si hubiera regresado al mismo escenario, al mismo diálogo del mismo sueño. Sí, esa es, esa es la esposa de Rodrigo. Lo primero que uno piensa cuando la ve es que no tiene la culpa de nada.

Sofía abre los ojos y Juana da un paso atrás para salir de la habitación. Rodrigo va hasta la cama, se sienta al lado de su esposa, le da un par de besos en la frente para decirle que ya está en la casa. Le dice «estoy con Juana Villegas, despiértate para que la conozcas» y se deja abrazar, sin mirar atrás pero con la seguridad de que desde atrás lo miran, como si aceptara la incómoda felicidad de su destino.

Juana no sabe qué hacer. Se pone a mirar las fotografías colgadas en el corredor —Rodrigo y Sofía en la iglesia del Gimnasio Moderno, frente al Museo de la Revolución en Cuba, en el parque Gaudí en Barcelona—, pero no logra concentrarse en las imágenes porque recuerda que no tiene puesta la chaqueta y le da vergüenza que Sofía la conozca con un saco pegado al cuerpo. Regresa al cuarto del televisor, se arregla un poco y saca el Chapstick de su cartera para no parecer una bruja con los labios secos. Son las seis y diez de la tarde. Preferiría estar en otra parte.

Sofía entra, sola, en la habitación. Ahí, con la luz de un bombillo alrededor de su cabeza y un chal de ancianita sobre los hombros, parece la primavera que pintó Sandro Botticelli. Le dice «¿no te estás muriendo del frío?» y le pregunta si quiere tomarse un té con ella. Juana se rasca la nariz con el dorso de la mano, le da las gracias por el ofrecimiento y le cuenta, como si fueran las mejores amigas, que no puede aceptarlo porque tiene una cita médica a las seis y media de la tarde. «Nos demoramos mucho en todas las vueltas», dice.

Rodrigo aparece a tiempo para explicarle a Sofía qué hicieron desde la una hasta las seis. Le cuenta que comió cochinillo asado, que fueron a San Andresito y encontraron «unas películas buenísimas», que sobrevivieron a dos taxistas enloquecidos por la marea de los carros y que fueron juntos a «la insoportable instalación» que están montando en la biblioteca Luis Ángel Arango. Le pregunta cómo le fue en la universidad y ella le responde «bien: lo único jarto fue que trabajamos toda la tarde para nada».

Sofía le explica a Juana, para que no se pierda de la mitad del diálogo, que cancelaron una reunión que habían preparado desde el almuerzo. Se queda diciendo «sí» con la cabeza hasta que consigue encontrar otro tema de conversación. «Bueno», dice, «¿y ustedes dos por qué terminaron en una instalación?». Juana le responde, como si rindiera cuentas, que Leopoldo Saldarriaga, el artista, es el novio de su mejor amiga. Le dice que se encontraron en la calle y «éste, pobrecito, terminó invitándome a almorzar y acompañándome a todas mis vueltas».

—¿Leopoldo Saldarriaga no es el tipo que recoge cosas de la infancia?, ¿el que tiene una exposición que es una casa de muñecas? —pregunta Sofía.

—Sí, ese es —dice Rodrigo—, ¿tú por qué sabes?

—Porque me dieron una clase sobre él en la universidad —dice Sofía—. Era buenísimo porque el profesor lo odiaba a muerte, al tipo, pero insistía en dar clases sobre él. Era una cosa muy rara. Decía que Saldarriaga le había robado una idea, una instalación sobre el arca de Noé con fotos de personas con caras de animales, y que la había vuelto nada con una frase que llevaba la paloma del diluvio en el pico. O sea: en la instalación. Una paloma aparecía al final de la instalación y decía (claro, el profesor se la sabía de memoria) «el complejo de inferioridad que sienten los hombres frente a las mujeres es la historia». Pobre: se moría de la rabia porque sabía que el tipo, Saldarriaga, les pegaba a las novias. Y estaba seguro, el profesor, de que se inventaba todas esas frases célebres («la mujer es el verdadero ser humano», por ejemplo) para levantarse a las viejas.

—Sofía me explica todas las películas —aclara Rodrigo.

—Me imagino —dice Juana—. Se nota.

Entonces levanta su cartera y se la pone sobre el hombro. Les dice «bueno, yo me tengo que ir» y Sofía, quizás preocupada por no hacerla sentir como una maldita mujerzuela, quizás para demostrarle que está por encima de los celos, de las intrigas, de los malos sentimientos —en otras palabras: que parece un ángel porque, en efecto, lo es—, le pregunta «¿por qué no vienes un día con más tiempo?» y Rodrigo, con una cobardía, con un espíritu bogotano que le quedarían mejor a Bernardo, agrega «sí, ¿qué tal este sábado?, para que conozcamos a su novio e intercambiemos datos».

Juana sabe qué hacer. La voz de su papá le dice, cansada de todo, «las amistades con amores de antes no funcionan, mi niñita»; la de Jimena le grita «¿está loca?» sin ninguna autoridad moral; la de Bernardo, su novio descafeinado, se encoge de hombros mientras dice «tú verás»; y la de

Clara de Molano, su oscura suegra del bosque, le reclama «no me parece buena idea», pero ella sabe, desde hace unos años, qué se debe responder en estos casos.

—Me parece delicioso —dice.

Esconde las espirales de pelo detrás de sus orejas, se arregla un poco la chaqueta de jean, se mete la mano en los bolsillos. Y dice, para negar el silencio, «si me gano la lotería esta noche los invito a almorzar en La Fragata». Los dos se ríen. Rodrigo le pregunta si no quiere que la acompañe y ella le responde «no, fresco, es aquí no más». Sofía le sugiere que llame un taxi («me da como susto que salgas sola a esta hora», le dice) y ella le contesta «no, tranquila, en serio: me demoro cinco minutos en llegar».

Rodrigo y Sofía caminan hasta la puerta de salida, cogidos de la mano y al mismo paso, como una pareja hecha por computador, y ella, en nombre de los dos, le pide a Juana que los llame esta noche «para saber cómo llegaste». Juana le dice «sí señora» como si le respondiera a su mamá adoptiva, da tres pasos en el hall borroso y se dedica a esperar el ascensor. No, no los mira. No los mira más por el momento. Cuenta el tiempo con sus zapatos de niño, trata de acostumbrarse a su mirada nebulosa y piensa que todo estará mejor cuando salga a la calle. Se imagina el viento, el frío, las futuras gotitas de lluvia.

La puerta del aparato se enciende y entonces, para no cometer más errores, les dice adiós con la mano. No alcanza a ver si le responden.

19

La oscuridad, bien vista, puede ser un alivio. Que se haga de noche, cuando ha estado a punto de llover toda la tarde, al menos presagia el fin, el descanso y el silencio. La luna, que apenas alcanza a verse detrás de un mapa hecho de nubes, tiene forma de paréntesis abierto. Los edificios, como palomares iluminados por dentro, han perdido los bordes. Y Juana, a punto de dar un paso afuera para entrar en la noche, oye que el portero del edificio de Rodrigo le pregunta «¿usted es la señorita Juana?».

—Que don Rodrigo manda a decir que si lo espera un momento —agrega el señor cuando ella le responde «sí señor: Juana Villegas»—. Que se le olvidó entregarle una cosita.

Juana alcanza a pensar, claro, en miles de «cositas» (el libro del eneagrama, el beso pendiente, un abrazo de último acto), pero unos segundos después, cuando Rodrigo aparece en la recepción, descubre que se trata de su otro lente de contacto. Su amigo lo trae sobre la palma de su mano, sin quitarle la mirada, como si se tratara de un insecto inofensivo. De vez en cuando levanta la mirada para sonreírle, para no tropezarse con nada. «El celador de la caseta de enfrente se lo entregó a Sofía esta tarde», dice. «No le bajé el libro porque me dijo que no le interesaba, ¿no?».

Ella no lo puede creer. Podría ser de nuevo una señal. Los lentes de contacto son gotas de agua cuando se pierden. Nunca, jamás, se recuperan. Y los suyos, que fueron recetados contra una avanzada miopía por el doctor Juan Guillermo Gaviria, en un oscuro consultorio de la clínica Barraquer, en la calle 100 # 18A-51, no habrían aparecido si alguien no estuviera enviándole un mensaje. Sí, quizás sí exista un Dios. Quizás él, un «él» con minúscula, esté detrás de todos los objetos perdidos del mundo.

Está en la yema del dedo índice de su Rodrigo. Bernardo le contó, alguna vez, que para que llegara hasta aquí, hasta la palma de su mano, había tenido que ser inventado sobre una hoja de papel, en 1508, por el pintor Leonardo da Vinci, y perfeccionado por el filósofo René Descartes en las páginas de un cuaderno de 1639. El principio de neutralización de la córnea, pensado por Da Vinci, tuvo que ser aplicado por el físico Thomas Young en 1817 y puesto en marcha por el astrónomo John Herschel en 1823, pero ella no se siente bien por saberlo sino que piensa «Bernardo es un desocupado» mientras saca el otro lente de la cartera.

Ahí está. Juana no recuerda que ha sido fabricado, sobre las medidas de su miopía, a partir de un plástico de hidrogel. Alcanza a pensar, eso sí, que ella, con la cabeza refundida en el cuerpo, jamás podría inventar nada como eso. Y para no caer en frases de fondo, para evitar una despedida dramática, le dice a Rodrigo «me estoy quedando ciega» y recuerda, en voz alta, que cuando estaba en el colegio y en la universidad prefería apretar los ojos a ponerse las lupas que le habían recetado.

Envuelve el lente perdido con una parte del mismo kleenex y lo guarda, con sumo cuidado, en un recodo de su cartera. Sabe que detrás de su miopía está la herencia de su papá pero prefiere decirle a Rodrigo «eso me pasa por ver tanta televisión: he debido hacerle caso a mi mamá». Él le sonríe como si fuera una viuda o hubiera perdido en la guerra la mano que menos usaba. Y le responde, sin repetir ni una palabra, «con gafas se ve igual de linda». Después le ofrece algún baño de su apartamento para que se ponga de nuevo los lentes de contacto y ella le da las gracias como diciéndole que no.

Cuando ella cree ver en su reloj extraplano las seis y veinte de la tarde, y sin reparar en la ironía dice «estoy atrasadísima», Rodrigo la toma de la mano, le sonríe un poco y le pregunta «oiga: ¿qué era lo que iba a contarme?». Juana se queda en blanco, como una actriz avergonzada porque después de repetir el mismo papel todas las noches al menos debería saberse los diálogos, y sólo vuelve a parpadear cuando él la saca del aprieto diciéndole «bueno, no, mejor llámeme mañana a contarme: tenemos una noche pendiente».

Ella se le acerca. Le pide un beso de despedida pegándose tres veces, con el dedo índice, en el cachete. Le sonríe para que no quede preocupado, para que no se le dañe la noche con su esposa. Y él le da un beso cerca de la boca, muy cerca de la boca, para que no se sienta gorda, vieja y fea justo cuando se está preguntando a sí misma «¿estaré gorda, vieja y fea?». Los dos dan media vuelta, claro, porque las despedidas largas suelen ser ridículas y disuelven el impacto de la separación, pero mientras se alejan miran sobre sus hombros un par de veces, porque los dos, cada uno en su mundo, suelen decirse «si se voltea es porque sigue queriéndome».

Juana baja los tres escalones de la entrada, cruza el arco de madera lleno de enredaderas y se dirige a la iluminada calle 97, como un insecto hacia los bombillos, porque no quiere caminar en aceras llenas de sombras. En la esquina, cuando pasa frente a la casa de ladrillo y rejas blancas, el perro san bernardo le ladra como si le advirtiera, muerto del miedo, que hará lo que sea para proteger a los niños de la familia. A Juana no la asustan los ladridos. Lo que le ha acelerado el corazón y la ha hecho gritar «¡Ay, jueputa!» es la sorpresa.

Necesita llegar a un baño. Su estómago envía señales hasta su garganta que alcanzan a asomarse a su paladar. La calle es, sin lentes de contacto, una pintura impresionista llena de círculos de agua roja y amarilla. Un hombre y un niño llenos de barro empujan un carrito de madera lleno de cartones, periódicos, botellas en buen estado, y tratan de cantar una ranchera, y ella, Juana, que se muere del susto porque podrían quitarle todo el dinero que lleva en la cartera, cruza la calle y avanza por el andén más alejado.

Los dos cartoneros, padre e hijo, se detienen en la caneca de una casa de la cuadra. Y ella, aunque contempla la posibilidad de regresar e invocar a un santo de emergencia, continúa su camino como si no pasara nada. El hombre, que bien podría ser llamado por el lamentable ingenio de los periódicos «el san Francisco de Asís de las moscas», se da cuenta de la presencia de Juana y sube el volumen de su voz para entonar el final de la canción que viene cantando: «mas nunca les reprocho mis heridas», dice; «se tiene que sufrir, cuando se ama / las horas mas hermosas de mi vida / las he pasado al lado de una dama».

No hay nadie más en la calle. Podría aparecer Sofía, en ese momento, y gritarle «eh, tú, robamaridos: es hora de que nos enfrentemos en un duelo», como en las películas de vaqueros que su papá veía en el teatro Azteca cuando era chiquito («ir a cine costaba cincuenta centavos, mi niñita», repite su voz), y estaría bien porque las hojas y el viento y la versión personal de la canción de Vicente Fernández son una aterradora banda sonora, cree Juana, a esas horas de la tarde.

El cartonero mayor, con la mirada fija en sus pasos acelerados, continúa con «pudiéramos morir en las cantinas / y nunca lograríamos olvidarlas / mujeres, oh mujeres tan divinas / no queda otro camino que adorarlas», como si le lanzara un piropo agresivo, pero no parece interesado en cambiarse de acera y acosarla. No, él sólo hace su trabajo. Y el de ella, sí, nadie lo niega, es apurar el paso y acercarse, como a los brazos de su mamá, a los locales llenos de luz de la carrera 11.

Necesita verse a un espejo. Necesita sentarse. Necesita llegar a su ventana de todas las noches a callar las voces que no la dejan dormir en paz. Faltan cinco minutos para las seis y media de la tarde. Faltan unas cinco cuadras, seis filas de escaleras y una sala de recepción para llegar a las camillas del consultorio del doctor Antonio Uricoechea y evitar que una hija crezca dentro de su cuerpo. Lo que queda de la dirección de Rodrigo, sobre el dorso de su mano izquierda, parece formar la palabra «aborto». No es nada grave, nada simbólico. Es sólo que no tiene puestos los lentes de contacto.

Llega hasta la carrera 11, da la vuelta a la esquina de la droguería Ínter y avanza hacia el semáforo de la calle 95. Siente menos miedo. En ese lugar, a unos pasos de la Olímpica, el supermercado que siempre ha preferido su papá, justo donde esta mañana se encontró con el superhéroe candidato a la presidencia de la república, se ha parado una de esas estatuas humanas que se pagan sus estudios de actuación quedándose quietas, como tristes monumentos, hasta que algún transeúnte les permita cambiar de postura arrojándoles alguna moneda a la cajita de metal que ponen, a sus pies, sobre el pavimento.

La novedad, quizás, es que esta estatua humana se ha maquillado como el *David* de Miguel Ángel. Y que, claro, debe estar muriéndose del frío y del dolor de espalda. Porque, para imitar el mármol de la escultura, se ha cubierto el cuerpo desnudo con una gruesa capa de pintura blanca, talcos y pegante transparente, y para imitar las formas de la estatua se ha cubierto los ojos con un antifaz de papel bond, ha hecho abdominales durante los últimos tres meses y se ha dejado crecer el tinturado pelo crespo. El resto lo han hecho las bajas temperaturas.

Juana echa en la caja las dos monedas que le quedan. La estatua encoge los hombros y dice «venga a Bogotá: cada vez matamos menos turistas». Quiere bajarse de la pequeña tarima de madera que ha montado a preguntarle a Juana si quiere salir con él y quitarle la pintura y los talcos y el pegante con la lengua, y una voz y una cara, perdida en los espacios vacíos de su cuerpo, le aconsejan quedarse quieto, agradecerle a esa mujer con la cabeza, convertirla en una anécdota para salir de silencios incómodos en la pensión de La Candelaria a la que acaba de mudarse porque «Queridos papá y mamá: el mundo del teatro bogotano es mucho más mezquino de lo que esperábamos».

Ella sigue su camino. Intenta hacer el cálculo de cuánto ganará la estatua durante el día («2.000 pesos cada hora», se dice, «¿son 12.000 pesos por trabajar medio tiempo cada día, 60 mil semanales, 240 mil mensuales?») pero se le pierden los números, se le alteran los nervios, siente que es tarde para insistir en la rutina y que debería bajar la guardia y dedicarse a cuidar las flores de un jardín, o a ser la dama de compañía de su papá, o a echarse una dosis de veneno, día tras día, en el horrible café del desayuno.

Llega hasta el semáforo en verde, y mientras espera, mientras los carros parpadean frente a ella, recuerda que en esa esquina se perdió Samuel hace diez años. Era un niño chiquito, muy chiquito, que vivía obsesionado con los juegos de computador, los partidos de fútbol de la liga italiana y la programación que captaba la antena parabólica del edificio La Gran Vía. Le gustaba montar en bicicleta por las solitarias calles del barrio y la veía a ella, a Juana, como un modelo. Quería escribir poemas como ella: era eso. Quería tener todos sus amigos.

Esa tarde, cuando se perdió en el barrio, había salido a buscar tesoros milenarios. Le dijo a la empleada de la casa «Blanquita: si llegan mis papás les dice que me fui a encontrar el cetro de diamante de la reina Margarita» y salió a la calle como si, a fuerza de jugar solo, como cualquier niño que a los siete años de edad tiene una hermana en la universidad, se hubiera convertido en su propio personaje. Sí, era un explorador de un metro y veintisiete centímetros de altura. Y la gente, con sus cicatrices y sus paraguas, era una raza torpe, armada y ambiciosa.

Juana llegó de la universidad y no encontró a nadie en el apartamento. Gritó «¿mami?, ¿papi?, ¿no hay nadie?» en cada habitación vacía, y cuando comenzaba a revisar los baños, oyó el timbre del teléfono y contestó la llamada de su hermanito. «¿Estás en la casa?», le dijo el niño, «¿ya llegaste a la casa?». Y ella le respondió que sí, que por eso se había atrevido a contestar el teléfono, y después le preguntó si sabía dónde estaban sus papás. «En la comida esa», dijo él tembloroso, «creo que llegan tarde».

La Juana universitaria le recordó que entonces ella estaba a cargo y le ordenó que fuera ya al apartamento. Y el Samuel de siete años le contestó que ese, precisamente, era el problema: «No sé dónde estoy, Juana, necesito que vengas por mí». Ella quería a su hermanito, sí, pero hasta ese momento no había descubierto que lo necesitaba para estar viva. Le preguntó desde dónde estaba llamando, qué fachadas tenía enfrente, si había algún semáforo cerca. Y concluyó, cuando la moneda de Samuel se estaba acabando, que había llegado a la esquina de la calle 95 con carrera 11 y que estaba llamando de un teléfono de monedas instalado en una tienda naturista.

Lo encontró. Le pidió que la esperara «ahí quietico» en la tienda de comida integral, corrió desde la calle 100 hasta esta esquina, donde espera que el semáforo cambie a rojo, y lo encontró sentado en una banca del local, sin saber si tiritaba de frío o de angustia, y convencido, como si fuera un adicto a la aventura, de que esa sí sería la última vez que se creería un valiente explorador. Se dieron el abrazo más importante de sus vidas. Se dijeron que se querían mucho. Y sí, ese es su secreto: nadie más en el mundo conoce esa historia. El Samuel de hoy, que no cree en nada y ya no la tutea, se la recuerda cada vez que quiere decirle que la quiere. Casi siempre le funciona.

El semáforo cambia a rojo. Y Juana, mientras cruza por el paso de cebra, alcanza a oír que un tipo que vuelve del gimnasio le pregunta a su acompañante, una mujer que abre la ventana porque se está muriendo del calor, «Claudia: ¿tú viste que citaron a Martínez en *Carrusel*?». Cuando llega a la otra orilla, cuando da el tercer paso sobre el andén, olvida por unos segundos que han construido ahí una ruta de bicicletas y por poco es atropellada por un mensajero de droguería que sólo atina a gritar, ante las posibilidades de un accidente sangriento, «pilas, pelada, pilas». Juana, en vez de sentirse apenada por su despiste, le grita «¿qué le pasa indio inmundo?», como si su inconsciente tuviera una clase social definida.

Al siguiente paso se tropieza. Y piensa, como suele suceder, en Rodrigo Sánchez. Quizás todavía la quiera. Tal vez haya sido una utopía pretender que hoy mismo, de la noche a la mañana y después de no haberse visto durante varios años, le dijera «Juana: usted es el amor de mi vida» y cambiara de identidad y escapara con ella a otro país. De pronto por eso, porque no esperaba encontrársela hoy al mediodía enfrente del edificio de sus sueños, no consiguió enamorarse de ella. Puede que el día de mañana, cuando quede viudo («lo siento mucho, Rodri», le dirá en el cementerio), él la llame y le pregunte «bueno, ¿en qué íbamos?» y vivan lo que les falta del romance. Como en *Los puentes de Madison*. Como en una historia de esas de viejos enamorados a destiempo.

Sí, Juana se ha tropezado, pero no se detiene ni se voltea a ver si alguien se dio cuenta de su torpeza. Sigue. Tampoco mira a la mendiga tusada, que se tuerce como si la hubieran sometido a un misterioso experimento científico, tampoco la voltea a mirar cuando le pide «rescientos pesos, oscientos pesos, ien pesos», sin las primeras letras de las palabras, y en cambio prefiere dar pasos más grandes, zancadas de su tamaño, para llegar a las seis y media en punto a su cita médica. La cuestión del aborto pasa a un segundo plano: ahora le preocupa, en realidad, llegar a tiempo.

Siente que todas las personas del mundo la miran desde las ventanas que no han sido apagadas. Piensa en su papá, en Bernardo, en Jimena, e imagina que en su celular debe haber un buen número de llamadas perdidas y de mensajes en el buzón de voz (imagina, por ejemplo, que su amiga dejó grabadas sus disculpas por haberle contado a su novio lo de Rodrigo: «Mi Juana: me quedé pensando que la cagué horrible», debe decir), y entonces, sin detenerse ni un momento, ni siquiera cuando oye el macabro llanto de un bebé a sus espaldas, abre la cartera, saca el teléfono y recuerda a destiempo, ante la pantallita a oscuras, que el aparato se ha descargado hace un buen rato.

Es un castigo. Cuando fue novia del arquero del equipo de fútbol del Colegio San Esteban lo dejó esperando su llamada noches enteras. Le daba un beso en la boca, se quedaba sin aire en su cuello, le decía «yo te llamo por la tarde», y desaparecía, con el mejor postor, el resto del día: podía ser Saúl, el judío que le llevaba chocolates que sólo se conseguían en Europa y la invitaba a bailar mal y la pisaba en bares de La Calera, o podía ser José Manuel, el arquitecto que le hablaba de la dicha del tao y le recomendaba libros de Carlos Castaneda.

Vivía rodeada de pretendientes. Tenía diecisiete años y era una niña pulpo. Quería tener un novio, un novio tan popular como el arquero del Colegio San Esteban, pero necesitaba que su casa pareciera un consultorio, que los aspirantes a su mano se encontraran en la sala de su apartamento, para sentir que su vida no era un completo fracaso. El vendedor de un almacén de ropa, Jason o Freddy (siempre confunde esos dos nombres), se enamoró de ella un sábado y, a punto de enloquecerse, trató de entrar en el cubículo donde se cambiaba y de pedirle un beso de la muerte. Lo echaron. Se quedó sin puesto y se quedó sin novia. Averiguó la dirección de los Villegas y pasó noches enteras frente al edificio La Gran Vía. La policía se lo llevó una madrugada. Lo hicieron, por supuesto, para descansar de las llamadas de Patricio.

Juana fue una adolescente caprichosa, voluble, arrogante, una niña que había descubierto el poder de su cuerpo hecho y derecho, pero jamás se dio cuenta de que podía estarle haciendo daño a alguien. Para ella todo era un juego. Trataba mal al arquero («ay, no, si vas a hablar de fútbol mejor ni vengas», le decía) porque creía que esas eran las reglas de los noviazgos. Jimena se quedaba a dormir en su cuarto, en su cama, y se reían de los hombres como si sólo existieran para que ellas pudieran reírse, pero no lo hacían porque fueran malévolas o porque disfrutaran el mal ajeno. No sabían lo que hacían: eso era.

Samuel tenía cuatro años y todos los viernes volvía del jardín infantil con los ojos morados. Y Juana lo recibía y le recordaba que cuando ella había entrado a Mis Primeros Borrones, el kínder, su mamá le había advertido, para ayudarla a adaptarse a la nueva vida, «mi amor, los niños siempre resuelven sus problemas dándose puños y las niñas dejándose de hablar toda la vida», y Samuel entonces la abrazaba y le pedía que lo llevara a cine con el arquero, el judío o el arquitecto, y ella lo llevaba cuando sospechaba que el tipo de turno iba a tratar de propasarse.

Son las seis y media de la tarde. El cielo se ha convertido en una montaña de rocas. Un grupo de mujeres uniformadas con el sastre oficial de Credimensión pasa frente al edificio del doctor Uricoechea. Y Juana Villegas, que espera en la otra orilla a que pasen un jeep, un taxi o un Peugeot 306, acepta que se ha equivocado desde el principio, desde el día en que nació, y se da cuenta de que, como si se tratara de un mal contagioso, tiene un zapato desamarrado.

No, no hace nada al respecto. Sonríe mentalmente. Entrecierra los ojos para reconocer los números de la dirección y respira profundo para aceptar que se ha rendido. Sí, ahí está. Parece que va a cruzar, pero no cruza.

20

La ciudad ha vuelto a su lugar: es la puerta oscura de este edificio, en la carrera 13 # 94-46, y el letrero que dice «hale» justo al lado de la chapa. El portero de la mañana ya no está. Le abre un hombre joven que, porque parece un extranjero en su propia cabeza, porque no entiende bien el español, quizás sea el mismo «muchacho» que, según el portero de las gafas verdes, tiene ciertos problemas de aprendizaje. Es bobo, eso es. Quizás es nuevo. Juana le pregunta por el doctor Antonio Uricoechea, en la oficina 414, y responde «aquí no trabaja ningún doctor Antonio».

Juana revisa los cuadros y el espejo de la sala de recepción, por si acaso se ha equivocado de edificio, y sin ánimo de pelear le repite «es la oficina 414» y le pide el favor de que llame a la enfermera, a Carmencita, para confirmarlo todo. El portero improvisado pregunta «¿cuál Carmencita?» y se empeña en decir que «no» con la cabeza: quizás ella le ha caído mal desde la primera frase («voy para donde el doctor Antonio Uricoechea», dijo) y disfruta amenazándola con no dejarla subir al consultorio. «No, aquí no hay ningún consultorio», le repite señalándole los casilleros de la recepción con un dedo rojo que parece a punto de un infarto. Ella pone los ojos en blanco, se asoma a los pequeños estantes y no encuentra, en efecto, el compartimiento 414.

Revisa los ceniceros altos, la puerta del ascensor y el comienzo de las escaleras de ladrillo. Se dice «no puede ser: este es el edificio». Quiere sentarse a llorar, sí, no ve alternativa. No va a clavarle las uñas al tipo ese, no le interesa hacer un show de tercera, no se va a rebajar a demostrarle al imbécil que el médico, la enfermera y el consultorio existen, pero sabe que, para no caer en «a», en «be» o en «ce», lo mejor que puede hacer es echarse agua en la cara. Le pide al portero su baño, para al menos ponerse los lentes de contacto, y el tipo, dispuesto a enseñar su lado humano, le dice «entre pues a ver».

Cierra la puerta con seguro. El bombillo es un péndulo pegajoso. Las paredes de baldosines blancos huelen a cigarrillo fumado a escondidas. Sobre el lavamanos hay un jabón seco partido por la mitad por una grieta negra. Encima de la tapa del tanque del inodoro hay una peinilla y una bolsa con ropa. El espejo tiene una esquina rota y otra cubierta por un brochazo de pintura, pero le sirve a Juana para ponerse los dos lentes de contacto. Se los pone. Y el aire sube por su nariz hasta sus ojos y siente que va a irse para atrás.

Alcanza a sostenerse. Alcanza a salir del baño, muy pálida, cubierta de escalofríos. Nota, ahora, que el portero ha salido del edificio para ver un choque que ha ocurrido en la calle. Deja la luz del baño prendida y, como un espía secreto, sube por las escaleras hasta el piso cuarto del edificio. Los helechos de cada descanso podrían ser el escondite de un asesino monstruoso, porque el cielo se ha ido por ahora y ha dejado abierto el hueco de la noche y nada parece ser lo que parece, y ella se dice, escalón por escalón, «este es el momento más miserable de mi vida». Oye que el portero golpea la puerta del baño y le pregunta «señorita, ¿está bien?» y sigue su camino, un paso arriba y otro y otro más, hasta llegar frente a la entrada abierta del consultorio.

Ahí, frente a la mirada de la enfermera, se siente casi a salvo. El mundo ha recuperado sus bordes, sus sombras, sus primeros planos. Si se encontrara a un genio en una lámpara maravillosa le pediría la facultad de ver bien para siempre. Bueno, no, hoy no: hoy le pediría «llévame ya a mi futuro: rodéame de una vez de mi esposo, mis hijas y mi oficio». Pero ¿está pensando, en el marco de esa puerta, que será feliz cuando tenga hijas?, ¿no debería dar un paso atrás, entonces, y tener ya a la primera?, ¿podría abstraerse de las babas de Bernardo, las garras de Clara de Molano, la censura de muerta de su mamá, y dedicarles los siguientes años de su vida a los deditos completos de su bebé?, ¿todavía está a tiempo de echarse para atrás?, ¿no se había dado cuenta, hasta este preciso momento, de las verdaderas dimensiones de su decisión?

No, no se había dado cuenta. La clave, piensa de nuevo, es pensar que sólo se trata de una cita médica. Que no hay futuros ni vidas ni traumas involucrados. Que nada es definitivo y que Dios, o quien sea, no tiene cámaras ocultas en todos los consultorios del mundo. No, nadie está mirando. Ella es la fiscal, la defensora, la juez, el jurado y la acusada en este caso. Ella, sólo ella, debe aceptar si se debe proceder o simplemente archivar en el último cajón de la memoria. Debe llegar a la conclusión, quizás, de que la vida no se crea ni se destruye sino que se transforma. Que no se acumula ni se suma sino que se repite todos los días.

Carmencita, la enfermera, le pregunta «¿cómo le fue a mi Juanita?». Ella le contesta un «bien, gracias, sí señora» triste, sin aire, al tiempo que mueve los ojos como interrogándola sobre el doctor Uricoechea. La señora, con su curiosa pronunciación de la ese, le confirma la llegada del médico («shí shumercé: llegó hace rato», le dice) y le pide que se siente «un momentico mientras don Antonio termina de hacer una llamadita a la casa». Juana dice «ni más faltaba» y se sienta con la sensación de que, para evitar escándalos, reclamos, preocupaciones, lo mejor es que ella misma haga una llamadita a la casa.

Mientras se para junto al escritorio de la enfermera y marca el número de su apartamento, el 6104082, puede ver, en sus próximos minutos, las pequeñas mangueras, el cuello del útero, los dilatadores del tamaño de un esfero, las cápsulas de Misoprostol, la máquina de succión, el pequeñísimo gancho metálico que parece una cucharita de plata, las sábanas frías de la camilla, los paneles, las lámparas del techo, los tapetes de plástico y los armarios hechos de abedul europeo. Su papá contesta el teléfono con un «aló» enfático y molesto, y ella, completamente en blanco, sólo consigue respirar.

Patricio repite el mismo «aló» dos veces más y cuelga el aparato, iracundo, como si quisiera que estallara contra su base. Va a gritarle a Samuel «no vuelvo a contestar el maldito teléfono» pero su hijo llega hasta el estudio con la noviecita, ¿Helena?, ¿Verónica?, ¿Silvia?, y le dice que quieren pedirle un consejo. Esas son, exactamente, sus palabras: «Papá: queremos pedirte un consejo». Él, sorprendido, se sienta bien en el sofá de cuero, apaga el televisor y, sin darse cuenta de la brecha generacional que ha vuelto a abrir, les dice «soy todo oídos».

Samuel y la niñita esa se miran y se ríen como si fueran tontos y estuvieran enmariguanados. El hijo comienza a darle tantas vueltas a la pregunta, dice tantas palabras innecesarias, que por la cabeza del padre empiezan a aparecer las peores posibilidades («es que robamos un banco», «es que Helena, Verónica o Silvia está un poco embarazada», «papá: ¿tú sabes qué significa acá, en la página 151 de *Ser y tiempo*, 'el uno, que no es nadie determinado y que son todos (pero no como la suma de ellos), prescribe el modo de ser de la cotidianidad'?») hasta que ella, la muchachita peluqueada como muchachito arrogante, le tapa la boca a su hijo y dice «es que no sé si estudiar física o filosofía».

Patricio sonríe. Las últimas dos horas se ha sentido miserable y ha pensado que perdió toda su vida, que tantos años de clases en la universidad no le sirvieron a nadie y que sus relaciones humanas, todas, han fracasado por completo, y la pregunta de la niñita esa, paralizada ante el horizonte que queda después del colegio, lo ha conmovido y ha restaurado, en pocos segundos, su fe en su propia experiencia.

No ha sido una buena tarde, no. Nunca salió a comprar naranjas porque todo el tiempo pensó que iba a llover. Quiso llamar a Gonzalo Lopera, para hablar de Heidegger y el zen, como en los buenos tiempos, pero se sintió atascado en el pasado y prefirió ocupar sus manos tejiendo. Tuvo que resolver, como presidente de la junta del edificio, el extraño caso de una empleada del servicio a la que dejaron encerrada en el 303 «porque la señora cree que me estoy llevando cosas», la explosión del calentador eléctrico y la consiguiente inundación del 702 y, sobre todo, el delicado problema de los japoneses del décimo piso: ninguno de los dos, ni el hombre ni la mujer («o viceversa», piensa, «porque son idénticos»), sabe decir una palabra en español diferente de «glacias» (que sí, claro, en cualquier caso resulta positivo), y creyeron que Marcos, el malencarado señor de la lavandería, era un secuestrador en potencia, y se negaron rotundamente a abrirle la puerta. «Nosotlos no ablil», dijeron.

Desde las cinco y media de la tarde, cuando todo pareció calmarse, pasó escandalosos canales de televisión hasta que se quedó embobado, como un mediocre transeúnte ante un sangriento accidente de tránsito, cuando llegó al programa en vivo más amarillista de la televisión, *Semejante a la vida*, que traía como invitados especiales a dos importantes ejecutivos de una multinacional que se casaron a finales del año pasado «en el más alto de los Países Bajos». No se considera homófobo, no, pero debe reconocer que tuvo que quitar la mirada del apasionado beso que se dieron frente a las cámaras.

No, él no tiene nada contra los gay. Pero no se acostumbra a estos tiempos. Le parece bien que los negros se casen con las blancas y los blancos con las negras, pero le agradece al cielo que la niñita esa, su nuera, sea «así, blanquita, como nosotros». A Clemencia, su esposa, le encantaba molestarlo con eso. Señalaba a un tipo con cicatrices y bigotes mexicanos por la calle y le preguntaba «¿tú qué harías si Juana se casara con él?». Ahora que lo piensa, claro, es hasta divertido. Pero es porque le hace falta verla. Cuando murió, recuerda, todo quedó en silencio. Como un restaurante a las cinco de la tarde.

Bueno, sea como sea, ésta es su oportunidad. Le explica a la noviecita de Samuel, ya que lo pregunta, que es normal estar entre la física y la filosofía «porque las dos llegan, por diferentes caminos, al mismo vacío». Saca libros, libros y libros de su biblioteca, cumple su sueño de leer en voz alta párrafos enteros de *Caminos de bosque* y cuenta cómo, «antes de la fragmentación del espíritu», la física era conocida como la filosofía natural. Helena, Verónica o Silvia lo mira como si se hubiera convertido en su nuevo ídolo.

Samuel sale por un momento de la habitación porque quiere mostrarle a su papá y a su especie de novia «You Are What You Is», una canción de Frank Zappa que dice lo mismo («*you ain't what you're not*», les canta), y Patricio, abrumado por tanta compañía, algo incómodo porque la amiguita de su hijo lo mira sin parpadear, se protege a sí mismo con un monólogo sobre cómo Juana, su hija, la hermana de Samuel, tendría que haber estudiado filosofía o física para no desaprovechar su inteligencia. «Ella era como tú», le dice a la niñita esa.

Ella, con sus ojeras de colores y sus aretes dolorosos, no le quita la mirada. Y él, el ingenuo Patricio, se da cuenta de que no le quedan más temas de conversación y quema un par de segundos haciéndose el que debe carraspear para despejar su delicada garganta. Cuando se le agota el recurso levanta la cara y le sonríe y ella, algo nerviosa, le quita la mirada. Samuel grita desde su cuarto «no encuentro el disco: ¿alguien estuvo ordenándome mis cosas?» y él, el incómodo Patricio, con el objetivo de estar a la altura de su nueva fama, le responde «esta casa es como Europa: uno encuentra las cosas donde las dejó».

De inmediato se pone rojo. Cree, claro, que ha quedado como un tonto. Su instinto de supervivencia ve las seis y cincuenta en el reloj y dice «oiga, y hablando de Juana, ¿por qué no habrá llegado?» y marca el número del teléfono celular de Bernardo para preguntarle si él sabe algo de su hija. Samuel vuelve a la habitación, con el disco en la mano, cuando su papá ha dicho las primeras palabras de la conversación (el previsible «¿Bernardo?, hablas con

Patricio»), y sin vergüenza, por primera vez en su vida, le da un beso en la boca a una mujer enfrente de algún miembro de su familia.

—¿Cómo estás? —dice Patricio cuando ella le dice a su hijo «Samuel: usted sabe que yo tengo novio»—, ¿cómo va todo por allá?, ¿cómo nos fue en esos negocios?, ¿regio?, ¿conseguiste la cuenta?, ¿ya nos hicimos millonarios?

—Más o menos, sí señor —responde él, Bernardo, con la voz deshecha por las copas de vino, el sueño y la angustia de estar ahí, al lado de Natalia Torres, mientras habla con el papá de su novia—, en esas estamos.

—¿Y es que sigues en la reunión?

—Sí señor, aquí estamos, pero yo creo que nos ha ido muy bien.

—Entonces no debes tener ni idea de Juana.

—No, ¿por qué?, ¿no está ahí?, ¿no había llegado ya al apartamento? —dice Bernardo acomodándose mejor en el sofá—, Nicolás me dijo que ya estaba en el apartamento.

—No, ni siquiera ha llamado —confiesa Patricio—: sé que estaba donde Clara, mi hermana, pero se nos cortó la llamada y no pudimos hablar. No han acabado de inventar esos aparatos.

—Pues me dejas preocupadísimo —dice Bernardo y le pide a Natalia que lo espere un momento cuando le pregunta «¿qué pasa?, ¿qué pasó?»—. Voy a llamar a Jimena y a Nicolás por si saben algo de ella. Y si quieres, ahora que salga de esto, te pego una llamada y te cuento, ¿te parece?

Le parece perfecto. Sabe que el papá de su novia no lo quiere del todo, que en el fondo piensa «este güevón se la come todos los fines de semana», pero le agradece la hipocresía con la que maneja la relación. Se despide de él, se mira cara a cara con su teléfono celular como si le reclamara la situación en la que se encuentra, y se voltea hacia Natalia, que ya tenía la blusa desabotonada y ha caído en el lugar común de los brasieres negros, para sacarla de todas las dudas. «Juana no aparece», le dice, «no ha aparecido en todo el día».

Natalia le dice, furiosa, que no lo puede creer. Se aguantó la eterna discusión sobre el aborto que nació de sus únicas preguntas inocentes en toda la tarde, «¿ha visto *María Cristina me quiere gobernar*?», «¿usted cree que la vieja sea capaz de abortar?», «¿usted sería capaz?», porque sí, lo acepta, sus datos curiosos resultaron interesantes (no sabía, por ejemplo, que en la antigüedad, para proteger a la madre, se prefería dar a luz y matar al niño indeseado, a la deplorable interrupción del embarazo a golpes), pero que se quedara dormido, después de dos miserables copas de vino, y teniéndola a ella a unos centímetros de aliento, le parece imperdonable.

Sí, está muy bien que tenga la memoria que tiene (sí, muy bien, hay 350.000 interrupciones de embarazos al año en el país; cada tres días muere una mujer por causa del aborto; el Nuevo Código Penal, en sus artículos 122 y 123, castiga con una pena de 1 a 3 años de prisión a toda mujer que sin ningún fundamento acabe o permita acabar con la vida de un feto), pero ¿tiene que andar por ahí lanzando datos curiosos?, ¿no puede quedarse quieto y darle un beso?, ¿y justo ahora, cuando empezaban a quitarse la ropa, se va a poner a hablar de la novia esa que tiene?

Bernardo se levanta, se abotona los pantalones, le recuerda que se va a casar con Juana. Se sienta en una silla del comedor sin saber qué más decir y, mientras le pide a Dios algunas pistas, alguna frase siguiente, apoya las manos en la mesa y juega a echar la silla hacia atrás inclinándose en el espaldar y apoyándola en las dos patas posteriores. Dice, entonces, que está muy confundido. Y ella le aclara, de inmediato, que no le está pidiendo nada. Ella sólo quería («porque, no, ya qué: te cagaste el momento») que pasaran un buen rato. Ella ya no llora, dice, cuando los hombres no la llaman al día siguiente.

—Pero podemos vernos mañana, Nata —le dice él: ha entendido, de pronto, que era sólo una escena de sexo, nada más y nada menos, y que ha perdido, por el momento, la oportunidad de actuar en ella—, mañana tenemos que vernos para cerrar el trato, ¿no? Y vamos a tener que trabajar juntos mucho tiempo, ¿cierto? Y podemos organizar reuniones como ésta y hacer nuestros recreos secretos. Yo me tomo una copa menos, te lo juro. Y no digo ni un solo dato más. Sólo abro la boca para decirte que estás divina.

—Te vas a caer —le dice ella—: hacer eso es peligrosísimo.

Bernardo se demora un rato en entender que Natalia le está hablando de la silla. Se asusta, porque por poco se cae y rompe un jarrón de vidrio, y la deja, tal como estaba, en su lugar. Le reconoce a su exnovia, que aún trata de recuperar su aire, que se puso muy nervioso. Nicolás siempre le ha dicho «si quiere echarse una vieja entre el bolsillo dígale que pierde el control cuando está con ella» y siempre ha sonado, por supuesto, como el peor consejo del mundo, pero ahora, que se siente mitad traidor, mitad idiota, lo utiliza para salir del aprieto. «Yo no sé quién soy cuando estoy contigo», dice. Y ella le agradece el esfuerzo con un beso enviado por el aire.

—Santiago vuelve el domingo —acepta Natalia—. Tienes una semana.

—¿Tienes algo que hacer ahorita? —pregunta Bernardo.

—Todos los días a las siete voy al gimnasio —dice ella—, pero la verdad es que quiero castigarte un poco.

—Y me lo merezco —dice él, que es un poco menos ordinario que esto—, pero, eso sí, me tienes que dar otra oportunidad. Mañana, después de la firma, tenemos que venir a celebrar.

—Todavía falta que mi jefe mire la propuesta —advierte una nueva Natalia, con la sartén por el mango, sin pestañear una sola vez—. Yo de ti venía hasta acá y le daba un beso de verdad a la asistente de comunicaciones de Credimensión.

Bernardo nunca ha sabido leer las señales que lanzan las mujeres. Interpretar los gestos femeninos siempre le ha producido el mismo dolor de cabeza de cuando no encuentra la ficha más importante de un rompecabezas. Por eso se limita a hacer lo que Natalia le ordena: le da el beso, se deja sacar la camisa de los pantalones, se ríe cuando ella le dice «primera norma de la negociación: no darlo hasta que no se haya firmado», como si él fuera la mujer de gafas oscuras, y le trae las llaves del carro, que están sobre la mesa de noche, porque si no sale ya no llega a las siete al gimnasio.

Ella va al baño a lavarse los dientes («ahora me los lavo tres veces al día», dice, «me pegaste la maña, Bernardo») y él, mientras tanto, se acerca al teléfono y marca el número de su mamá, Clara, porque siente que oír su voz puede devolverle la lógica a su vida. Quisiera ir allá, al apartamento de su mamá, y pedirle que le hiciera algo de comer, pero no quiere encontrarse con todas sus amigas y responderles si Juana es de los Villegas de Pereira o de los de Santillana. Entre otras cosas, no lo sabe.

Esa es la voz de Clara de Molano. Dice «qué telepatía, mi amor, iba a llamarte» y asegura «aquí te estamos esperando para interrogarte». Le pregunta por qué suena tan triste («¿te fue mal en la reunión?», pregunta) y, para olvidar todas las penas, le aconseja volver a su apartamento, a los brazos de su madre, a tomarse una tacita de chocolate. Bernardo no sabe qué hacer. Responde «acá, en la oficina, con Nicolás» cuando su mamá le pregunta dónde está. Y resuelve el problema con un «ahorita más tarde nos vemos» que no convence del todo a ninguno de los dos.

Clara de Molano se sienta en la sillita junto al teléfono «porque ya no resisto tanto tiempo parada» y, porque no quiere parecer una de esas mamás que persiguen a sus hijos ni pretende obligar a su Bernardo a que haga algo que no quiere sólo para complacerla, dice un muy actual «bueno, mi amor, te dejo porque estas ancianas me están esperando: estamos jugando Scrabble y es mi turno». Se despide una vez más, se levanta de la sillita, se dirige a la mesa donde, sonrientes y perfumadas, la esperan Constanza de Salamanca, Milú de Herrera y María Isabel de Mosquera. Está a punto de ganar.

Fue Alfred Mosher Butts, un residente de Poughkeepsie, Nueva York, quien inventó, en 1931, cuando Estados Unidos se encontraba hundido en lo más profundo de la Gran Depresión, el juego que están jugando estas cuatro señoras bogotanas. Butts, un arquitecto apacible, evasivo, con un oscuro sentido del humor, que acababa de quedarse sin empleo, era fanático de los juegos y de las palabras. Y, como detestaba los partidos de dados, pues dependían de la suerte y se aburría infinitamente en los partidos de ajedrez porque resultaban demasiado intelectuales, decidió inventar lo que llamó «el juego perfecto»: los jugadores tomaban al azar siete letras, grabadas en fichas de madera de 0,5 centímetros, para formar las palabras más largas que pudieran.

Después de hacer un riguroso análisis de la primera plana del *New York Times*, el señor Butts concluyó que había que sumar puntos adicionales por utilizar letras poco comunes, B, F, H, M, P, Y y W, y más, muchos más, por valerse de J, K, Q, X y Z. Se dio cuenta, también, de que el juego resultaba muy fácil, por ejemplo, si se incluían varias fichas con la letra S. En 1939, cuando los crucigramas se popularizaron, entendió que lo que le hacía falta a su juego era la posibilidad de cruzar palabras sobre un tablero similar al del ajedrez. Los fabricantes de juguetes se rieron de su idea desde 1931 hasta 1948. Pero murió en paz, a los noventa y tres años, en abril de 1993: la Milton Bradley le había comprado los derechos de su Scrabble®, el juego iba de mano en mano en cientos de idiomas, se vendían más de 20.000 unidades por semana en todo el mundo.

El que está en la mesa del comedor de Clara de Molano fue fabricado en España en 1982, comprado en las galerías de la calle Preciados en octubre de 1984 y traído a Colombia, a Bogotá, en noviembre de ese mismo año. El constructor Camilo Molano, marido de Clara desde 1962, fallecido en 1995 de una trombosis fulminante, lo traía en una maleta de mano. Dijo «esto nos va a cambiar la vida» —recuerda la señora de Molano mientras se sienta— cuando les explicó por primera vez las reglas en ese sofá de flores, el de la esquina, sin imaginar que «había llegado con el juego más bestial del mundo». Constanza de Salamanca tamborilea con las uñas, Milú de Herrera hace dibujos imaginarios con el dedo índice, María Isabel de Mosquera lleva el ritmo con el pie izquierdo: han oído esa historia unas treinta veces.

No quieren perder ni un minuto más. Ya tomaron el té. Ya se quejaron de los hombres, de las enfermedades, de los tiempos que corren. Ya monologaron como si cada una enviara sus opiniones vía satélite, desde sus tocadores añejos, a la sala de Clara de Molano. María Isabel les contó que Salvador, su esposo, sigue «fumando como un chimbilá» a pesar de que el cardiólogo, que «es lo más de ocurrente», le advirtió «don Salvador: a este paso va a morir crucificado». Milú dijo «siquiera le tocó uno bueno, mijita, porque los médicos de ahora hacen todo a la topa tolondra». Y Constanza asintió con las palabras «mi querida: es que esta raza no da para más».

Se dejaron llevar por sus lenguas sin moverse un centímetro de sus sillas. Milú dijo «mijita: trate de conseguir una buena muchacha del servicio en estos días». Constanza añadió «deberían pasar un proyecto de ley para que la gente del pueblo no pudiera votar». María Isabel se dio el gusto de concluir, ante el silencio sepulcral de todas, «pero díganme ¿qué se puede esperar de unos niños a los que les enseñan que el hombre viene del mono?» Y la dueña de casa —al menos eso dijeron las demás— consiguió expresar, como si fuera poco, lo que todas estaban pensando: que «a este país le hace falta una buena dictadura», que «hay jerarquías hasta en el cielo», que «quizás lo mejor sería que los gringos nos invadieran otro poco», pero que «cualquier inteligencia queda represada por el hambre», las masacres, las pobrezas, los secuestros, en fin, toda la barbarie que demuestra lo atrasado que está el mundo («lo peor», dijo, «es que hemos avanzado un jurgo: antes teníamos que matarnos con las manos») y «nada puede salir bien en una época en la que no hay que salir del cuarto para ser cosmopolita».

Sí, terminó, por trigésima vez, en el tema del aborto. Es horrible que deba disponerse de una vida ajena, dijo, pero le parece preferible a que esas niñas del sur, que no saben sumar ni restar, eduquen niños desnutridos, propensos a la violencia, llenos de quemaduras de cigarrillo en las manitas. Cuando dijo, para concluir, «si los hijos de uno son horribles, egoístas y malagradecidos, ¿cómo serán los de esas pobres mujeres?», despertó las emociones contenidas de sus tres amigas. Constanza contestó «ay, no, yo sí no: yo soy la boba de los hijos», Milú les recordó que «todos los asesinos en serie son hijos» y María Isabel creó otro silencio de ultratumba cuando aseguró que los hijos «son como esos novios que van a comer a la casa toda la vida y al final nunca se casan con uno».

Y entonces comenzó el juego. Constanza usó seis de las siete fichas que eligió al azar y en la línea vertical formó, no sin controversia, la palabra «carate». María Isabel aprovechó la R y con cinco letras de las suyas, D, R, I, Z y A, creó la palabra «drizar». Milú la acusó de inventarse el vocablo («no, mijita, ni que fuéramos idiotas», dijo) y tuvieron que traer el diccionario de la Real Academia Española para comprobar, muertas de la risa, que una «driza» es una cuerda con la que se izan las vergas. Clara, con el propósito de bajarle el tono al tablero, utilizó la D para formar, de manera vertical, la palabra «educado».

Cuando sonó el timbre del teléfono, hacia las seis y cincuenta de la tarde, Milú había utilizado la O de «educado» para formar, muerta de la ira, la muy decepcionante «oso», Constanza había formado la aceptable «color» con la C de «carate» y María Isabel, en un nuevo golpe de astucia, había armado «botánica» con la segunda O de la anterior palabra. Era el turno de Clara de Molano: les dijo a todas «ese debe ser Bernardo», les advirtió en broma que no le robaran sus fichas y contestó el teléfono.

Y aquí está. Les cuenta la historia de cómo llegó el Scrabble® hasta su esposo para ganar algo de tiempo. Y, cuando comienza a verlas desesperadas, usa A, R, I, F, C y

E, entre la T de «carate» y la I de «botánica», para formar la estupenda palabra «artífice». Las tres se quedan mudas. María Isabel grita «no se vale ayuda de los hijos». Milú se muere de la risa. Constanza dedica su turno a coger una trufa de la canastilla («yo soy la boba de las trufas», dice) porque la Q, la W y la Y no parecen servirle para nada. Y cuando saca las gafas de la carterita y acepta que ya no ve nada, ni siquiera con las gafas, Clara le recuerda que así comenzó la hermana de Blanquita Mariño, con una infección pendejísima en los ojos, y todo terminó en septicemia.

Constanza pregunta si Blanquita Mariño era la que sin saber compartió el esposo con una secretaria durante quince años y Milú responde «y eso que el señor se vestía frondio y se sacaba la comida con palillos». María Isabel recita, como una autista, «duerma en paz y Dios permita / que logremos disfrutar / las pobrezas de esa pobre / y morir del mismo mal» y todas se miran aterradas —no, todas no: Clara piensa que está a punto de ganar el juego— hasta cuando una oscuridad súbita, violenta, les impide ser las señoras que son.

Son las siete de la noche. Se demoran unos segundos en entender que se ha ido la luz. Cecilia, la empleada, llega a la sala con un par de velas porque, dice Clara, «me conoce como la palma de su mano», y les cuenta que en la radio están diciendo que toda la ciudad está a oscuras por culpa de una sobrecarga en la represa de Chivor, al oriente de Boyacá, y que las autoridades recomiendan a la ciudadanía permanecer encerrada en los sitios donde estén.

Constanza asegura que lo mejor es comprar garrafones de agua. María Isabel llama desde su celular a Salvador, su esposo, para preguntarle si por allá también se ha ido la luz. Milú le aconseja a Clara que llame a Bernardo para que mejor se quede en la oficina. Y ella, Clara, que desde que murió su esposo no se atreve a entrar en ningún lugar a oscuras, le pide a Cecilia que la acompañe hasta el teléfono con una de las velas.

La empleada, que responde «¿para qué?, ¿para ver a mi marido?» cuando su patrona le pregunta «Ceci: ¿usted no quiere irse a su casa?», camina despacio, paso por paso, porque no quiere que la vela se le caiga y preferiría no tropezarse con nada. La cera hirviendo le cae en el borde de las manos. Y sólo logra pensar que la señora Clara, pobrecita, está toda angustiada. Marca el número de la oficina de Bernardo, su hijo, y les dice a las amigas y a ella, a Cecilia, que lo mejor es que ninguna salga del apartamento hasta que no se sepa qué está pasando.

La pequeña llama de la vela, un ojo entreabierto en la oscuridad, traza una línea desde la mesa del comedor hasta las teclas del teléfono. Nadie contesta en la oficina de Bernardo. El timbre suena una, dos, tres veces. Y Clara de Molano cierra los ojos, aprieta los dientes, le pide a Dios, con el auricular en la mano derecha, en el centro de su propio silencio, que no estalle la guerra, que su hijo vuelva pronto al apartamento, que los deje llegar a los dos hasta mañana. Entonces oye, al otro lado de la línea, la voz del señor Óscar Quinche.

—¿Cómo estás? Hablas con Clara de Molano, la mamá de Bernardo —dice mientras tapa el micrófono del auricular y les dice a sus tres amigos «este es el mensajero»—. Cuéntame, ¿cómo están todos por allá?

—Por acá negro, negro, negro —responde Quinche—: no se ve es nada.

—¿Y Bernardo?, ¿me lo puedes pasar?

—El doctor Bernardo no está, doctora —dice el mensajero—, pero si quiere le paso al doctor Nicolás. Ahorita mismo está ocupadito en el baño, pero si usted quiere lo esperamos un rato.

—No, un momento —reclama Clara—, pero si Bernardo acaba de llamarme desde allá. ¿Salió para acá? ¿Dijo que venía para acá?

—Yo llegué hace media hora, doctora —aclara Quinche—, porque fue que se me quedó la chaqueta con las llaves de la casa adentro. Y me tocó devolverme. Hasta donde yo sabía el doctor Bernardo estaba en una fiesta donde la señorita Natalia Torres. Que estaban celebrando porque les dieron la cuenta esa, ¿la de Credimensión?, y entonces estaban todos contentos. ¿Luego él no le dijo a la doctora dónde estaba?

—Me dijo que estaba en la oficina —le dice Clara—. Pásame a Nicolás.

Quinche le pide un momento («espere a ver», le dice) antes de emprender la búsqueda, apoyándose en las mesas, las sillas, las paredes, de la entrada del baño. La encuentra, golpea con una moneda de 100 pesos que siempre carga en el bolsillo, le pregunta al doctor Nicolás si puede pasar al teléfono. Nicolás le responde «¿usted qué cree?» y se siente tentado a darle un puño al mensajero cuando le oye decir «es que comer tanto pescado crudo no puede ser nada bueno, doctor», pero se dice que éste es el momento de ser tolerante con el pobre «*cock sucker*».

Sale del baño, le pregunta a Quinche quién está llamando, le da un billete de 50 mil y le ordena que vaya a una droguería y le compre una caja de Zantac. El mensajero busca un papel y un esfero para anotar el nombre de la pastilla. Y, mientras eso, Nicolás saluda a Clara de Molano, le inventa que Bernardo está en la oficina de abajo (porque se imagina, claro, que la velada romántica con Natalia es un secreto hasta la tumba) y le jura que cuando llegue «su hijito» le dirá que llame a «su pobre madre» para que no se muera de la angustia.

Cuelga el teléfono, se da cuenta de que esa sonrisa ya no tiene sentido y saca de su escritorio una linterna. Todo es del mismo color. La oficina está llena de obstáculos. El edificio es una suma de pasos, de estorbos, de tropiezos. Y él, Nicolás Vergara, que hace muchos años asumió el lugar del cínico, que ahora sólo puede regresar de aquella isla cuando nadie lo mira, siente ganas de llamar a su novia de turno, la universitaria, para pedirle que lo quiera de verdad. No, no importa que no estén enamorados. Quiere que alguien lo conozca.

Pero no, no puede. Él es así, él va a ser así hasta que se muera. Sí, es cierto, le dio a Quinche el dinero para los hampones, Hitler Calderón y Moncho Peláez, pero le va a descontar veinte mil pesos de las próximas diez quincenas y ahora le dice «apúrele pues, Quinche, que verlo me revuelve más el estómago». Porque la suerte está echada, sí, y a él le correspondió ser el tipo que abre las fosas nasales cuando hace un comentario fuera de lugar. Él es Nicolás Vergara. Él es este que recorta de los clasificados del periódico de hoy el anuncio de un motel, Coconito de Amor, en la transversal 93 # 52-21, vía Álamos («venga, ame y gane con la cocorruleta del amor», dice el aviso) y se lo pone a Bernardo, el pobre Bernardo, sobre el escritorio.

Quinche se asoma y se ríe de la broma. El doctor Nicolás lo mira como diciéndole «Zantac, Quinche, Zantac: me estoy muriendo» y él entiende, porque aunque se hace el que no sabe español se da cuenta de todo, que lo mejor que puede hacer es salir de ahí, ir hasta donde su tía Carmenza, la enfermera, porque a ella puede pedirle que le regale una caja de esas pastillas para quedarse con la mitad de la plata. Sí, eso es lo que hace. Baja las escaleras, cruza la recepción y le dice a Mábel «oiga, Mábel, a oscuras se ve lo más de flaca» y ella le dice, en voz baja, con cara de bruja, «la vida da muchas vueltas, Quinche».

El mensajero odia esa frase. Su mamá se la decía todo el tiempo. Sale a la calle y la repite, «la vida da muchas vueltas, Óscar Quinche», con la esperanza de entenderla algún día. Avanza por la carrera 13, contra la corriente de asistentes de presidencia, junto a las niñas de colegio muertas del susto, como si quisiera deshacerse de cada palabra de la frase. Llega hasta la calle 94. Sólo quedan las luces plenas de los carros, los espejos de los carros en los pisos de arriba, las linternas detrás de las vitrinas. La calle ha sido tomada por fantasmas.

Cree oír una voz que le habla detrás de las luces, mira por encima de su hombro, se vuelve consciente de sus pies, de la basura y de las piedras que pisa, y entonces pregunta «¿quién está ahí?», porque piensa —no, no piensa: está seguro— que su mamá lo mira feo desde el cielo, que le pregunta «¿a quién le aprendió a ser tan mugre?» porque ella, que todo lo sabe, ya se imagina que ha pensado quedarse con los doscientos mil pesos del doctor Nicolás y proponerle, a Hitler y a Moncho, los dos hampones, que más bien hagan un negocio entre los tres.

Tiene miedo. Atraviesa la calle 94, llega hasta la entrada del edificio en donde trabaja su tía Carmenza, hala la puerta ante la mirada de nadie. Sube las seis escaleras, pegado a las paredes de ladrillo, y se dirige a la luz de una lámpara de gas como un insecto sin nada que perder. Su tía se muere del miedo cuando lo ve. Primero le pregunta quién es, después qué hace acá y al final por qué tiene esa cara de susto. Él le dice «tía: ¿usted no tendrá una cajita de estas pastillas para mi jefe?» y le entrega el papelito en el que escribió el nombre. «Zantac», lee en voz alta. «Zantac», repite.

Ella le responde que ellos no son una droguería, porque lo conoce de memoria, y le dice que «lo único que puedo hacer, si el doctor Uricoechea me autoriza, es regalarle dos pepitas». El mensajero le da las gracias, le pide perdón por llegar «a oscuras y así como así» y se sienta en uno de los sillones de la sala de espera mientras Carmencita, la enfermera, entra en la oficina del doctor. Sí, aquí está la enfermera. Y el médico parece, a media luz, un padre confesor: le toma la mano a Juana Villegas, la última paciente del día, sin dejar de repetir la frase «ya va a llegar la luz: no te preocupes».

La señora le dice algo al doctor Uricoechea, le promete que será la última vez y saca, de uno de los armarios de la pared, un par de pastillas. Juana no sabe qué pensar. Sobre el techo está la luna que proyecta una pequeña lámpara de gas instalada por el médico. Siente los pies fríos, la piel de gallina de los brazos, las incómodas arrugas de la sábana. Su corazón, cree, se ha perdido detrás de las bocanadas de aire que ha tragado sin parar desde hace cinco minutos.

El doctor, convertido en un ángel cualquiera, le acaricia la cabeza. Querría aplicarle un sedante intravenoso y comenzar los lavados vaginales, le dice, pero no se atreve a dar un paso más hasta que el idiota del portero no prenda la planta eléctrica del edificio y no tenga a la mano toda la iluminación que le hace falta. Imagina qué debe estar sintiendo y le pide disculpas por todos los tropiezos. Le confiesa que muchas veces ha estado a punto de dejar la medicina porque siente que todas las pacientes son sus hijas. Pero que siempre sigue.

Juana le agradece al médico todos sus esfuerzos por calmarla, pero, si pudiera ser sincera, si no hubiera nacido tanto en Bogotá, le pediría que se callara. Sabe que muchas mujeres han pasado por esto, entiende que hay realidades que un jurado imparcial podría considerar peores que la suya, es consciente de que estamos a un paso de la guerra, pero no puede evitar que el mundo, todo el mundo, se reduzca a ese simulacro de vida que está ocurriendo dentro de su cuerpo. Está a punto de abortar: eso es lo que pasa.

Aprieta los ojos, junta las cejas. Y todo da vueltas porque un huracán que viene de su cabeza, un reloj de arena invisible que no se detiene, se lleva en su espiral infinita todas las palabras que pronuncia el doctor Uricoechea. Porque los otros, se sabe, son los fantasmas de todos los que somos. Y estamos ahí, frente a ellos, para ser alguien, el que quieran, en nuestro viaje al sueño de la noche.

CINCO

21

Juana se para frente a la ventana y recuerda. Los objetos de la sala están en su lugar, en las bibliotecas, las mesas, los escaparates donde ella los dejó esta misma mañana, y no darán un paso atrás, ni un paso al frente, no, hasta que alguien tome la decisión por todos ellos. El borde de la luna ilumina la calle, como una cuna de agua, pero la luz aún no ha regresado. Son las once y media de la noche. Las autoridades trabajan a esta hora para reparar el daño en la represa y recuperar el servicio de energía eléctrica en el país. Todos los demás están dormidos.

Todos menos Juana. Ella ve las últimas cuatro horas de su vida como si se hubiera quedado atrapada en el presente. Como si sobre la inmensa ventana de la sala proyectaran, en sesión continua y en el orden que viene, la conversación en el carro, la escena en la funeraria, el regreso al apartamento y el horrible hallazgo del consultorio. Ni siquiera cuando cierra los ojos está a salvo. Regresa, aunque no quiera, hasta las siete y media de esa noche: sale del edificio de siempre con el doctor Uricoechea y él le dice «yo te llevo: déjame llevarte».

El portero no se atreve a mirarla. Ella no le dice al médico lo que pasó hace un rato en la entrada («aquí no trabaja ningún doctor Antonio», dijo el tipo ese) y, en vista de que no levanta la cara, resulta difícil saber si todo salió como tenía que salir. ¿Qué ocurrió en el consultorio? ¿Pudieron hacer la operación? ¿Su vida ha comenzado de nuevo? Por la forma como camina, con las manos en los bolsillos, mirándose fijamente los zapatos de niño, pudo haber pasado cualquier cosa. Quizás más tarde se atreva a recordarlo. Todavía le produce escalofríos.

Por ahora, en la ventana de su memoria, acompaña al doctor —sería más preciso decir que lo sigue— hasta un parqueadero en una esquina de la calle 95. Son dos o tres cuadras en silencio. No tienen nada que decirse. El médico va hasta la caseta de la entrada y le da el dinero correspondiente al cuidandero. Son, desde donde está parada Juana, 5.500 pesos. Si los cuarenta carros que caben en el lote, haciendo un cálculo pesimista, estuvieran parqueados durante tres horas en el lugar, entonces cada día de trabajo produciría 200.000 pesos, cada semana 1.000.000 y cada mes 4.500.000. Puede ser más, puede ser menos. Ella no tiene cabeza para dar con una cifra exacta. No, ahora no.

El doctor Uricoechea se le acerca, la coge del brazo derecho, la lleva hasta su camioneta BMW X5. Le abre la puerta, le quita una bolsa de mercado de la silla del copiloto, la ayuda a ponerse el cinturón de seguridad. Da la vuelta por delante del carro, se quita el blazer y lo arroja al asiento trasero. Después se acomoda en el puesto del conductor. Revisa los espejos, prende la radio y, cuando gira la llave para encender el carro, recuerda que debe pasar antes de las ocho por la sala de velación de la Funeraria Gaviria. «La hija de unos amigos se murió esta mañana en un accidente de tránsito», dice.

Le pide a Juana que lo acompañe hasta la sala de velación, en la calle 98 # 18-20, y que lo espere «un minutito en el carro». Ella piensa, entonces, que puede tratarse de una nueva señal: porque desde cuando tomó el periódico en las manos, desde que descubrió el escalofriante obituario de su homónima («Juana Villegas descansó en la paz del Señor», decía) hasta cuando Rodrigo leyó la sección de Condolencias en el centro del centro de San Andresito, todo ha estado llevándola a aquel lugar.

Es como si Dios —que siempre sale por la noche— quisiera acercarla a la muerte. Como si todos los caminos del día, todas las bifurcaciones de la jornada, condujeran a aquella funeraria. Sí, jamás le diría esto a nadie. Todos se reirían si supieran las cosas que piensa. Pero no puede evitar sentir cierta vocación a estar muerta. El doctor le dice «no me demoro nada: cierran a las ocho de la noche» y ella le responde, sin repetir una sola sílaba, que «no hay ningún problema». Así es. Ahí está, de nuevo, esa vocación.

Ir por la calle, con los postes, los apartamentos y los locales apagados, es atravesar un armario sin fondo. La camioneta BMW X5, con su computador de a bordo, sus airbag laterales y sus faros antiniebla, traza la línea amarilla sobre el pavimento. El médico mira al cielo, a través del parabrisas, aferrado al timón con las dos manos y dejándole la mitad del trabajo a sus cejas, al tiempo que declara «mañana es luna nueva». Juana asiente una y otra vez —podría pensarse que le tiene sin cuidado— hasta que entiende del todo la frase.

—Mañana, 12 de febrero, comienza el año nuevo de los chinos —explica el doctor Uricoechea—. Es el año del caballo.

Ella inclina la cabeza hacia el lado derecho, como diciéndole al médico un «¿en serio?» bienintencionado, y él, pendiente de los cráteres de la calle, le responde que «sí» con la quijada. Le cuenta que Buda, hace mucho más de 2.000 años, llamó a todas las especies de la tierra, desde los insectos hasta los seres humanos, y que sólo doce, uno por uno, acudieron a su llamado: la rata, el búfalo, el tigre, la liebre, el dragón, la serpiente, el caballo, la cabra, el mono, el gallo, el perro y el cerdo se acostaron a su lado. Y Buda, el maestro, para premiarles su buena voluntad —y encubrir, de paso, su escaso poder de convocatoria—, les concedió un año a cada uno, y desde entonces se ha creído que cada doce años nace cierto tipo de hombre y que los hombres que nacen el mismo año son almas gemelas.

—¿En qué año naciste tú? —pregunta el doctor—, ¿en el 73?

—En 1973 —confirma Juana—: ¿soy una marrana?

—Eres una rata —dice él y, consciente de lo duro que ha sonado, agrega—: eres inteligente, elegante, confiada. Seguro que sufres mucho en los trabajos. Deben odiarte por no ser capaces de ir a tu ritmo. Sólo por ser así, rápida y competitiva, te has ganado muchos enemigos, ¿no? Porque, en el fondo, todos queremos ser como tú. Y lo que no sabemos, mamor, es que eres vulnerable. Buda decía: «Tú, que sufres, sufres a causa de ti mismo». Pensaba en todos, Juanita, pero en especial en los nacidos en el año de la rata.

El doctor Uricoechea es un misterio. Ahora, mientras maneja una camioneta que tuvo que costarle cientos de millones, le da el peor consejo que alguien le haya dado en la vida («tú lo que necesitas es conseguirte un conejo», le dice sin darse cuenta de lo poco oportuno que podría sonar: «Los conejos son los mejores de todo el horóscopo chino») y, porque ve que su cara parece condenada a un solo gesto, el de la angustia, le dice que todo, todo esto que le ha estado pasando, podría ser el resultado de un mal karma.

Ella no quiere decepcionarlo. Sigue diciéndole «no lo puedo creer», «¿de verdad?», «qué interesante» con la voz o la mirada cada vez que él le lanza una enseñanza de vida. Lo deja hablar del yin y del yang, que son las palabras del sol y de la luna, y trata de mostrarse interesada cuando el médico le confiesa que «hasta ahora estoy aprendiendo de esas cosas: estoy yendo a un seminario todos los sábados», cuando le cuenta que «según el doctor Wan Yu las mujeres que se llaman Juana tienen una tendencia hacia lo místico» y cuando declara —sigue con los ojos el recorrido de aquellas palabras— que ella, Juana, tuvo que cometer un grave error en el pasado.

—El doctor Wan Yu, el profesor chino que está dictando el seminario, te recordaría que desequilibraste las fuerzas del universo con tus decisiones y que ésta es tu oportunidad de darles la vuelta a tus errores —dice, al menos con cierta vergüenza, el doctor Antonio Uricoechea—, y te diría, así me dijo a mí la vez pasada, que la solución siempre aparece cuando te quedas en silencio: en tus sueños, en el baño, en las horas de aburrimiento. Si te quedas callada, si sólo oyes los espacios de tu cuerpo, puedes sentirte mejor en el mundo. O bueno: por lo menos eso es lo que dice el doctor Wan Yu.

Porque, claro, el doctor Uricoechea es un hombre en pugna con sus propias debilidades y habla solo todo el tiempo. Toda su vida ha tratado de encontrar una filosofía, una palabra, una imagen que lo deje respirar sin dificultades, pero se ha decepcionado, sin falta, de cada una de las soluciones. Eso es lo que está diciendo ahora. Que su exesposa, Elvira, preocupada por sus insomnios, por sus fuertes dolores de espalda, lo ha obligado a ir donde el profesor Wan Yu, y que él, en el fondo, querría ser una de esas personas que tienen fe y caminan sobre el agua, pero tarde o temprano pierde la esperanza.

Dan la vuelta al round point de la calle 100 con la carrera 15, y él, todo un hombre de cincuenta y tres años, disfraza su monólogo de diálogo, abre los ojos a su gusto y se dedica a hablar de todo lo que le ha tocado sufrir en la vida. Porque él, claro, también nació en el año de la rata. Y tiene pesadillas con monstruos y fantasmas que jamás ha visto en la vida. Hubo un tiempo, dice, en que «no sabía si morirme o recoger la ropa de la lavandería». Y como nunca ha entendido cómo ni por qué sufre, la explicación del maestro Wan Yu, con vidas pasadas, con balances en el mundo, por lo menos le ha parecido entretenida.

El doctor Wan Yu, con las trenzas del bigote, las manos entrelazadas sobre la barriga y esos ojitos brillantes, le habló de la ley del karma, le mostró el vacío de cualquier meta, lo ayudó a ponerse en contacto con su cuerpo. Le recordó las posibilidades de su propia profesión, el verdadero apostolado del médico, cuando le explicó que la ética es sólo un arte —porque tanto lo bueno como lo malo, se sabe, son otra ficción— y que lo único que cuenta son las decisiones útiles o inútiles para el crecimiento personal. Ayudarles a las mujeres, ser una mujer todos los días, ha sido su karma. Sí, eso es. Eso dice el doctor Uricoechea.

Pero, ¿qué quiere decir? ¿Que su karma, el karma de Juana Villegas, es estar completamente sola? ¿La ha convertido a ella en un personaje secundario y se ha puesto a hablar, como todos los hombres y las mujeres de su edad, de lo compleja que ha sido su vida? ¿Es este ataque de nervios esotérico su crisis de la edad madura? ¿En qué momento resulta positivo, místico y del nuevo milenio un doctor abortista cuyo primer hobbie es la eutanasia? ¿Debe aprovechar cualquier momento para escapar de ahí? ¿Valdrá la pena lanzarse ya de la camioneta último modelo?

—¿Qué opinas?, ¿ah?, ¿me estoy volviendo loco?

—No, no señor —dice ella sin pensarlo dos veces: decirle a alguien que está loco es, por ser la más común y dolorosa de las verdades, el peor gesto de la mala educación—. Yo creo que mi problema es que en el fondo nunca he creído en nada de eso. Sí, me parece divertido. Y me gusta enterarme de todo. O sea, leo sobre mi personalidad y mi futuro, y me encanta que me lean el tarot y todas esas cosas. Pero no dejo de salir a la calle si el horóscopo me lo aconseja. Por eso digo que en el fondo no debo creer mucho en esas cosas.

—Pero crees en Dios, ¿o no? Porque si uno cree en Dios puede creer en cualquier cosa, ¿no te parece?

No puede responderle esa pregunta. No sabe por dónde empezar. Sí, quizás sí cree en Dios, pero ¿debe creer entonces en vidas pasadas?, ¿debe ir por ahí, muerta de la vergüenza, porque no reconoce a nadie por la calle?, si uno da el salto inmenso, si finalmente cree en Dios, ¿puede creer en cualquier cosa que quiera? Lo diría, diría «me da miedo pensar en leyes secretas, gravedades planetarias, destinos en la sombra», si el doctor Uricoechea no le preguntara «¿vamos bien?» y girara a la derecha, en la calle 100 con la carrera 19, para tomar la ruta hacia la Funeraria Gaviria. Diría «no tengo ni idea de nada» si no hubiera pasado una y mil veces por esa esquina.

Juana le dice al doctor que «se puede entrar por la de la clínica Barraquer» y señala el camino con la mano derecha. Y él le cuenta una historia, imposible de atender, sobre su hijo, un ojo con un alfiler y un lamentable parche de pirata hasta que ven las luces de las velas, las hojas rojas y azules y amarillas de las llamas, sobre el muro de esa oscuridad. Se acercan a la funeraria. Y ahí, mientras buscan un lugar para parquear, Juana ve un gigantesco carro blanco, un Buick de 1972, con un águila dorada en el capó. Y por primera vez, en todo el viaje, se le ocurre preguntarle al doctor Uricoechea quién era la hija de sus amigos.

Era sicóloga. Se llamaba Mónica Sotomayor. Murió esta mañana, la mañana de su cumpleaños, en un tontísimo accidente de tránsito: esperaba en el taxi de todos los días a que el semáforo de la 72 con 11 cambiara a verde, en el rutinario camino a su oficina, cuando un carro sin reflejos los estrelló por detrás y la desnucó de un solo golpe. El conductor la llevó a la clínica del Country, a unas quince cuadras del lugar, pero fue inútil. Fue una muerte súbita, limpia, sin una gota de sangre. Un suicida no la habría planeado mejor.

El doctor Uricoechea le pregunta «¿por qué?, ¿la conocías?» y Juana, que aún no entiende bien lo que está pasando, que siente cómo las luces de las velas se quedan en los bordes de sus lentes de contacto, le responde que fueron compañeras de colegio. Le habla de la fiesta de cumpleaños de esta noche, de las salchichitas que daban en todas las reuniones sociales, de las clases de eneagrama que dictaba. El médico, que se ha convertido en otra persona desde que se subieron a la camioneta, sólo atina a decir «mal karma».

Eso recuerda en la ventana de la sala. Que el doctor apagó el carro, las ventanas subieron solas y la alarma antirrobos se encendió. Que repitió «mal karma» mientras abría la puerta. Y la miró a ella, a Juana, como si quisiera evitarle aquella escena. Le preguntó si prefería esperarlo en el carro un momento o si quería darle el pésame a la familia de Mónica. Y ella, por no quedarse en silencio, bajo la mirada de dos o tres transeúntes, le respondió «mejor me bajo». Descendieron, cerraron las puertas, caminaron hacia la entrada de la funeraria. La gente, de luto en la oscuridad, trataba de reconocerlos.

Puede que el doctor Uricoechea haya sonado más sensato en aquel viaje. Puede que recordar sus frases sospechosas sea más interesante que traer a la memoria sus bondadosos consuelos. Pero los hechos, eso sí, son innegables: están ahí, quietos, igual que los objetos de la sala a la medianoche: ella y el doctor salen del consultorio sin cruzar ni una palabra y viajan juntos hasta la funeraria, y las ventanas son, mientras se agota la luna, los ojos cerrados de la calle.

22

Se debe interrumpir la marcha del sistema nervioso. Se debe detener el corazón. Para llegar a ese féretro, entre los ocho cirios adornados con cruces doradas, basta levantarse de la cama, tener el cuerpo frágil de cualquier ser humano y recibir un contundente golpe en la nuca. Se deben ignorar las últimas palabras que se le han dicho a todo el mundo, los planes que se olvidarán de un solo tajo, la tristeza que ha venido de la nada y se ha sentido durante los últimos minutos. Se debe ahogar la intuición, la sensación de un paso mal dado por venir, en los pequeños oficios de todos los días.

 El cadáver de Mónica Sotomayor llegó a la funeraria, sin todos los órganos donados, a las dos y media de la tarde. Fue diseccionado y cateterizado. Benito Navarro, el restaurador de muertos de la empresa, con diplomas en Barcelona y en París, no consideró necesario practicar el drenaje de fluidos. Prefirió inyectarle por la vía femoral un producto nuevo, Complucad, producido por los laboratorios de la Universidad Complutense de Madrid, para recuperar la flexibilidad de los tejidos y conservar el cuerpo como si aún pudiera decírsele por el nombre.

El Complucad ha sido, según Navarro, un alivio para los restauradores del mundo: el formol era cancerígeno e irritaba la piel de operarios, alumnos de medicina, técnicos, tanatopractores y forenses. Ahora, en el caso del cadáver de la joven Sotomayor, basta inyectar una dosis de 86 mililitros del nuevo componente por cada kilogramo de peso —lo que significó, en el caso de Mónica, 5.246 mililitros: «Estoy gorda», le había dicho la noche anterior a su mejor amiga— y esperar a que el líquido penetre uniformemente en los tejidos y desaparezca, así, la leve hinchazón que se produce en la zona abdominal.

El señor Navarro trató de simularle un espíritu al cuerpo sin vida de Mónica Sotomayor. Quiso resaltar las cejas perfiladas y las mejillas puntiagudas y eliminar las ojeras profundas. La depiló, le roció algo de su perfume favorito y le hizo la última manicura de su paso por la tierra. Le echó una base para quitarle el brillo, adivinó su peinado de mujer seria y combatió los restos del olor de sus heces post mórtem con un spray sumamente efectivo. Como los ojos fueron donados a la clínica Barraquer, ahí, a la vuelta de la esquina, se le rellenaron los párpados cerrados con bolitas de algodón.

La amortajaron y, porque el rígor mortis desapareció al poco tiempo, le pusieron los brazos sobre el estómago. El señor Navarro se tomó una fotografía con ella antes de meterla en el féretro de roble porque siempre ha pensado que un cadáver es un ser humano como cualquiera, que las flores, el ataúd y las oraciones son un último gesto de amor, y que mientras uno despierte el afecto de los demás puede decirse que sigue siendo una persona. Después la cargó, con algunos empleados de la funeraria, hasta la primera sala de velación.

El padre de la muerta, Bernabé Sotomayor, echó una fotografía familiar dentro del cajón y dijo «parece que duerme». Los niños, los abuelos y las mujeres de la familia se acercaron y sólo atinaron a repetir «dale, Señor, el descanso eterno y brille para ella la luz perpetua» mientras pasaban, uno por uno, frente a la tapa abierta del ataúd y lanzaban palabras sin vocales y análisis incompletos sobre el sentido de la vida. El señor Navarro lo sabe de memoria: los cadáveres de las mujeres encarnan tragedias.

Bernabé Sotomayor abrazó a Juana. Y, con su nariz sobre la de ella y un par de babas en la barbilla, le dijo «hola, mi amor, cómo estás de linda». Le dio las gracias por venir, le preguntó por su papá y se puso a llorar igual que un niño perdido en un centro comercial: temblaba, perdía el aire, sollozaba. Ella está sentada en el borde de un sofá, frente a la ventana de su apartamento —sus ojos ya se han acostumbrado a la oscuridad—, pero aún puede verse en el centro de aquella sala de velación. Quiere que ese señor no sienta frío.

Piensa que el papá de Mónica se ve mucho más viejo. Que no tenía esas líneas en los ojos ni el pelo lleno de canas. Que no se veía desolado, cansado, desprotegido. Quisiera decirle la frase exacta para devolverle la tranquilidad, las palabras mágicas para llegar al final de la desesperación, pero no se imagina capaz de algo como eso. No cree que jamás le haya servido a nadie de consuelo. Se le acercan parientes, amigos, conocidos. Y ella les dice a todos «no puedo creerlo», «las cosas pasan por algo», «estará mejor que nosotros».

Quiere salir de ahí. Se dice «Mónica Sotomayor está muerta» y no entiende del todo la frase. La ve viva, en su uniforme de colegio, cuando le preguntaba «Juana: ¿usted es buena para el razonamiento abstracto?» y se dejaba caer contra el pupitre porque las matrices, las derivadas y las funciones trigonométricas no le cabían en la cabeza, y entonces piensa en su mamá y en todo el tiempo que ha pasado y no puede creer que haya llegado el momento de su vida en el que puede hablar de cosas que pasaron hace veinte años. Quizás haya comenzado a hacerse vieja. Quizás los hechos de la vida han terminado.

En la esquina, un señor con cara de tortuga habla con una señora con cara de marrano. Allá, junto al féretro de roble, una niña con aspecto de chimpancé se contiene para no saltar sobre la imagen de Mónica Sotomayor. Podría diluviar: eso es. Podría caer el último aguacero del mundo, el segundo diluvio universal, y las calles se limpiarían por completo y todo volvería a comenzar, sin cegueras ni pecados capitales, sobre el escenario vacío de las ciudades. Ellos, los elegidos, todos los que se han reunido ahí para despedirse de aquel cadáver, comenzarían una nueva era. Se quitarían el luto y caminarían por las aceras.

Se acerca al cuaderno de visitantes. Unas veinticinco personas lo han firmado. Trata de recordar en qué estaba pensando hace un momento («¿en un segundo diluvio universal?», pregunta) pero, porque no es capaz de precisarlo, toma el esfero de tinta negra atado con un cable de nylon a la pequeña mesa de madera y escribe su nombre y su apellido debajo de la firma de Jimena Soto. Cuando se da cuenta de ello, cuando descubre que su amiga ha firmado hace un momento, se dedica a buscarla por todas partes. Mientras cruza la sala de velación recuerda lo poco que vale, lo poco que significa su propio nombre.

Son sólo escenas, imágenes, palabras sueltas: se encuentra con Leopoldo Saldarriaga y con Jimena, su amiga, y le dice «Jime: ¿por qué no me avisó?»; el doctor

Uricoechea la busca, le pregunta «entonces qué, mamor, ¿quieres que te lleve a tu casa?» y ella se rasca la nariz con el dorso de la mano y le da las gracias como diciéndole «no es necesario: me encontré con Jimena»; le molestan los calzones dentro de los jeans, tiene ganas de hacer pipí, sospecha que está a punto de sentirse mareada; le pide a su amiga y a su novio, el artista obeso, que la esperen un momento; entra en el pequeño baño, cree oír una pregunta, susurra «¿quién es?, ¿quién está ahí?, ¿quién es?», con la esperanza de que nadie le responda.

No es fácil levantarse del inodoro. Se le están acabando las fuerzas. Ve el logo de la funeraria en una toalla y recuerda que a su papá le ha dado por decir, en los últimos días, que cuando él se muera no lo velen ahí porque es carísimo y porque hace cinco años, cuando se murió Esteban Saavedra, se les confundió el cadáver con otro como si se tratara de una sala de partos de tercera clase. «Yo no creo que hayamos enterrado a Esteban», dice todo el tiempo. Lo ha dicho ya unas seis veces. No sabe que se repite.

Juana se levanta, se viste, se mira en el espejo. Sí, se le han muerto sus abuelos, su mamá y su perrita golden retriever, se le han ido varios personajes importantes de su vida, pero hoy, en el baño de ladrillo de aquella funeraria a oscuras, siente que la muerte de esa desdibujada compañera de colegio le ha llegado hasta los nervios. Es, cree, una especie de réquiem por los personajes secundarios: la vida de Mónica Sotomayor, reducida a salchichitas y clases de eneagrama, siempre ocurrió al margen de la suya. Prefería no encontrársela en la calle. Una vez, en la Librería Nacional de Unicentro, consiguió escondérsele entre los largos escaparates de libros. Porque nunca, jamás, pensó que moriría tan pronto: si hubiera sabido esto, si hubiera imaginado el accidente de esta mañana, se le habría acercado a recomendarle una novela.

Siempre fue un personaje secundario. Siempre, como los mejores amigos de los protagonistas en las comedias románticas norteamericanas, estuvo a nuestro lado sin vida privada, sin planes, sin reveladoras ideas personales. Sí, eso diría Juana si le pidieran que escribiera la homilía. Que su vida nos sirvió para reírnos, para vencer horas muertas, para poner ejemplos de mal gusto y de torpeza. Que Mónica Sotomayor, este cadáver restaurado que tenemos acá, frente a todos nosotros, alguna vez nos fue útil para contar nuestras historias.

No sabemos si tuvo dudas religiosas, si intentó suicidarse con el revólver de su abuelo, si sus novios la traicionaron con sus mejores amigas. No sabemos si le gustaba que le dieran pequeños besos en el cuello, si votaba por los peores candidatos de derecha, si les llevaba el desayuno a la cama a sus papás cuando estaban cumpliendo años de casados. Sabemos que estaba viva y que ahora está muerta. Que, en la larga tradición de los personajes secundarios de este mundo, apareció y desapareció a nuestro gusto. Ni siquiera tuvo una escena para ella.

Juana sale del baño. Oye que un anciano le dice a una portera «Juana Villegas está en la sala cuatro, ¿cierto?» y, aunque por un momento contempla la posibilidad de que la estén buscando, muy pronto cae en la cuenta de que en la habitación del fondo están velando a la señora que tuvo su nombre hasta el final de los días. Rodrigo le diría «asomémonos un minuto», su hermanito risueño le aconsejaría «apúrele: la están esperando», el miedoso Bernardo querría salir de ahí de inmediato.

¿Qué está haciendo ella? ¿Por qué camina hacia una sala de velación ajena? ¿Por qué firma el cuaderno de visitantes de la otra Juana Villegas? ¿Por qué se acerca a la ventanilla del ataúd de una señora que jamás conoció y le pide que «descanse en paz» bajo la mirada de 53 desconocidos? ¿Para qué indaga sobre la vida, la obra y los milagros de la difunta? ¿Le sirve saber que el hijo de su homónima, un joven homosexual que vive en Amberes, tuvo que venir en el primer vuelo que encontró? ¿Le es útil oír que el cuerpo de la anciana tuvo que ser embalsamado para que resistiera el largo viaje del único heredero de sus bienes?

Sólo sabe que está ahí. Que muchas personas están tristes porque la otra Juana Villegas ha muerto.

Piensa que si la señora no se hubiera tragado esa espina no habría padecido aquella diverticulitis, que si sus intestinos aún estuvieran a salvo entonces todos los que están en esa sala, todas esas primas, todos esos trabajadores que aún le dicen «niña Juana», seguirían siendo un problema para ella. Porque la muerte es el único final de todas las historias que vivimos, se sabe, y todos los relatos que emprendemos cuando conocemos a otra persona siguen abiertos, en un segundo acto interminable, hasta que nos llega el día de morirnos. Sí, eso es lo que piensa. Es sólo que ahora, bajo todas las miradas, no logra articularlo.

Un niño de gafas, peinado hacia atrás y vestido con el uniforme británico de su colegio, mira el reloj y se dice «tengo sueño, ya es muy tarde, tengo sueño». Se ha sentado a llorar en una silla, en la larga fila de asientos incómodos, porque quisiera repetir aquel día desde el comienzo. O eso es, al menos, lo que imagina Juana. No, no parece ser el mismo niño de esta mañana. Pero para ella, en este punto, da lo mismo. Se le acerca, le da unos golpecitos en el hombro y le dice, transformada en una amiga de siempre, «todo va estar bien: lo siento mucho».

Abandona la sala de velación, recorre el lugar sin hacer contacto visual con los visitantes y llega hasta el ataúd de Mónica Sotomayor. Son escenas, imágenes, palabras sueltas: Jimena y Leopoldo Saldarriaga le preguntan en dónde estaba, le reclaman por haberla buscado todo este tiempo y le advierten que la funeraria está a punto de cerrar; una descolorida señora de pelo corto, que podría venir de un café parisino de 1920, niega con la cabeza y dice «sí, claro: había que cortar el problema de raíz»; dos compañeras de colegio, Alejandra Bonilla y Patricia Agudelo, no son capaces de saludarla: le alcanza a oír, a alguna de las dos, «¿esa es Juana Villegas?: está acabada, ¿cierto?».

Es hora de salir de ahí. No puede pedirles a los demás que no la miren ni la juzguen, no, porque entre otras cosas Alejandra Bonilla se ve inmunda con el pelo corto y Patricia Agudelo se ve ridícula con brackets a estas alturas de la vida, pero preferiría que se dedicaran a comentar los recientes divorcios en el mundo del espectáculo, la historia de la amante del presidente de la República de Colombia, la noticia de la cirujana plástica de Barranquilla que sólo se conseguía novios malencarados para trabajar en sus pómulos y sus narices y rompía con ellos cuando, en sus propias palabras, «ya estaban caribonitos».

En fin. Que se dediquen a sus propias vidas. Que no la miren, ni la toquen, ni le hablen. Que cada quien barra la puerta de su casa y si no tiene escoba la pida prestada. Porque, como decía su mamá, todas las vidas son idénticas. Y decir algo sobre los demás es, siempre, una manera de hablar sobre uno mismo. La comunicación, se sabe, es un error: porque, si somos una sola persona con mil caras, ¿para qué gastar palabras en el otro?, ¿para qué adosarle nuestras faltas?, ¿no sería mejor callarnos?

Sí, así es. La funeraria es el lugar de los discursos. Juana se despide de los Sotomayor, saluda con la sonrisa del anuario a sus compañeras de colegio y lanza la versión oficial sobre su vida («feliz», dice, «me caso en diciembre»), y entonces sale de la escena. Y ahora está ahí, en el parqueadero de la funeraria, que les sirve a los clientes del supermercado Carulla, frente a una niña que quiere venderle, así sea a la fuerza, unos coloridos palitos de incienso. Ella le dice «no, monita, se me acabaron todas las monedas» y a la niñita sólo se le ocurre contestar «no importa: lo dejamos para la próxima». Por eso, por decir aquella frase, Juana le regala el dispensador PEZ con la cabeza de la pequeña Lulú. «Es lo único que tengo», dice. No, no va a decirle que ese era el cómic favorito de su mamá.

Desde la ventana de atrás, en el Peugeot 206 de su mejor amiga, Juana sigue los movimientos de los hombres y las mujeres de luto. Caminan en todas las direcciones, con el afán de la incertidumbre, como si fueran satélites alrededor de un planeta invisible y pronto, muy pronto, fueran a regresar a ese mismo lugar. Desactivan las alarmas con sus controles remotos. Sin detenerse. Se ponen sus cinturones de seguridad. Encienden las radios de sus carros. Se enteran de las noticias sobre el apagón. Se imaginan en la oscuridad de sus casas.

Leopoldo Saldarriaga se sienta en el puesto del copiloto (porque, según dice, «eso de manejar es para machos») y se voltea, convertido en un padre de familia que viaja con sus niños al campo, a preguntarle a Juana «¿cómo van los de atrás?, ¿bien?». Y ella quiere odiarlo un poco, sí, pero Jimena le pide, desde el espejo retrovisor, que mire si ahí, «con ese carro plateado detrás», puede salir del parqueadero. Y entonces se asoma y le dice a su amiga «sí, ahí puede». Y, por un momento, con las luces del carro en sus retinas, se escapa de la voz de su cabeza.

23

No alcanzaba a leer los subtítulos en español. Tenía sólo siete años. Las escenas se terminaban demasiado rápido y, porque era una niña terca y orgullosa, Juana se negaba a preguntar qué estaba pasando en la película. Se arrodillaba en los asientos de cuero rojo, se reía si sus vecinos de silla se reían y miraba a su mamá en la oscuridad del teatro cuando lloraba, sacaba sus pañuelitos y se sonaba frente a todos. En eso piensa, a esta hora de la noche, frente a la ventana de la sala: el mundo ocurre en otro idioma y ella aún no alcanza a leer los subtítulos.

Es la segunda vez que lo piensa en este mismo día. En el asiento de atrás del carro de Jimena llegó a la misma conclusión. Las dos siluetas de espaldas, los policías acostados en la calle invisible, el deplorable boletín de última hora, la pregunta fuera de lugar de su mejor amiga y la forzada sentencia de Leopoldo Saldarriaga: todo se terminaba antes de que alcanzara a entenderlo por completo, sonreía como una europea de la tercera edad atrapada en un barrio del tercer mundo.

Aún puede oír las alarmantes noticias de la radio: el servicio de energía eléctrica se restablecerá en el 72% del país a las doce de la noche; el gobierno nacional pondrá en marcha un plan para combatir la prostitución en los colegios de las principales capitales del país; la enfermera Nelly Rosas, de Villavicencio, fue condenada a doce años de prisión por haberle practicado un aborto a una mujer, Edna Rocío Martínez, que murió horas después en un hospital de esa ciudad: el esposo de la víctima irá seis meses a la cárcel por ser cómplice del hecho.

Puede oírse contando el sueño de la tortuga patas arriba, la trama de la película malísima que vio en la madrugada, el cuento de la clase que Sofía, la esposa angelical de Rodrigo, le contó hace un momento. Puede ver que Leopoldo anota en una hojita de papel doblada en cuatro partes todo lo que acaba de contarle. Y puede oírlo decir, en una detestable primera persona, «esto está buenísimo: ¿les conté que estoy trabajando mucho en las pesadillas de las mujeres?». Sí, ahí están los tres. El carro sube, a 40 kilómetros por hora, por la calle 100. Son las ocho y veinte de la noche. El cielo no se abre paso entre las nubes. La lluvia no va a llegar, no, aunque todo les señale lo contrario.

Tratan de encontrar una emisora decente. Por un momento les divierte una amanerada versión de «Raindrops are Fallin'» que transmiten por Melodía Estéreo, pero pronto, en la búsqueda de algo mejor, se encuentran con una canción de las Flans, «No controles», que las enloquece, a ella y a Jimena, durante unos cincuenta segundos. También cantan la siguiente canción, «One of Us», pero sólo lo hacen porque han quedado con ganas de cantar. Leopoldo se ve incómodo. Pega la frente a la ventana, se asoma a las fachadas del camino. Preferiría, quizás, que se callaran: se ha puesto rojo por las dos.

Juana no quiere hablar de sus cosas. Jimena le pregunta «¿cómo le terminó de ir con Rodrigo?, ¿al fin a dónde fueron?» apenas termina de imaginarse el rompecabezas de ese día. Y ella le dice las primeras frases que le vienen a la cabeza, dispuesta a sobrevivir a las incisivas preguntas de su amiga («¿y ya?, ¿nada más?, ¿no se tomaron un café ni nada?»), hasta conseguir que la conversación gire hacia la famosa instalación de Leopoldo Saldarriaga. A punta de elogios falsos logra que Leopoldo, antes de voltearse un poco hacia ella, deje escapar la sentencia «D. J. Ciro es un genio: tienes que oír los sonidos que se inventó para la casa de muñecas».

Entonces piensa que quizás sea interesante oírlos. Porque no deja de ser un misterio que de ese hombre pálido y fuera de órbita, de ese ser lleno de pines y pulseras, pueda venir una sola idea inteligente. Juana le responde a Leopoldo lo que debe responder («la parte de la casa de muñecas es buenísima», le dice), trata de ver las nubes de tierra desde un ángulo incómodo y —es una niña de viaje— dice «miren ese gato» cuando pasan junto a un muro de concreto. Es una prueba de que los temas de conversación se han agotado.

Sí, vuelven a sostener la misma discusión de siempre: Jimena dice «me encantan los gatos», Juana responde «pero ¿para qué tener un animal más inteligente que uno dentro de la casa?» y Leopoldo acusa a los perros de ser «tontos, babosos, mediocres». Y sí, se acuerdan de aquel exnovio, bombero voluntario, fiel amante de los gatos, que se tatuó «Jimena Soto Lombana» en el antebrazo para demostrarles a todos que no era cuadriculado, clasista y conservador, pero ninguna de las dos, ni Juana ni Jimena, parece interesada en ese diálogo.

Querrían hablar de Rodrigo Sánchez. Esa es la verdad. Querrían estar solas y decirse que se quieren. Se ven a través del espejo retrovisor, como un par de adolescentes celosas que no están dispuestas a compartirse con nadie, y, en vez de cruzarse cualquier frase en clave, se quitan la mirada avergonzadas. Una nueva piel ha comenzado a salirles. Un campo de energía que las empuja uno, dos, tres pasos atrás. Cada vez les queda más difícil mirarse a la cara. Cada vez se pierden más de vista.

Toman la carrera 11 en la esquina redonda de la gigantesca estación de gasolina y llegan a la calle 92 en unos tres minutos. Y entonces, mientras se dirigen hacia su apartamento, Juana le pide a su amiga que la deje sobre la carrera 15. Jimena, en un principio, se niega rotundamente. Pero después de un rato de discusión acalorada, cuando Juana le da su único argumento irrefutable («son dos minutos a pata», le dice), finge que acepta el trato para no pelear con su mejor amiga.

Es la esquina de la 92 con 15. Un grupo de faldas, paraguas y maletines maltratados esperan, sin separarse ni un solo centímetro, un bus colectivo. Sólo dos edificios, en el horizonte de la calle, tienen luces encendidas. En 1991, cuando Bogotá padeció dos largos apagones diarios y cambió de hora para aprovechar la luz del sol, algunos conjuntos residenciales invirtieron el dinero de la administración para comprar plantas eléctricas. Juana, que suele quemarse con la cera de las velas y sin falta se queda dormida cuando se va la luz, siempre ha sentido cierto resentimiento social al respecto. Sus edificios nunca han tenido plantas eléctricas. Siempre dice «puta» cuando se va la luz de pronto.

Los días siempre terminan en Bogotá como si el invierno jamás fuera a acabarse, pero Juana todavía no logra acostumbrarse. Se abraza a su cartera, lleva el ritmo del frío con sus zapatos de niño. Se toca las orejas heladas, mete las manos en los bolsillos de su chaqueta de jean, fija la mirada en el inmenso hueco de la calle. Ya no hay loteros, ni viejos mendigos, ni bebés en cochecitos de moda. Sólo han quedado papeles, colillas y servilletas en las aceras. Los locales se protegen de la oscuridad. Los vigilantes sacan sus linternas e iluminan a los perros callejeros y a los insectos como a actores que emprenden un monólogo en el escenario bajo la luz circular de un proyector.

Hace cientos de años, cuando la luz eléctrica no había llegado a esta esquina, los cinco habitantes del lugar, una familia campesina contratada desde la ciudad para cuidar las tierras, no les temían a las sombras sino a todo lo invisible. La noche se oponía al día, sí, pero ninguno de los cinco se sentía derrotado, mudo, acorralado, cuando no tenían velas ni antorchas a la mano. El silencio era una realidad. Y no, nunca, una inequívoca señal de peligro.

Su mamá murió con miedo a la oscuridad. Su papá nunca pudo entenderla. Y aunque le abría los armarios, le mostraba que esos eran los mismos muebles del día y le comprobaba la irracionalidad de su comportamiento, ella se abrazaba a él, debajo de las cobijas, y no lo soltaba nunca. Unas semanas antes de morir, cuando ya se habían ido del edificio La Gran Vía, Juana tuvo que recibirla en su cama sencilla. Su mamá murió con esa contradicción: se había aburrido de las locuras de su papá, de Patricio, pero quería abrazarlo por las noches.

No se ha movido de esa esquina porque está llena de gente. Hoy tiene miedo. Siempre tiene miedo. Sufre porque el descenso hasta su apartamento, con esos árboles que se doblan por todo el camino como monstruos con las manos abiertas, parece ser una última prueba. Alcanza a oír, en la acera de enfrente, la conversación del grupo que espera el colectivo («me contaron que se va a vivir a Miami», dice el líder, «el que menos piensa uno que ese es, ese es») y antes de dar la vuelta, para emprender el regreso al edificio, se da cuenta de que uno de los del grupo, un hombre liso de cejas rectangulares, les pregunta a los demás si ella no es una actriz de televisión.

Sí, todos la miran en la otra orilla. Son uno, dos, tres, cuatro, cinco, seis oficinistas. Se han quedado mudos ante su presencia: posan para una fotografía que nadie les quiere tomar. Es como si estuviera ante un espejo mágico que le devolviera la imagen de sus personalidades. Como si contuviera a esas seis personas en algún lugar de su cuerpo, como si todos durmiéramos dentro de todos, y los espejos normales, para no enredarnos la cabeza, sólo nos mostraran una cara. Sí, eso es. Todos están en ella, ella está en todos. Dentro de su cuerpo hay un Nicolás sin escrúpulos. Y en Nicolás, entre los nervios de Nicolás, hay una persona idéntica a ella. Las niñas que venden incienso, los mutilados de los semáforos, las ancianas que hacen cola en los teléfonos públicos: todos están en ella, todos existen porque ella está ahí. Sí, eso es: por fin. Todo el día ha intentado decir esto. Pero sólo hasta ahora ha conseguido expresarlo. Es una lástima que mañana no vaya a recordarlo.

Les da la espalda a los oficinistas y mira el reloj: son las ocho y media de la noche. Siente el número 5125 de la serie 8 de la Lotería de Bogotá, que juega en unas horas, en un bolsillo de su chaqueta, y no sabe si sentirse mejor o peor porque ahora sólo lleva 40 mil pesos en la billetera. Son dos billetes gastados y pegados con cinta pegante. Están ahí, al lado de los resultados de la prueba de embarazo, y no le alcanzan, según confirmó esta mañana, para comprar el bucito que vio en la vitrina del California Inn del Centro Andino. Así que lo mejor es avanzar. Dejar atrás el día. Correr por la montaña rusa de la acera —los gritos de rigor están en su cabeza— hasta la puerta de la entrada de su edificio.

Entra, le pregunta al portero si se sabe algo de la luz y sube por las escaleras hasta su apartamento. Saca el célebre paraguas fucsia de su cartera para encontrar, con la paciencia de sus manos, las llaves de la casa amarradas al llavero de una pintura de Miró. Abre la puerta, oye que su papá grita «¿mi niñita?» y mientras llega hasta la entrada alcanza a ver, sobre la mesa del comedor, un aviso que dice «se ruega a los inquilinos abstenerse de llevar a sus mascotas a la zona verde de la propiedad porque, de lo contrario, los niños continuarán embadurnándosen de caca». Se ríe sin entusiasmo.

Quiere abrazar a su papá y decirle lo mucho que lo quiere. Él no la deja: se le adelanta y le dice «siquiera llegaste» con las agujas largas y el futuro saco de lana en la misma mano. Le acaricia la cabeza, le da un beso en la frente, le cuenta, sin dejarla dar un solo paso, todo lo que ha pasado en el día. Se queja de Samuel («es el hijo que nunca tuve», dice) y le cuenta que ahora anda enamorado de una niñita que parece una cantante de rock pesado. La ayuda a quitarse la chaqueta y, señalándole el saco cuello de tortuga que lleva puesto, le promete que el que le está tejiendo va a ser mucho más bonito.

Juana deja su cartera y su chaqueta sobre su cama. Se encuentra con Samuel, su hermanito, en el camino hacia el baño y le pregunta «¿ya se fue su amiga?» como si en aquella situación no hubiera ningún misterio. Él le responde «los papás vinieron a recogerla» y, porque no le gusta que se metan en sus cosas, le recuerda que les van a cobrar multa en Blockbuster por no devolver a tiempo la película. Se miran un momento, bajo la luz de las velas encajadas en botellas de Coca-Cola dietética, y siguen su camino para no tener que sonreírse ni abrazarse.

Ella le diría «¿sí vio qué saco me puse?» si él no se le anticipara y le dijera algo más cuando ya han dado algunos pasos y no pueden verse bien la cara. Le dice «quedé que nos veíamos mañana después del colegio» y entra en su cuarto para no oír ninguna respuesta. Juana sube un poco el tono de su voz para asegurarse de que Samuel oiga su «podemos ver la película con ella» y él contesta «vamos a ver si el novio la deja» antes de cerrar su puerta forrada con frases de Friedrich Nietzsche.

Eso es todo. No vuelven a hablar más esa noche. Cuando su papá le golpea a la puerta, una media hora después, para preguntarle si quiere que le haga una carne asada con papas, responde «ya estoy dormido: gracias». Ni siquiera se lo dice en persona. Ella, Juana, mientras llegan las nueve de la noche, se está un rato en el baño lista a tomar fuerza para establecer un nuevo diálogo con su papá —que no, no tiene la culpa de su angustia— y vuelve a su habitación para oír los mensajes que en teoría le dejaron en el celular.

Recuerda que no hay luz. Imagina a Jimena diciéndole «mi Juana: se murió Mónica Sotomayor: ahora sí nos va a tocar ir a la fiesta» y a Catalina Velasco, la infame completadora de frases, explicándole, bajo los gemidos electrónicos de su novio, D. J. Ciro, que «todavía estoy temblando: parece que estaba en un taxi, en el semáforo de la 72 con 11, y un imbécil los estrelló por detrás». Es sólo su imaginación. Y el viento que se quiere llevar algunas ramas del árbol frente a su ventana.

Busca a su papá en la cocina. Le cuenta los eventos del día, le dice la mentira perfecta sobre el tema de la cuenta por pagar («tenían una confusión terrible sobre las fechas», dice), le habla del triste abrazo de Bernabé Sotomayor, de la foto sobre el mueble en el apartamento de la tía Emma, de la linda esposa de Rodrigo. Y Patricio es un espejo más. Trata de colaborarle en lo que está diciendo e imita involuntariamente cada uno de sus gestos —levanta las cejas, asiente con la frente, abre un poco la boca— como hace cuando se mete dentro de los programas que dan por la televisión. Confiesa que no se acuerda del todo de la cara de Mónica Sotomayor y acepta que el papá, Bernabé, nunca le cayó muy bien. Después continúa su monólogo: le muestra a Juana una torre de cremas Ikebana y le dice «no vuelvo a pedir nada por televentas: salieron medio vacías».

Juana acompaña a su papá hasta que se duerme. Patricio, en su piyama de dulceabrigo, le pregunta qué le parecería si tomara unas clases de baile. Juana le responde «me parece buenísimo» para hacer lo sabio. Y declina, con sentido del humor, la invitación a que entren los dos al mismo tiempo. «Papito: yo me tropiezo todo el día por la calle», le recuerda. Después le lee un par de páginas de *Rip van Winkle* hasta que se queda dormido. Deja el libro sobre la mesita de noche, lo arropa con cuidado y se lleva la botella con la vela como si caminara por la cuerda floja. Patricio, mitad dormido, mitad despierto, dice «va a llover toda la noche» y ella le responde «no creo» mientras se dirige hacia la sala.

Las paredes y los objetos cambian de color, mientras pasa, como si les subiera la temperatura o fueran un vaso que se desocupa. No queda nada a sus espaldas.

Nadie podrá ver el capítulo cumbre de *María Cristina me quiere gobernar*. La lotería, que suele jugar por televisión, tendrá que aplazarlo todo hasta mañana. Los pronósticos del clima hablarán de tormentas eléctricas en las principales ciudades del país. Serán las nueve y media de la noche y Juana hablará por teléfono, a la luz de la vela, con Bernardo Molano. Ella lo llamará. Porque las personas número seis en el complejo sistema del eneagrama son incapaces, se sabe, de enfrentársele a alguno de los hombres, los animales, las plantas que conocen. Tienen que terminar todas las noches con la seguridad de que la gran mayoría de la humanidad las quiere.

Su novio le hablará de la propuesta de Credimensión y, aunque le dirá «¿en dónde te metiste todo el día?», no le preguntará nada nuevo sobre su vida ni indagará, acomplejado por sus tímidas incursiones en la infidelidad, sobre sus misteriosas conversaciones con Rodrigo Sánchez. Clara de Molano pasará un minuto al teléfono para contarle cómo le fue en las onces con sus amigas («les tocó a los maridos venir por ellas», declarará) y a recomendarle que compre garrafones de agua y enlatados, muchos enlatados, porque estará segura de que «ahora sí comenzó la guerra».

Bernardo reclamará el auricular («no cuelgues, no cuelgues», le gritará a su mamá) y le preguntará si mañana puede almorzar con él, con Nicolás y con la nueva novia, en un restaurante de comida latinoamericana que acaban de abrir en la te de la calle 82. Juana dirá que sí, que no ve ningún problema. Se oirá mal. Como si sólo fuera a hacerlo por compromiso. Tratará de cambiar de tema quejándose de la pila de su teléfono celular, pero no servirá para nada. Bernardo dirá «¿te recojo en tu casa a las doce y media?» y ella responderá «me parece perfecto».

La conversación terminará. Y Juana, rodeada por las voces de su pasado, su presente, su futuro, tratará de quedarse dormida. Irá hasta su habitación con un par de velas, buscará el anuario de su colegio en los estantes de su pequeña biblioteca de pino y se acostará en la cama a leer su propia página, la página 123, en la que quiso dejar su legado a las alumnas del mañana. Primero sonreirá ante su foto: pensará, como siempre que la ve, «esta es la mejor fotografía de mi vida». Más tarde dirá, en voz alta, «antes tenía muchas menos pecas».

Después se avergonzará, de nuevo, del epígrafe tomado de un poema que le habían hecho creer, en ese entonces, que era de Jorge Luis Borges («correría más riesgos, haría más viajes, contemplaría más atardeceres», dice) y, después de pasar una por una las 184 páginas del anuario, con una nostalgia insoportable, se levantará de la cama e irá hasta la ventana de la sala. No, no podrá dormir. Serán las once y media de la noche.

Se asomará a la calle de enfrente y sentirá, con las nubes y la luna y las antenas del norte en su panorama, que todas las escenas terminan muy rápido y en otro idioma y que ella, como antes, no alcanza a leer los subtítulos. Sí, se sentirá muy cansada. Cerrará los ojos y la realidad, cuando los abra, no se habrá movido de su sitio. Se negará, claro, a preguntar qué está pasando.

24

Juana está frente a la ventana y recuerda. Parece que va a llover, claro, porque el vapor del agua se queda sobre el aire espeso del cielo, pero las gotas de lluvia de las nubes se desvanecen a medio camino y sólo dejan un velo sucio como rastro. Detrás de esa cortina está mañana, martes 12 de febrero de este año, con sus propias frases y sus propios personajes. Sí, eso piensa. Que, cuando uno empieza a respirar, aparece la segunda parte de la historia.

¿Qué pasó en el consultorio del doctor Antonio Uricoechea? ¿Por qué está ahí, sentada en el borde de ese sofá, sin ninguna palabra a la mano? ¿Ya no lleva ninguna hija adentro? ¿Se ha quedado con la sensación de que jamás va a ser mamá? ¿El portero ineficiente fue capaz al final de encender la planta eléctrica del edificio? ¿El médico llevó a cabo el aborto bajo la borrosa luz de un par de lámparas de gas? Por la cara que tiene, por la sonrisa que no consigue formar, podría responderse cualquier cosa.

Pero su memoria proyecta, por primera vez desde las siete de la noche, la escena en el consultorio: la enfermera le dice «le prometo que es la última vez» al doctor Uricoechea y saca un par de pastillas del armario. Esa lámpara de gas proyecta una luna sobre los paneles blancos del techo y ella, Juana, que tiene los pies sobre las insoportables arrugas de la sábana, se ha quedado sin corazón, sin saliva, sin pulmones. El doctor no se atreve a dar un paso más en esa oscuridad: le pide disculpas por todos los tropiezos.

El cuello no alcanza a sostener el peso de su cabeza. Se ha rendido sobre la camilla. Son las siete y quince de la noche y la luz no ha regresado. Carmencita, la enfermera, les trae un informe de última hora: el 73% del país, dice, está a oscuras por culpa de una sobrecarga en la represa de Chivor y las autoridades recomiendan a la ciudadanía permanecer encerrada en los lugares en donde se encuentren o regresar, con muchísima prudencia, hasta sus casas. Lo más probable, dicen en la radio, es que sólo hasta las doce de la noche pueda restablecerse el servicio en las principales capitales de Colombia.

Juana se sienta sobre la camilla y se apoya en sus dos manos abiertas. El doctor Uricoechea cruza la habitación, con los brazos atrás, preparado para que llegue a él una brillante idea. La enfermera no soporta la presión: sacude las dos manos, dice «Cristo Jesús: que prendan esa bendita planta eléctrica» y mira a «la pobre Juanita, pobre», con cara de tragedia. Aun cuando podrían reírse, sí, porque el cuadro resulta patético, los tres prefieren mirar hacia el suelo.

La exclamación a destiempo de Carmencita («Cristo Jesús», ha gritado) no le sirve a nadie para nada: Juana recuerda la cara de su profesora de religión, Amparo, cuando les mostraba aquellas láminas de la expulsión del paraíso, el primer diluvio universal, el viaje de Isaac de la mano de Abraham, el éxodo por el camino entre los mares, la anunciación del arcángel san Gabriel a la Virgen María, la multiplicación de los panes y de los peces y la crucifixión del único hijo de Dios. Y entonces tiene ganas de llorar.

Porque de pronto, en aquel silencio entre desconocidos, el mundo está lleno de señales. Y la escena, con esa planta eléctrica que no quiere servir, quizás le está diciendo algo. Tal vez si se acerca un poco a los detalles del momento, como a los vitrales de una catedral o a los bordes de alguna pintura a espaldas de la Iglesia, hallará la verdad y el mapa a su siguiente paso. Acaso en el recuerdo de sus clases de religión —en esa lámina de Abraham a punto de sacrificar a su hijo— estén las claves para descifrar lo que le dicen las voces del mundo.

No, no es fácil. Puede ser el trabajo de toda una vida. Si ni siquiera es capaz de entrar en la cabeza de Rodrigo Sánchez, o en la de su papá, o en la de su mejor amiga, si todas las personas que conoce le resultan indescifrables, ¿cómo puede oír, en el recuerdo de esas clases de preparación para la primera comunión, los consejos del mundo? Sí, Abraham esperaba una señal, un aguacero o una roca en el camino, para no asesinar a Isaac. Y sólo la voz de Dios —que fue el dios de los truenos, Yahvé, cuando apareció en el hombre— pudo detener su mano.

Pero ¿qué hacer cuando no llueve?, ¿cuando no hay rocas y las calles y las habitaciones parecen sobrecargadas de símbolos?, ¿cuando la voz de Dios no habla el mismo idioma y no alcanzan a leerse los subtítulos? ¿Qué hacer hoy, 11 de febrero de este año, cuando se sabe que un trueno es sólo el resultado de la polarización entre las moléculas de agua de una nube y no se le teme por ser gritos de monstruos sino por desplazarse a 140.000 kilómetros por segundo y provocar temperaturas de 28.000 ºC?

Sí, eso es. Espera una señal que nunca va a llegar. Dios ha reaparecido en su vida, por supuesto, pero no le está diciendo que no aborte. No le está diciendo que salga de ahí. Ni siquiera le recuerda su libre albedrío (Amparo, la profesora, decía «Dios nos deja cometer todos los errores: el pecado es nuestro») porque él, ese «él» con minúscula, es sólo un silencio. No tiene opinión, no juzga, no sabe de culpas ni de láminas religiosas. El doctor Uricoechea lo invoca («Por Dios», dice, «¿es tan difícil prender un aparato de esos?») y, para dar una prueba contundente, nada cambia en esa habitación.

La enfermera sale del consultorio en busca del portero ineficiente. Se demora unos diez minutos en volver. El doctor Uricoechea habla sobre el miedo que siente Pipe, su hijo, de vivir en Bogotá —las pesadillas con las bombas, las amenazas, los secuestros que abren los noticieros—, describe la escena de por la mañana y confiesa que, para evitar semejante angustia, han pensado en irse a vivir a Washington a finales de año. Juana oye sólo las primeras palabras de cada frase y ruega, mientras tanto, para que no vuelva la luz.

Es como si hubiera llegado la hora del examen final de la peor de todas las materias: la mitad del tiempo reza para que lo aplacen y la otra mitad acepta que lo mejor es terminar con eso de una vez por todas. Si le preguntaran ahora, si el doctor se enfrentara a la situación sin distracciones, si le dijera «mamor: ¿quieres dejarlo para otro día?», respondería «sí, tal vez lo mejor es no insistir en esto».

Carmencita, la enfermera, entra en el consultorio cuando el doctor se peina su bigote dorado con la mano y termina la frase «mi exesposa tiene una prima que vive en Forest Hills». Las noticias no son buenas. El portero insiste en que la planta eléctrica no sirve para nada y les recomienda que se vayan para sus casas. Ella misma intentó encender la máquina oxidada y sólo consiguió partirse una uña. Deberían dejar la operación para mañana. Un día más, un día menos: da lo mismo.

—¿No tiene que ser hoy? —pregunta Juana—, ¿no es mejor que salgamos de esto de una vez?

—Podemos hacerlo mañana —aclara el doctor—: lo importante es que no llegues a cumplir tres meses de embarazo. La idea es que la operación no se nos complique. Lo mejor es no meternos en inducciones ni en anestesias generales.

—O sea: ¿mañana está bien?

—Vienes en ayunas a las ocho de la mañana, vamos con calmita, nos tomamos nuestro tiempo —señala el doctor Uricoechea—. Yo me comprometo a acompañarte hasta el mediodía.

—Puede ser mejor, ¿cierto?, puede que sea más tranquilo.

—Los lunes nunca salen bien —acepta el médico—. Hoy todo nos ha salido al revés. Pero vas a ver que mañana nos cambia la vida. Tienes que pensar que mañana a esta hora ya habrás salido de esto para siempre.

—Mañana a las ocho —dice Juana—, en ayunas.

—Si quieres —dice el doctor—, sólo si quieres, si prefieres que nos veamos más tarde o que lo dejemos para el miércoles, yo no tengo ningún problema.

—No, no, mañana está bien, está perfecto —dice ella—. Entre antes mejor.

—Entre antes mejor —confirma el médico mientras se quita la bata—. Pero por hoy, creo, lo mejor es que nos vayamos a las casas.

—Antes que llueva —dice la enfermera.

—Yo las llevo a las casas —ofrece el doctor Uricoechea—. Pipe está con la mamá: no tengo ningún afán.

—Mijita: ¿shumercé por qué no se cambia para que nos vayamos? —dice Carmencita—. Doctor: salgámonos para que la niña pueda cambiarse.

El doctor asiente, se pone su blazer de cuadros difusos y dice «te esperamos afuera». Y sí, se salen. El timbre del teléfono de la sala de espera los obliga a acelerar el paso. Y Juana, que finge ser ecuánime, comprensiva, se levanta de la camilla, camina descalza hasta la puerta y le pone el seguro a la chapa. Se queda quieta porque no, no puede creerlo, y recibe todo el aire que le cabe en los pulmones porque las náuseas, el mareo y el sudor frío han terminado. Son las siete y media de la noche. Su papá debe estar muy preocupado.

Se quita la bata. Se arregla los calzones de algodón, se acomoda el brasier. Se pone derechas las medias grises con líneas y ositos rojos. Se peina frente al pequeño espejo del lavamanos de la esquina y se queda frente a su imagen, como ante la aparición de una nueva alumna en el curso, durante unos segundos. Ha bajado varios kilos. Desde que se dio cuenta de su estado, hace ya varias semanas, ha comido muy poco. Dormir se le ha vuelto imposible.

Busca su bamba de rayas azules, en los bolsillos y los obstáculos de su cartera, y se coge el pelo para que no se le venga sobre los ojos. Mueve los hombros hacia atrás y siente los nudos de la espalda. Se pone los jeans viejos y la camiseta blanca y así, con la cremallera abierta, se para sobre la balanza del médico y confirma que sigue pesando 55 kilos. Y entonces, porque así se vestía cuando fueron amantes, piensa en su Rodrigo Sánchez. Se siente avergonzada por haberlo buscado. Se tapa la cara con las dos manos cuando se da cuenta de que no ha estado en sus cinco sentidos.

Los objetos del consultorio le hacen recordar a su pediatra. Murió hace un par de años, es cierto, pero no puede evitar cierto sentimiento de culpa cada vez que piensa en él. Era un hombre serio, incapaz de reírse, que sin embargo llamaba a todos sus pacientes en el día de su cumpleaños. Sabía de memoria los detalles de cada hoja médica y, ante la mirada de los juguetes de su oficina, solía decirle a ella —sospecha que a todos— «usted va a ser una buena persona». Se llamaba Gabriel Castillo. Espera no haberlo decepcionado.

Sus brazos siempre se demoran unos minutos en acostumbrarse al saco lila de hilo y cuello de tortuga. Si no se lo hubiera regalado su hermano, si no fuera el único regalo que Samuel le ha comprado a alguien en sus dieciséis años de vida, quizás jamás se lo pondría. Se sienta en la silla del doctor, se pone los zapatos sin desamarrarlos. Sus profesoras detestables siempre le hicieron caer en cuenta de que aquel comportamiento era la primera prueba de su pereza. Quizás por eso sigue haciéndolo.

Se pone los zapatos y se mira en el espejo. Querría quedarse allá, al otro lado del espejo, para que nadie la alcanzara. De pronto en ese lugar, en el revés del mundo, todavía estén sus abuelos, su mamá, su perrita golden retriever. No pensaba en eso, en el universo de los reflejos, desde cuando era chiquita. En ese entonces imaginaba que la verdadera Juana sólo se asomaba a los espejos de los baños y las habitaciones. Que detrás de esas ventanas a nadie le importaba que su cuarto estuviera en desorden. Que allá, en ese espacio secreto, su hermanito no les lloraba a sus papás porque cuando jugaban ella decía «Samuel: tú eres el chofer» y lo mandaba a esperar abajo.

Ya tiene la chaqueta puesta. Ya está lista para salir. Podría concluir, no sin razón, que los planetas están en contra de su felicidad. Sin embargo, porque su mamá siempre le dijo «no saques nunca conclusiones: por eso tu papá está como está», prefiere aclararse la garganta y salir del consultorio. La noticia, cuando aparece en la sala de espera, es que el esposo de Carmencita llamó hace un momento y dijo que vendría por ella. «No se preocupen», pide la enfermera. «Váyanse tranquilos».

Los paisajes difusos, colgados en la pared de enfrente, son bosques de monstruos y de espíritus. El olor a Ajax con amoníaco, las revistas de hace seis meses, las tazas decoradas con pequeños tréboles morados, el sofá de cuero habano, la fotografía de Brad Pitt, todo, en la oscuridad, parece a punto de decir una palabra. El doctor Uricoechea se despide de la oficina («adiós oficina», dice) y baja la cabeza ante la enfermera en vez de decirle «nos vemos mañana». Juana se limita a seguirlo hasta la entrada. Carmencita los mira por encima de las gafas y les pide que se cuiden.

Y entonces no se ve nada. Y da lo mismo si baja las escaleras de ladrillo de aquel edificio o si está ahí, en el borde del sofá, sin ninguna palabra a la mano. Bueno, no, no da lo mismo: el marco de la luna ilumina esa lluvia que no alcanza a precipitarse contra los techos de la tierra y entonces trata de quedarse sobre unas canales invisibles ante de perderse de vista. No, no llueve. Si Juana no ve a nadie en la calle, desde la comodidad de su ventana, es porque es tarde en la noche y sólo ella tiene insomnio.

25

Bogotá es una medialuna de edificios. Las escaleras, las puertas entreabiertas, las ventanas apagadas son palcos para espiar las otras vidas. Y ahora todos están en silencio, creo, porque la llama de esta vela no se apaga. En un primer momento podría parecer que a nadie le sirve que Juana no pueda dormir, pero los árboles se resisten a moverse de sus sitios y las nubes entran y salen de sí mismas, como un continente en las eras de algún libro, porque ella no cierra los ojos.

El frío pisa las pequeñas aceras de San Andresito, llenas de basura y monedas de cincuenta pesos, y se transmite, igual que una voz en una cámara vacía, por las rejas de la entrada. La gente lo sabe: siempre ha estado ahí. Por eso, porque siempre se ha tomado el pavimento, las canecas, las cabinas telefónicas, todos han entrado a sus habitaciones. Y la ciudad es, entonces, la fila de fachadas de algún estudio de cine cerrado en tiempos de guerra. La suma de todos los bodegones a la mano.

Son escenarios vacíos. Sólo un perro callejero se atreve a dormir en la esquina sin bordes de la Biblioteca Luis Ángel Arango. Los árboles de la carrera 5ª podrían existir si la oscuridad envenenara sin distinciones a los habitantes de la ciudad, y nadie, nunca más, volviera a verlos. El viejo ascensor del edificio de la tía Emma, desocupado desde las siete de la noche, dejaría de funcionar y caería como una manzana olvidada en una rama.

No hay nadie en la calle. Ninguna cabeza se asoma por las ventanas. Las puntas de los pies de los celadores tratan de ocultarse en sus casetas de lata. Podríamos salir, si estuviéramos despiertos, y sentarnos en los rieles de hierro del ferrocarril fantasma, las curvas de la avenida Circunvalar y las rectas de la carrera 30. La plaza de toros, el estadio, las fronteras de los parques se han quedado sin objetivos a la vista.

Ahí, en ese horizonte, en ese parque de diversiones para adultos, están la casa de rejas blancas, el restaurante español, la entrada de enredaderas del edificio de los sueños, las mesas enceradas del restaurante de Jimena, el consultorio antiséptico del doctor Antonio Uricoechea, la mancha de vino en el mantel de la exnovia de Bernardo, y las tazas, las cucharitas y las servilletas de alta sociedad de Clara de Molano. Sí, ahí está todo. Pasen, no tengan miedo, salgan a la calle: no se pierdan el espectáculo de los lugares vacíos: el monstruo de todas las cabezas se ha quedado dormido.

Juana reza por todos. Le da las gracias a Dios por los chocolates que su papá esconde en los armarios, por los libros que su hermano no ha sido capaz de terminar, por las exnovias que Rodrigo Sánchez se ha inventado por años para parecer un hombre con experiencia, por las miradas celosas de Jimena, las mentiras que se dice Leopoldo Saldarriaga y las aspiraciones secretas de su tía Emma. Le ruega porque Clara de Molano olvide el sistema nemotécnico que alguna vez le enseñó para no olvidar nunca a quién se odia. Pide por ella misma, para no consumir la vida en vanidades, no sentir envidia de nadie y regresar de sus ficciones. Y pide por los negocios de su novio. No, no es boba.

Que llueva. Que todos puedan dormir. Que sigan pensando, si quieren, que son sus almas gemelas. Que Quinche, el mensajero, le hable mal de los ricos «porque todos son unos voltiarepas». Que su papá jure por Dios que los dos «se sienten descontrolados». Que Nicolás Vergara le diga «ese tipo es más negro que el chocolate amargo» como si los dos fueran racistas y Bernardo siga creyendo que son el uno para el otro porque ella alguna vez le contó, a él, banco de datos curiosos, que un «escrúpulo» es, según la definición, una piedrita en el zapato que no nos deja caminar. Que todos le lancen el monólogo de sus vidas y digan, al final, «Juana y yo nos parecemos: Juana y yo somos iguales».

No, no es que quieran parecerse a ella. ¿Quién sería capaz de semejante tontería?, ¿quién tendría el tiempo y el espacio para imitarla?, ¿quién querría ser así, como ella, lo suficientemente inteligente para darse cuenta de que no es brillante? No es eso, no es que quieran parecérsele. Es que ella desaparece frente a los demás. Es que la mayor prueba de su voluntad es el logro de ser nadie. O de ser, si se quiere, la mujer que los demás imaginan. No, no pretende revelarse. No le interesa rebelarse. Sólo espera que no se decepcionen de ella.

¿Qué hace aquí a estas horas de la noche?, ¿por qué ha llegado hasta la ventana?, ¿para qué pega la frente contra el vidrio?, ¿es cierto que si muriera los muebles no se moverían ni un solo centímetro?

Aspira a llegar, desde mañana, a una página en blanco. A encontrar su vocación de golpe, ahora, antes de que todas se vayan a Filipinas de misioneras. Quiere que los planetas vuelvan a su sitio, como cuando estaba chiquita, cuando todo funcionaba, para pertenecer al mundo. Pero no sabe si debe llegar a algún lugar o si sea mejor quedarse quieta. Porque sólo se avanza en la ficción, y la ficción, se sabe, sólo nos sirve para hacernos la idea dañina de que los conflictos tienen un final. Que algún día alcanzamos al mundo como a un tren que acaba de dejarnos.

Faltan cinco minutos para las doce de la noche. Va a comenzar el otro día. Juana abre la ventana porque cree ver una gota de lluvia y la cierra cuando el frío se le queda como un guante en la mano derecha. Y se da la vuelta, ante los muebles y los objetos de la sala, como si fuera a susurrarles un padrenuestro para terminar sus oraciones. Porque Dios es los lugares vacíos, el mar de todas las cabezas, lo que queda detrás. Dios no está en todas las partes, se sabe. Es todas las partes. Y no sabe que existe.

Juana se sienta en el sofá, a espaldas de la ventana, con una verdad en la cabeza: ya no puede ir a la cama de sus papás y pedirles que la dejen dormir con ellos. Podrá llorar, sí, pero nadie le dará una buena razón para calmarse. No, ya no. Ni siquiera los libros de esa biblioteca pueden devolverle el aliento. Todos esos autores tratan de encarnarse, de ser, de representarse en esas páginas, y fracasan de novela en novela como ella debe dejar todo para mañana. Sí, así es. Ni siquiera la suma de todos los volúmenes del mundo, pequeñas ventanas a la razón de ser de todo, podrían consolarla. Mañana va a abortar: eso es lo que pasa.

Por eso no lee nada a la luz de esa vela. Por eso no hace nada para que no se apague. Se siente sola, enteramente sola, en ese sofá de cojines viejos. Se encoge como una recién nacida y se protege del frío metiendo las manos entre las rodillas. Quiere llorar para aceptar la derrota, para que algo se resuelva de repente, pero cree oír la voz de otra persona en la oscuridad de su insomnio. Sí, esta vez es verdad. Ha venido a esta hora del día, hasta esa ventana cerrada, para oír estas tres palabras. «Ya somos dos», le digo.

ÍNDICE

9   UNO

79   DOS

149   TRES

217   CUATRO

277   CINCO